To. 넌 내게 반했어~

정용화 ♡

2011. 08

'넌 내게 반했어'
많이 사랑해주세요~♡   박신혜

2011. 8.

드라마 소설
넌 내게 반했어 2

초판 1쇄 인쇄 2011년 9월 15일
초판 1쇄 발행 2011년 9월 20일

극본 | 이명숙
소설 | 손현경
사진 제공 | 제이에스픽쳐스
펴낸이 | 金湞珉
펴낸곳 | 북로그컴퍼니
편집부 | 김옥자 · 이혜경 · 태윤미 · 이혜진
디자인 | 박연수
마케팅 | 고현경 · 정주열
경영기획 | 김형곤
주소 | 서울시 마포구 합정동 413-19 401호
전화 | 02-738-0214
팩스 | 02-738-1030
등록 | 제300-2009-30호

ISBN 978-89-94197-27-2 14810
    978-89-94197-28-9 14810(세트)

Copyright © 2011 JS Pictures Inc.

※ 이 출판물은 (주)제이에스픽쳐스와의 라이센스 계약에 의해 만든 것으로
    저작권료와 초상권료가 포함되어 있습니다. 따라서 저작권자와 출판권자의
    사전 서면 승인 없이는 내용의 전체 또는 일부를 사용할 수 없습니다.
※ 잘못된 책은 서점에서 바꿔드립니다.

차례

나 좋아하는 거 그만두지 마 7

내 소원 말해줄까? 41

넌 내게 반했어 60

이규원, 왜 거짓말했어? 88

흔들리며 피는 꽃들 110

우리만의 멋진 공연 **144**

내 인생 최고의 주인공 **166**

진짜 꿈을 찾아서 **193**

엇갈리는 길 **222**

다시 사랑하면 안 되나요 **249**

스페셜 포토북 **273**

나 좋아하는 거 그만두지 마

석현은 규원이 기특했다. 어려운 상황에도 오디션을 보겠다고 달려와준 것이나, 혼신을 다해 노래하던 것이나, 만족스럽지 못한 결과에도 씩씩하게 웃는 모습이 보기 좋았다. 비록 여주인공은 희주로 결정되었지만, 규원은 친구들에게 둘러싸여 더 많은 격려와 칭찬을 받으며 활짝 웃고 있었다.

윤수가 석현에게 다가왔다.

"규원이도 꽤 잘하네."

"잘하긴. 음정도 불안하고, 겨우겨우 한 거지, 뭐."

말은 그렇게 했지만 석현은 내심 기분이 좋았다.

"오늘 공연 보기로 한 거 어떻게 할 거야? 늦을 거 같으면 다음에 보자."

규원에게 가 있는 석현의 시선을 언짢아하며 윤수가 그런 기분을 살짝 돌려 표현했으나, 석현은 알아차리지 못했다.
"어, 오늘이었지? 내가 이따 연구실로 갈게. 먼저 가 있어."
"그래. 알았어. 늦지 않게 와."
윤수가 강당을 빠져나가자 석현은 자료를 챙겨 들고 일어나 규원이 있는 곳으로 걸어갔다.
"이규원! 수고했다!"
석현이 다가가자 보운이 규원에게 귓속말을 하고는 아이들과 함께 우르르 몰려 나갔다. 카타르시스로 한잔하러 가는 모양이었다.
"너한테 만 원 걸었는데 어쩔 거야."
"감독님은…. 어차피 떨어질 거라면서요?"
석현은 장난스럽게 규원의 머리를 헝클어뜨렸다.
"그렇다고 진짜 떨어지냐?"
"아이 참, 감독님!!"
멀찌감치 떨어져 이 모습을 지켜보던 신이 규원 앞으로 성큼성큼 걸어갔다. 신은 오디션이 끝나자마자 규원에게 노래 잘 들었다고, 네 노래에 실린 마음이 너무 아파서 심장에 빗금이 그려졌다고 말해주고 싶었지만 기회를 못 찾고 있었다. 규원이 친구들에게 둘러싸여 있었기 때문이다. 그러고 보면 규원 곁엔 항상 사람이 많았다. 예전엔 깨닫지 못했는데, 규원에겐 사람을 끌어당기는 매력이 있는 것 같았다. 마음이 편치 않을 텐데도 남을 배려하며 미소 짓는 규원이 그 어느 때보다 빛나 보였다. 그 빛이 너무 강렬해서, 신은 규원에게 다가서지 못하고 있었다. 그런데 석현은 너무도 쉽게 규원에게 다가가 그녀의 머리를 만지고 장난까지 치는 것이다. 기분이 상한 신은 규원에게 다가가 툴툴거렸다.

"이규원, 가봐야 되지 않나? 할아버지가 걱정하실 텐데."

규원은 그제야 생각났다는 듯 손뼉을 부딪치며 말했다.

"아, 맞다. 감독님, 저 먼저 가볼게요."

신이 규원을 가로막았다.

"데려다줄게."

"아니, 괜찮아. 혼자 갈게."

"혼자서 어쩌려고? 내가 가서…."

둘의 대화를 가만히 듣고 있던 석현이 끼어들었다.

"할아버지 때문에 혼날까봐 걱정하는 거면 내가 같이 가줄게. 그래도 감독인 내가 말씀드리는 게 낫지 않을까?"

"그래주시면 고맙구요."

규원의 반응에 신은 살짝 기분이 상했다. '내가 데려다 준다고 할 때는 거절하더니, 김석현 감독 말에는 바로 오케이다 이거지? 흥!! 근데 이 기분은 뭐지? 내 것을 빼앗긴 듯한 이 기분은?'

신은 벌써 저만치 앞서 걸어가고 있는 석현과 규원을 쫓아 뛰어갔다. 자동차 문을 열던 석현이 의아한 눈빛으로 신을 바라보았다.

"넌 또 왜? 자전거도 있는 놈이!"

"아, 저요? 다리에 쥐가 났어요. 누구 때문에 무릴 좀 했거든요."

규원이 입을 삐죽 내밀며 딴청을 부렸.

9

"그래. 둘이 같은 동네 산다고 했지? 빨리 타라."

석현이 시동을 걸며 룸미러로 보니 신은 오른쪽 창가에, 규원은 왼쪽 창가에 딱 달라붙어 있었다.

"둘이 싸웠냐?"

신과 규원은 작당이나 한 듯이 입도 뻥긋 안 하고 각자 자기 옆에 있는 창만 뚫어지게 쳐다보았다.

"그나저나 옆집에 산다니 이것도 인연인가보네. 아무튼 신이 덕분에 오디션 무사히 치렀다. 수고했어."

신은 여전히 대꾸도 없이 창밖만 바라보았다. 그때 휴대폰이 울렸다. 석현이 핸즈프리로 전화를 받았다.

"석현 씨, 아직 멀었어? 공연 시간 다 돼가는데?"

"아, 맞다! 윤수야 미안한데 극장에서 바로 만나야겠다. 내가 잠깐 들를 데가 있어서. 어. 그래. 늦지 않게 갈게. 미안하다."

통화를 마친 석현이 속도를 높였다. 규원은 윤수라는 말에 신경이 쓰여 신을 슬쩍 쳐다보았지만, 신은 별다른 표정 변화 없이 창밖만 바라보고 있었다. '이제 다 정리가 된 건가? 에이, 신경 쓰지 말자!' 규원은 입을 다시며 고개를 돌렸다.

집 앞에 도착한 규원은 차마 들어가지 못하고 대문 앞에서 심호흡만 해댔다. 석현이 그런 규원을 걱정스레 쳐다보았다.

"진짜 같이 안 들어가도 괜찮겠어?"

"괜찮아요. 혼자 해결할게요."

"죽어도 하기 싫다고 했는데 감독이란 놈이 죽어도 해야 한다고, 안 그럼 학점에 불이익 주겠다며 협박했다고 해."

"그랬다간 감독님 저희 할아버지 손에 살아남지 못할걸요? 제가 알아서 할게요. 그만 가보세요."

"들어가. 여차하면 소리 질러. 뛰어 들어갈게."

"네! 먼저 들어갈게요."

규원이 들어가자 석현이 대문 안쪽으로 귀를 쫑긋 세웠다. 항아리라도 깨질 줄 알았는데, 다행히 아무 소리도 들리지 않았다. 석현은 안도의 숨을 내쉬며 돌아서다 신과 시선이 마주쳤다.

"신이 아직 안 갔구나. 오늘은 수고했다. 가끔 쓸모 있을 때도 있네. 이제 너도 가봐라."

하지만 신은 규원의 집 대문만 고집스럽게 쳐다보았다.

"소리 지르면 뛰어 들어가야죠."

"그거, 좀 전에 내가 한 대사 아니냐?"

신은 여전히 석현에게 눈길 한 번 주지 않았다. 석현이 신의 어깨를 툭 건드리며 물었다.

"팬 관리하는 거냐?"

"감독님이야말로 팬 관리 좀 하시죠. 공연, 끝나갑니다."

"아, 맞다! 아무튼, 둘 다 앞으로 연습 빠지지 말고 열심히 해. 알았지? 그럼 나 먼저 간다."

석현은 손목시계를 쳐다보며 차로 뛰어갔다. 곧이어 석현의 차가 골목길을 빠져나갔다. 신은 규원의 집 담에 기대섰다. 여차하면 진짜로 뛰어 들어갈 생각이었다. 머리 위를 비추는 노란 가로등불이 그런 자신을 내려다보며 말을 거는 듯했다. 이신, 이 바보야! 노래 잘 들었다는 말 한마디 제대로 못 하는 바보! 규원이 집 앞엔 왜 서 있는 건데? 왜 규원이 걱정은 그렇게 하는 건데?

규원은 집에 들어서자마자 할아버지 방문 앞에 무릎을 꿇고 앉았다.
"할아버지, 저 왔어요. 오디션은… 떨어졌어요. 진짜 잘하는 애가 있거든요. 그래도 열심히는 했어요. 할아버지, 저 이번 공연 꼭 하고 싶어요. 이번 한 번만, 딱 한 번만 하게 해주세요. 공연하면서도 가야금 연습 안 빼먹고 할 게요! 진짜요!"
할아버지 방에서는 아무런 기척이 없었다. 단단히 화가 나신 듯했다. 규원은 한숨을 내쉬며 몸을 일으켰다.
"죄송해요, 할아버지. 주무세요."
"이규원!"
방으로 걸어가던 규원이 깜짝 놀라 돌아보았다.
"네?"
할아버지가 방문을 열고 마루로 고개를 내밀었다.
"이번까지만이다. 양놈 음악 하는 건 이번이 마지막이야. 그런 줄 알어!"

규원이 답할 틈도 주지 않고 할아버지의 방문이 닫혔다.

"고맙습니다, 할아버지. 저 진짜 열심히 할게요."

규원은 기쁘면서도 죄송스러워서 할아버지의 방문을 한참 바라보다 일어나 방으로 들어갔다.

마침 휴대폰이 울렸다. 아빠였다.

"오디션 어떻게 됐어? 우리 딸이 주인공이야?"

"아니, 떨어졌어. 당연한 결과지 뭐. 어차피 기대도 안 했구."

"오디션 본 거 후회돼?"

"아니, 그냥 기분이 묘해."

"그래, 잘했어. 후회 없으면 됐지. 그나저나 할아버진 괜찮으셔?"

"잘 모르겠어. 폭풍전야야."

"그렇구나. 뭐… 괜찮아지시겠지."

"근데, 아빠! 첫사랑은 왜 힘든 거지? 내 얘기는 아니고… 그냥 그렇게들 말하잖아."

"첫사랑을 오래오래 기억하라고 징하게 아픈가부지."

아빠의 말에 규원이 피식 웃었다.

"그런가? 아, 아빠 늦었다. 또 전화할게. 잘 자."

규원은 옷을 갈아입고 침대에 누웠다. 하루가 퍽 길게 느껴졌다. 피곤이 몰려왔지만 쉬이 잠들 것 같지는 않았다.

눈을 감고 하루를 돌아보았다. 신의 자전거를 타고 학교에 갔던 일, 노래를 부르다가 신과 눈이 마주쳤던 일, 석현의 자동차 뒷좌석에 신과 나란히 앉아 있었던 일…. 기억하는 순간마다 신이 있었다. 문득, 첫사랑이 아픈 이유가 오래도록 간직할 기억을 만들기 위해서라는 아빠의 말이 떠올랐다. '징하게 아픈 거 이제 그만 하자!' 규원은 기억을 덮으려는 듯 이불을 머리끝까지 뒤집어썼다.

뒤늦게 극장 앞으로 달려온 석현은 혹시나 윤수가 기다리고 있지나 않을까 주변을 두리번거렸다. 마지막 공연 입장 시간이 한참 지났기 때문에 극장 주변엔 사람들이 별로 없었다. 윤수는 공연을 보러 혼자 들어갔거나, 집으로 돌아간 것 같았다. 석현이 벤치에 털썩 주저앉아 휴대폰을 꺼내려는 순간 누군가 그의 등을 톡톡 두드렸다. 윤수였다.

"다행이다. 아직 안 갔구나."

윤수가 티켓을 들어 보이며 얕은 한숨을 내쉬었다.

"혼자라도 볼까 싶었는데 일부러 더 미안해하라고 안 봤어."

"미안해. 다음에 꼭 다시 보여줄게. 어디 가서 밥이라도 먹을까?"

"아냐. 피곤해. 오늘은 그냥 집으로 갈래."

"그럴래? 그럼 데려다 줄게. 차 안 가져왔지?"

윤수가 고개를 끄덕이며 석현을 물끄러미 바라보았다. 석현이 자리에서 일어나 윤수의 손을 잡고 이끌었다.

"가자."

"근데 어디 갔다 왔어? 공연시간도 모르고?"

"어… 규원이 녀석 좀 데려다 줬어. 할아버지가 공연을 반대하시거든. 몰래 빠져나왔다기에 걱정돼서 한마디 거들까 하고 갔는데, 알아서 잘 해결한 모양이야."

"그래? 잘했네."

윤수는 언짢았지만 내색하지 않았다. 석현이 그런 윤수를 힐끔 쳐다보며 던지듯 말했다.

"오늘 희주 잘하더라. 연습 때보다 훨씬 좋던데? 너도 희주 찍은 거 맞지?"

"어. 말했잖아. 희주가 맘에 든다고. 규원이도 오늘 잘했어. 근데 그렇게 눈물을 흘려야 진정이란 게 전해지는 건지 모르겠어. 희주도 충분히 재능 있어."

"희주는 스킬이 좋아. 대신 감동은 없지. 잘 훈련된 인형같이."

윤수가 걸음을 멈추고 손을 뺐다. 석현이 의아한 눈빛으로 윤수를 바라보자 윤수도 석현의 시선을 맞받아쳤다. 그 눈빛이 왠지 서늘했다.

타고난 능력으로 중무장한 석현은 어디서나 인정을 받았다. 학교 다닐 때도 그랬고, 지금도 그랬다. 그런 석현을 따라잡기 위해, 그런 석현에게 어울리는 사람이 되기 위해 윤수는 부단히 노력했다. 그래서 사랑을 뒤로하고 유학길에 오른 윤수였다. 바보 같은 선택이었지만 그 당시에는 절실했다. 그에게 보여주고 싶었다. 타고난 능력이 아니라 노력으로 이뤄낸 능력도 다 재능이라는 사실을. 윤수는 타고난 능력은 없지만 최고가 되기 위해 부단히 노력

하는 희주가 자신을 닮았다고 생각했다.

"희주의 노력도 재능이야. 자기 발이 기형적으로 변하든 말든 춤 연습을 하고, 끊임없는 폭식과 거식증을 되풀이하며 체중조절을 하고, 그러면서도 누군가한테 뒤처질까 두려워하면서 자기를 단련했겠지. 그렇게 자기를 혹사하면서 단 한 번도 꿈을 포기하지 않았을 거야. 석현 씨가 말하는 인형 같은 애들은 그렇게 길러지는 거야. 그게 왜 재능이 아니라는 거야?"

석현은 윤수의 말에 선뜻 아무런 대꾸도 하지 못했다. 윤수는 그런 석현을 가만히 바라보다 몸을 돌려 앞서 걸어갔다.

알람소리에 눈을 뜬 태준은 창문을 통해 들어오는 햇살에 눈을 찌푸렸다. 밤새 꿈자리가 뒤숭숭했다. 석현이 자신을 제치고 예술 대상을 받는 꿈을 꾼 것이다. 꿈이었지만 배알이 꼬이고 심사가 뒤틀렸다. 무거운 몸을 일으켜 주방으로 가 커피를 준비하고 현관 앞에 놓인 신문을 집어 거실로 가져왔다. 헤드라인만 심드렁히 훑어보던 중에 문화면 기사가 눈에 쏙 들어왔다. 바로 그가 몸담고 있는 예술대학 관련 기사였다. 태준은 신문을 끌어당겨 기사를 읽어 내려갔다.

'예술대학 100주년 공연 관련 동영상이 포털 사이트에 올라와 눈길을 끌고 있다. 지난 26일 문화예술대학에서는 100주년 뮤지컬 공연의 여주인공을 선발하기 위해 오디션을 열었다. 오디션 참가자는 연극과 한희주(21)와 국악과 이규원(21). 공연 관계자에 따르면 김석현 감독이 발탁했다는 이규원은 비록 여주인공은 되지 못했으나 풍부하고 농밀한 감성을 보여주어 보는 이들을 압도했다고 한다. 한편 여주인공 역은 한희주가 차지했다.'

태준은 신문을 거칠게 집어던지고 컴퓨터를 켰다. 과연 100주년 공연 관련 동영상이 올라와 있었다. 규원과 희주의 노래가 오버랩 편집되어, 보는 이로 하여금 철저하게 비교분석할 수 있게 했다. 동영상 밑에는 이규원을 호평하는 수백 개의 댓글이 달려 있었다.

태준은 동영상을 내리고 인터넷 뉴스 기사를 검색했다. 인터넷 뉴스도 마찬가지였다. 한희주의 노래 실력에 대해 언급한 글은 찾아볼 수가 없었다. 신경질이 난 태준은 컴퓨터를 끄고 자리에서 벌떡 일어났다. 이사장의 와이프, 그러니까 희주 엄마가 신문기사를 본다면 일이 성가셔질 게 뻔했다.

아니나 다를까, 태준이 출근 준비를 하고 있을 때 희주 엄마에게서 전화가 왔다.

"내가 왜 전화했는지, 아시겠죠?"

태준은 신문기사에 대해서는 먼저 언급하지 말자고 마음먹었다.

"예, 100주년 공연 준비하는 교수들에게 다 얘기해놨습니다. 조만간 희주를 빼서 새로운 팀으로…."

희주 엄마가 태준의 말을 싹둑 잘랐다.

"지금 새로운 팀 꾸미는 게 무슨 의미가 있어요? 스포트라이트는 이규원이란 애가 다 받고 있는데."

"하지만 100주년 공연 여주인공은 희주고, 공연이 올라가면 반드시 주목받을 겁니다."

"장담할 수 있어요? 그렇게 안 되면 교수 자리 내놓으실래요?"

태준이 들고 있던 수건을 바닥으로 떨어뜨렸다.

"예?"

"다 필요 없고 이규원이란 애 없애줘요. 이번 공연의 주인공은 우리 희주 딱 한 명이어야 돼요. 무슨 소린지 아시겠죠?"

"예, 그게…."

"그렇게 알고 전화 끊습니다. 이런 일로 또다시 전화하게 만들지 맙시다."

태준은 소파에 털썩 주저앉았다. 이규원을 없애달라고? 태준은 이규원에게 관심이 없었다. 그의 관심사는 석현을 학교에서 몰아내는 일과, 이사장의 딸인 한희주를 공연의 꽃으로 만드는 일이었다. 그런 그에게 '이규원을 없애달라는' 희주 엄마의 말은 상당히 뜬금없었다. 그러나 못할 일도 아니었다. 석현이 학교에서 내몰리면 규원도 자연스럽게 공연에서 빠지게 될 터였다. 고로 문제는 다시 원점으로 돌아갔다. 석현을 어떻게 학교에서 내모느냐는 것이다.

태준은 학교에 출근하자마자 윤수의 연구실로 갔다.

"나, 팀 새로 짤까 해. 석현이 공연팀 말고. 너 들어올래?"

"무슨 소리야? 팀을 깨겠다는 거야?"

"아냐. 한희주만 데리고 나갈 거야. 다른 애들은 관심 없어. 생각 있으면 너도 같이하자고."

"내가 왜 그래야 하는데?"

"두 팀 중 한 팀이 살아남는다면 이사장 딸이 있는 팀일 가능성이 크잖아. 넌 욕심이 많은 애고, 안무가로 재기하고 싶어하니까."

윤수의 얼굴에 깊은 그늘이 드리워졌다. '그래, 내가 널 모르는 바도 아니고, 생각이 많겠지.' 태준은 커피를 마시며 윤수의 표정을 곁눈질했다. 윤수가 아랫입술을 깨물며 물었다.

"이게 다 석현 씨 때문이야?"

"아니. 너 때문이야."

"선배!"

"농담이야. 생각해보고 대답해줘. 기다릴게."

태준은 남은 커피를 후루룩 마시고는 윤수의 연구실을 나갔다.

윤수는 자리에서 일어나 창밖을 내다보았다. 등교하는 아이들의 풋풋한 모습이 눈에 들어왔다. 그녀에게도 저런 시절이 있었다. 무용수로 성공하고야 말겠다는 꿈이 있었고, 가슴에 새겨도 아프지 않을 만큼 사랑하는 남자도 있었다. 하지만 지금 그녀에게 남은 건 사랑뿐이었다. 그것도 간신히 얻은 사랑이었다. 손끝으로 톡 건드리기만 해도 쉽게 부스러질 것 같은 아슬아슬한 사랑이었다. 태준의 말처럼 안무가로 재기하고 싶은 욕심이 없는 건 아니었다. 그러나 석현을 배신하면서까지 욕심을 채우고 싶진 않았다. 그때 노크 소리가 들렸다.

"누구….."

문이 열리고 석현이 빙그레 웃으며 들어왔다. 석현은 주머니에서 공연 티켓을 꺼내 흔들며 말했다.

"어제 못 한 데이트, 오늘 하자."

윤수가 피식 웃음을 터뜨렸다.

"오늘도 펑크 내면 차버릴 거야, 김석현 씨."

"네! 잘못했습니다! 이따가 시간 맞춰 데리러 올게."

"응. 아, 혹시….."

"왜? 할 말 있어?"

윤수는 태준의 말을 전해야 하나 말아야 하나 망설였다. 석현이 방긋 웃으며 말했다.

"급한 거 아니면 이따 저녁때 얘기하자. 지금 음악 회의하러 가야 해."

"그래, 이따 봐."

석현이 윤수의 어깨를 툭 치고는 웃으며 밖으로 나갔다.

잠시 후 윤수도 연구실을 나섰다. 아무래도 태준에게 자신의 생각을 바로 전하는 게 나을 것 같았다. 찜찜한 채로 석현을 만나고 싶지 않았다.

태준은 공연 2팀에서 하게 될 콘티를 보고 있다 윤수가 들어서자 반색을 했다.

"왔어? 앉아."

"길게 할 이야기 아니야. 아까 한 말 생각해봤어."

태준이 강박적으로 볼펜을 똑딱거리며 윤수를 쳐다보았다.

"그래?"

"선배 말대로 내가 욕심이 좀 많지."

태준이 볼펜을 책상 위에 내려놓고 자리에서 일어났다.

"그건 그냥 농담으로 한 거야. 신경 쓰지 마. 그래서 어떻게, 해볼래?"

태준이 가까이 다가서자 윤수가 한 발 물러나며 말했다.

"내가 석현 씨 버리고 뉴욕까지 갔던 건 김석현이란 사람한테 인정받고 싶어서였어. 이렇게 뒤에서 비겁하게 뒤통수치려던 게 아니라."

"뭐?"

"질투가, 가끔 사람 미치게 하드라."

태준이 굳은 얼굴로 윤수를 노려보았다.

"다시 말하자면, 거절이야. 생각해준 건 고맙게 받아들일게."

윤수가 차갑게 돌아서자 태준이 어깨를 잡아 돌려세웠다.

"바로 거절했을 수도 있잖아. 너도 고민한 거 아냐?"

"잠깐이라도 고민한 척해야 선배에 대한 예의인 것 같아서."

싸늘한 눈빛을 던지고 윤수가 방을 나갔다. 태준은 아랫입술을 깨물며 소파에 털썩 주저앉았다.

규원은 요 며칠 마음이 싱숭생숭하다. 신이 때문이다. 언젠가부터 아침마다 집 앞에서 마주치는 이신. 처음엔 우연이겠거니 했는데, 어느 순간부터는 혹시 신이 자기를 기다리는 건 아닌가 하는 의심까지 들었다. 이상한 건 그뿐이 아니었다. 홍 교수의 부탁으로 시작된 국악 과외 때문에 스투피드와 바람꽃이 연주 연습을 하는데, 연습이 끝나면 신은 늘 규원을 따로 불러 국악에 대해 캐물었다. 규원은 신과 단둘이 남는 게 어색하고 불편했지만 국악에 대해 물어볼 게 있다는데 싫다고 거절할 수도 없었다. 사실은 진짜 싫은 것도 아니었다. 불편함을 감수할 만큼 설레기도 했다. 하지만 신에 대한 마음을 털어버리겠다고 결심한 규원으로서는 이 모든 일들이 여간 당혹스러운 게 아니었다.

오늘 아침에도 대문을 나서자 신이 골목에 나와 있었다. 어색하게 인사를 하고 종종걸음으로 걷다 뒤돌아보니, 신이 바로 뒤에서 규원을 따라오고 있었다. 자전거가 고장 났다나?

규원은 붉게 달아오른 얼굴을 들킬세라 골목길을 빠르게 걸어 내려왔지만, 결국은 같은 버스를 타고 어색하게 학교까지 오고 말았다. 아, 뭐지? 일부러 자꾸 기다리는 건가?

"이규원!"

규원이 이러저런 생각을 하며 도서관 쪽으로 걸어가고 있을 때 누군가 부르는 소리가 들렸다. 돌아보니 보운이 저만치서 뛰어오고 있었다.

"규원아, 있잖아. 아까 수업 전에 조교 언니 왔다 갔는데, 오늘 선배들이 봉사활동 못 간다고 우리보고 대신 좀 가달래. 너 시간 괜찮아?"

"어, 괜찮아."

"근데 이따 스투피드랑 하는 연습은 어쩌지? 봉사활동 끝나고 와서 해야 하나?"

"오늘은 못 하지 싶은데? 내가 말할게."

"그래, 그럼. 이따 봐."

보운이 힘차게 손을 흔들며 왔던 길을 되돌아 뛰어갔다. 보운과 헤어져 다시 도서관 쪽으로 걸음을 옮기던 규원은 벤치에 앉아 신문을 보고 있는 희주를 보았다. 규원은 망설이다 희주 쪽으로 발길을 돌렸다.

"안녕?"

희주가 규원을 향해 눈을 치켜뜨더니, 들고 있던 신문을 규원에게 냅다 던졌다. 규원은 엉겁결에 받아 든 신문을 펼쳐보았다. 날짜가 이미 지난 신문이었다. 신문에는 며칠 전 있었던 여주인공 오디션에 대한 기사가 실려 있었다.

"이게 뭐?"

"이게 뭐? 신문 기사에 네 이름 실리니까 기분 째지지? 안 그래? 다들 너한테 노래 잘한다 잘한다 하니까, 네가 진짜 대단한 가수가 된 거 같지? 아냐?"

희주의 빈정거림에 기분이 상한 규원이 앙칼지게 쏘아붙였다.
"무슨 말을 그렇게 해?"
희주가 규원을 노려보았다.
"너 공연팀에서 빠지면 안 돼?"
"내가 왜?"
"난 입학하고 지금까지 100주년 공연 오디션만 준비해왔어. 근데 넌 뭐야? 운 좋게 감독님 눈에 들어서 여기까지 온 거잖아!"
"나도 오디션 보기까지 고민도 했고 노력도 했어. 한희주 너만 그런 거 아니거든!"
"주인공도 떨어진 마당에 더 붙어 있을 이유가 없잖아. 그리고 무엇보다 내 눈에 거슬려, 너란 존재 자체가! 나 맘 편히 연기하게 좀 빠져줘라."
제 할 말을 마친 희주가 의자에서 벌떡 일어나 규원의 어깨를 툭 치고 가버렸다. '뭐야, 진짜. 한희주! 사람 열 받게 해놓고 그냥 내빼?' 약이 오를 대로 오른 규원이 씩씩거리며 도서관으로 향했다. 규원의 마음처럼 하늘에도 먹구름이 잔뜩 끼어 있었다.

신은 도서관 발코니에 기대 커피를 마시고 있었다. 늘 이 시간이면 규원이 도서관을 찾는다는 걸 알기에, 그녀를 기다리고 있는 것이다. 규원의 커피까지 준비해놓고.
규원이 도서관 발코니로 올라오자 신은 커피를 살짝 뒤로 감추고 규원에게 성큼성큼 다가섰다. 하지만 기분이 안 좋은 규원은 신을 그냥 지나치려 했다. 신이 규원의 팔을 잡아 돌려세웠다.

"아는 척 좀 하자."

규원은 신의 얼굴을 한번 슬쩍 쳐다보고는 말없이 그냥 지나가려 했다. 그 태도에 기분이 상한 신이 퉁명스럽게 물었다.

"오늘 연습은 어떻게 할래?"

"오늘은 못 해. 너희들끼리 해."

신이 규원의 얼굴을 빤히 쳐다보며 빈정거렸다.

"그래, 그럼. 어차피 큰 기대도 안 했으니까."

"지금 뭐라 그랬어?"

"편곡에 국악 도움 받는 거, 별 기대 안 했다고. 그냥 내가 알아서 할게."

"그럴 거면 왜 처음부터 배우겠다고 했어? 그렇게 잘난 너 혼자 하지!"

신이 들고 있던 커피를 쓰레기통에 집어던지며 소리쳤다.

"네가 하기 싫은 거 같으니까 하는 소리잖아!"

"사정이 있어 못 하는 거야. 왜 못 하는지 이유나 물어봤어?"

"그럼 그렇다고 말하면 되지 왜 화를 내는데?"

"나는 뭐 매일 웃고 다녀야 돼? 나도 기분 안 좋은 날 있거든?"

"잘됐네. 서로 기분 안 좋은데, 웬만하면 더 마주치지 말자!"

"그래! 나두 지긋지긋하다!"

규원과 한바탕하고 밴드 연습실을 찾은 신은 의자에 털썩 주저앉았다. 화를 내던 규원의 낯선 모습이 자꾸 떠올랐다. 신은 생각을 떨치려 기타를 집어 들었다. 첫 음을 뜯자마자 파열음이 귀를 따갑게 했다. 마치 규원의 앙칼진 목소리 같았다. "사정이 있어 못 하는 거야. 왜 못 하는지 이유나 물어봤어?"라고 따져 묻던 이규원. 도대체 그 사정이라는 게 뭐지? 신은 자기감정에만 치우쳐 규원의 맘을 알아보지 않았다는 후회가 밀려왔다.

밴드실 문이 열리더니 준희가 들어왔다.

"형, 여기 있었네?"

신은 말없이 눈을 감았다.

"오늘 합주는 안 한다는데, 형도 알고 있었어? 바람꽃이 복지관에 봉사활동 간다나봐."

그 말에 신이 눈을 번쩍 떴다. 봉사활동 때문인 것도 모르고 괜히 규원에게 예민하게 군 것 같았다. 드럼 스틱을 만지작거리던 준희가 속사포처럼 말을 뱉어내기 시작했다.

"형 있잖아, 거기 가면 맛있는 것 엄청 많이 준대. 난 거기 따라갈 건데 형도 같이 가자. 명관이 형도 간다 그랬어."

"그래?"

복지관은 그런대로 깔끔한 현대식 건물이었다. 멤버들은 복지관 건물 지하에 있는 강당으로 걸음을 옮겼다. 강당에는 이미 작은 무대가 마련되어 있었고 객석은 빈자리 하나 없이 할머니 할아버지들로 꽉 차 있었다. 젊은이들이 온다는 소식에 한껏 들뜬 모습이었다.

신과 준희와 명관은 바람꽃 멤버들의 악기를 무대 위에 올리다

주고 내려와 객석 맨 끝에 가서 앉았다. 바람꽃 멤버들이 무대 위에 올라가 각자 악기 앞에 자리를 잡았다. 규원도 어르신들에게 인사말을 건네고 가야금 앞에 앉았다.

 연주가 시작되자 할아버지와 할머니들이 자리에서 일어나 어깨를 들썩이며 춤을 추기 시작했다. 키가 큰 할아버지 한 분이 무대로 올라가 규원을 일으켜 세웠다. 규원은 그 손을 뿌리치지 않고 일어나 할아버지와 귀엽게 춤을 췄다. 신은 그런 규원을 보며 자기도 모르게 피식 웃음을 터뜨렸다. 그의 눈동자가 저절로 규원을 따라 움직였다. 규원이 웃으면 그도 웃었고, 규원이 찡그리면 그도 찡그렸다. 이상한 일이었다. 규원에게만 조명을 비추는 것도 아닌데, 그녀밖에 보이지 않았다. 아니 그녀 자체가 빛이었다. 현란하게 꾸며진 빛이 아니라 순수하고 아득한 그녀만의 빛이 났다. 가까이 다가가면 저절로 아늑해져서 그 빛으로 스며들고 싶어지는 그런 따스하고 평온한 빛이.

 규원의 아우라에 한껏 취해 있던 신은 문득 목걸이를 찾아주면서 했던 규원의 말을 떠올렸다. "네가 앞으로 누굴 좋아하든 그 때문에 얼마나 아파하든 이제 상관하지 않으려고. 너, 안 좋아한다고, 이제." 뻐근한 통증이 가슴을 훑고 지나갔다.

 한바탕 즐거운 축제가 끝나고 식당에 들어가니 식탁 위에는 막걸리와 파전, 색색의 송편과 떡들, 각종 전에 겉절이 김치까지 음식이 가득 차려져 있었다. 할머니 한 분이 규원에게 막걸리를 권했다.

"자, 한잔 받아. 어찌나 가야금을 잘 뜯던지 예뻐 죽겠어. 내 며느리 삼고 싶다니까."

규원이 활짝 웃으며 막걸리를 단숨에 들이켰다. 할아버지 할머니들은 그런 규원이 예쁘다며 칭찬을 아끼지 않았다. 규원은 볼이 발그레해졌는데도 주는 대로 넙죽넙죽 받아 마시고 있었다. 신은 그런 규원이 걱정스러웠다.

화장실을 간다며 일어서던 규원이 술에 취해 비틀거렸다. 신은 반사적으로 몸을 일으켜 규원을 따라나섰다.

"이규원, 괜찮아?"

규원이 혀 꼬인 소리로 말했다.

"어? 신이다! 이신~ 내가 안 좋아하기로 한 이신…. 헤헤."

엉망으로 취한 규원의 모습에 신은 당황해서 어쩔 줄을 몰랐다.

"취한 거야?"

"아니요! 안 취했는데요. 전혀 안 취했어요. 딸꾹."

헤헤거리는 웃음과 딸꾹질 소리가 엇박자로 들리더니, 갑자기 규원이 그 자리에 풀썩 주저앉았다. 신은 규원을 부축해 계단 위에 조심스레 앉혔다. 규원은 무릎에 고개를 얹고는 한동안 움직이지 않았다.

"이규원… 자냐?"

그 소리에 규원이 고개를 번쩍 들더니 신의 얼굴을 두 손으로 붙잡고는 할퀴듯이 말했다.

"이신! 이 얄미운 놈아. 왜 자꾸 내 앞에서 알짱거리는 거야. 내가, 이 이규원이가 잊어주시겠다는데… 이신… 이 바보탱구야."

규원의 투정에 신은 가슴이 먹먹해졌다. 신은 계속 웅얼웅얼 주정을 하는 규원을 업고 나왔다. 까만 밤하늘에 규원의 웃음을 닮은 별 하나가 반짝반짝 빛났다.

다음 날, 규원은 수업시간 내내 어떻게 하면 신과 안 부딪칠까만 생각하고 있었다. 아침에 깨우러 들어온 할아버지에게 지난밤 신에게 업혀 들어왔다는 이야기를 듣자마자, 간밤의 일이 다 기억났던 것이다. 신과 부딪치지 않으려고 일어나자마자 빈속으로 튀어나오는 바람에 속이 쓰렸지만, 점심을 먹으러 식당에 갈 수도 없었다. 특히 도서관 근처에는 얼씬 않기로 했다. 하지만 아무리 피하려고 해도 더 이상 피할 구멍은 보이지 않았다. 스투피드와의 합주 연습이 생각났던 것이다.

규원은 어깨를 늘어뜨리고 강당으로 갔다. 신이 혼자서 기타를 튜닝하고 있었다. 규원은 다른 애들이 올 때까지 밖에서 기다릴까 망설이다가, 어차피 한 번은 부딪쳐야 한다는 결심으로 씩씩하게 들어갔다.

"애들은 아직 안 왔네? 오늘 합주하는 날이잖아."

"오겠지."

신이 심드렁하게 대꾸했다. 어색하기도 하고 미안하기도 해서 규원은 자기 자리로 가 가야금 현을 조율하기 시작했다.

그때 기타 튜닝을 하던 신이 벌떡 일어나더니 허리를 굽혔다 폈다, 탕탕 두드렸다 하며 요란을 떨었다. 그 모습에 규원은 괜스레 주눅이 들어 일부러 가야금만 내려다보았다. 신이 별일 아니라는 듯, 그러나 뼈 있는 한마디를 내뱉었다.

"내 허리에 파스가 세 장이나 붙었어. 누구 때문일까?"

애써 당당한 체했던 규원의 얼굴이 붉어졌다. 규원은 붉어진 얼굴을 들킬까봐 고개를 더 숙여 가야금을 조율했다. 신은 새삼스럽게 그런 규원이 퍽 귀엽게 느껴졌다. 신이 규원을 물끄러미 바라보다 물었다.

"가야금도 기타처럼 울림통이 있는 건가?"

"어? 아… 응!"

규원은 가야금을 뒤로 돌리며 설명했다.

"여기 뒤에 해, 달, 구름 모양으로 구멍이 있지? 이게 기타처럼 소리를 공명하게 해주는 거야."

신이 가야금을 자세히 들여다보더니 고개를 끄덕이며 웃었다. 규원이 설명을 이어갔다.

"해의 소리와 달의 소리, 그리고 구름의 소리를 낸다는 의미야. 한마디로 우주 만물의 가락을 한데 모아 담은 소리란 거지."

"와, 굉장하네."

신은 어깨를 으쓱하면서 놀랍다는 포즈를 취했다. 신의 반응에 기분이 좋아진 규원은 입꼬리를 올리며 활짝 웃었다.

"그치? 아, 여기 가야금 끝부분이 보이지? 여기가 봉미, 봉황의 꼬리고 반대편을 봐봐. 이쪽이 줄을 지탱해주는 현침이야. 그리고 여기가…."

규원이 한창 설명을 이어가려던 순간 형광등이 딸깍 소리를 내며 꺼졌다. 한순간 어둠이 몰려왔다. 겨우 어색한 시간을 넘겼는데 이게 뭐지? 당황해 두리번거리는 두 사람 앞에서 강당 문이 열리더니 아이들이 우르르 몰려 들어왔다.

"생일 축하합니다. 생일 축하합니다. 사랑하는 규원이 생일 축하합니다."

준희와 보운을 비롯한 다른 멤버들이 환하게 촛불 밝힌 생일 케이크를 들고 다가왔다. 그제야 규원은 오늘이 자신의 생일인 것을 깨달았다. '아, 그래서 할아버지가 아침에 미역국 먹고 가라고 하셨구나.' 전혀 생각지 못한 감동이었다. 규원이 울먹이는 목소리로 물었다.

"어떻게 알았어?"

준희가 규원을 재촉했다.

"규원이 언니, 빨리 촛불 꺼!"

규원이 촛불을 불자 팡, 하고 폭죽이 터졌다. 아이들이 박수를 치며 환호성을 질렀고 곧 형광등이 환하게 켜졌다.

"고마워."

말이 끝나기도 전에 아이들이 너도나도 케이크의 생크림을 찍어 규원의 얼굴에 바르기 시작했다. 그렇게 서로의 얼굴에 생크림을 바르고, 도망가다 넘어지고 다같이 엉켜 구르는 풍경들이 펼쳐졌다. 왁자지껄한 분위기에 규원의 얼굴이 저절로 환해졌다. 그때 준희가 케이크를 들고 벌떡 일어나며 소리쳤다.

"이 케이크 다 내 거!"

준희가 케이크를 들고 강당 밖으로 도망가자, 아이들이 뒤를 따라 우르르 몰려 나갔다. 갑자기 고요해진 강당에 신과 규원만 남게 되자, 다시 어색한 공기가 흘렀다. 둘은 마주 보며 얼굴을 붉혔다. 둘 다 얼굴에 생크림이 잔뜩 묻어 있었다. 신이 규원의 콧잔등에 묻은 생크림을 닦아주며 말했다.

"생일 축하해."

"어? 응…. 어제 데려다 줘서 고마웠어."

규원이 신의 눈을 바라보았다. 신도 규원의 눈을 바라보았다. 둘의 시선이 점점 뜨거워져갔다. 당황한 규원이 "나, 나도 나갈래." 하고는 밖으로 달려 나갔다. 그리고 이어 규원의 비명이 강당 안으로 날아들었다.

"으악!!"

비명소리를 듣고 신이 달려갔을 때, 규원은 계단 아래에 넘어져 있었다. 급하게 뛰어가다가 계단에서 발을 헛디뎌 아래로 굴러 떨어진 것이다.

"이규원!!"

신은 사색이 되어 규원에게 달려갔다. 발목을 부여잡고 웅크려 있는 규원의 모습에 신은 심장이 갈라지는 것 같은 아픔을 느꼈다.

"괜찮아? 걸을 수 있겠어?"

신이 규원의 어깨를 붙잡고 일으켜 세우려 했지만 발목을 심하게 삔 규원은 일어나질 못했다. 신은 규원을 업고 병원으로 달려갔다.

병실 창으로 햇살이 쏟아져 들어왔다. 환자복을 입은 규원은 손으로 차양을 만들어 햇살을 반쯤 가렸다. 소풍이라도 가면 딱 좋을 날씨였다.

의사 말로는 발목에 살짝 금이 갔다고 했다. 며칠 입원치료하면 낫는다고 하는데도, 할아버지는 병원에 와서 꺼이꺼이 대성통곡을 했다. 아빠도 그 바쁜 와중에 두 번이나 다녀가셨다. 신이 그녀를 업고 병원에 왔다는 말을 들은 아빠는 신이에게 나중에 큰 선물이라도 해야겠다고 했다.

생각해보면 규원이 난관에 부딪칠 때마다 신이 흑기사처럼 나타나 그녀를 구해주었었다. 비 오는 날 가야금을 들어준 일도, 여주 인공 오디션 날 자전거로 태워다 준 일도, 술에 취한 그녀를 업고 집에 데려다 준 일도, 계단에서 굴러 떨어진 그녀를 병원까지 업고 온 일까지.

규원은 자신이 신이에게 해준 일은 뭘까 곰곰이 생각해보았다. 커피 심부름과 목걸이를 찾아준 것 말고는 없었다. 신이의 편곡 작업에 도움을 주기 위해 시작한 합주 연습도 그녀가 입원하는 바람에 더 이상 진행할 수 없었다.

'어떡하지? 아빠 말대로 작은 선물이라도 해야 하는 거 아닐까?'

이제 더 이상 고맙다는 말로 끝낼 수는 없을 것 같았다. 이런저런 고민을 하고 있을 때 병실 문을 열고 신이 들어왔다.

"이규원, 괜찮아?"

"아… 왔어? 안 와도 되는데… 무슨 일이야?"

신이 싱긋 웃으며 가방을 열어 보였다. 가방 안에는 국악 관련 책이 잔뜩 들어 있었다.

"봐도 잘 모르겠어. 과외해줘."

"그런 거였냐?"

햇살 한 조각이 삐죽거리는 규원의 입술 위에서 부서졌다. 신은 웃으며 그 모습을 바라보다 가방에서 책을 꺼냈다.

규원과 신이 머리를 맞대고 책을 들여다보았다. 하지만 가까이 마주 앉자 신의 가슴이 쿵쿵거리기 시작했다. '한 번도 아니고 두 번이나 등에 업었던 앤데, 왜 이러지?' 신은 두근거리는 마음을 진정시키려 숨을 크게 들이쉬었다. 침대에 앉은 규원도 왠지 얼굴이 화끈화끈 달아오르는 듯했다. 규원이 손 부채질을 하며 더듬거렸다.

"음, 그래서, 뭐가 궁금한데?"

그 말에 신이 책장을 분주히 넘겼다. 한 장 두 장 책장이 넘어갈수록 숨이 고르게 쉬어지고 마음에 평정이 찾아졌.

신이 책에 체크해둔 부분에 대해 질문하면 규원이 답하는 식으로 특별 과외수업이 진행되었다.

"한마디로 일정한 길이를 셋으로 나눠서 그 중에 3분의 1을 빼고 나머지 3분의 2 길이를 취하는 방법이랑, 3분의 2를 다시 나눠서 3분의 1만큼 더한 걸 취하는 방법, 이걸 교대로 사용해서 12율을 얻게 되는 거야. 여기까지 알겠어?"

규원은 신의 질문에 성심성의껏 대답하고 설명했다. 하지만 어쩐 일인지, 시간이 지날수록 신의 집중력은 흐려졌다. 신은 고개를 갸웃거리며 멍한 표정을 지었다.

"아니, 모르겠는데?"

"뭐? 벌써 세 번째 설명했거든!"

규원은 호흡을 가다듬으며 속으로 '릴랙스, 릴랙스.'를 외치고는 다시 설명을 시작했다. 신은 골을 내는 규원이 무척이나 귀여워 보였다. 신이 규원을 빤히 쳐다보자, 규원이 물었다.

"내 얼굴에 뭐 묻었어?"

"어. 묻었어."

"뭐가?"

규원이 손으로 자신의 얼굴을 더듬었다. 신은 그런 규원의 손을 잡아 내리고는 다른 한 손으로 규원의 머리칼을 뒤로 넘겨주었다. 철렁! 규원의 심장이 내려앉았다. 콩새 한 마리가 심장 위에 올라앉아 널을 뛰었다. 콩닥콩닥!

신이 감미로운 목소리로 그녀를 불렀다.

"이규원. 사람 걱정시키지 마."

"걱정… 했어?"

"어."

규원은 신에게 잡힌 손을 스르륵 빼면서 괜스레 펼쳐진 책장만 뚫어지게 바라보았다. 어색하고 당황스럽고 부끄럽고 설레었다. 규원은 목소리를 가다듬으며 다시 설명을 이어가려 했다.

"그러니까 12율의 기본음이 되는 게 황종이야. 이 황종음의 높이를 정하는 게 황종 율관이고…."

신은 쫑알거리는 규원의 입매를 바라보다 결심한 듯 그녀의 이름을 불렀다.

"이규원."

"어?"

"나 좋아하는 거, 그만두지 마."

"뭐?"

"나 좋아하는 거… 그만두지 말라고."

규원이 신의 눈을 빤히 쳐다보았다. 하지만 머릿속은 하얗게 비어 아무 생각도 떠오르지 않았다.

"무슨… 소리야…. 이신… 혹시, 나 좋아해?"

신의 눈빛이 흔들렸다. 규원의 질문이 당황스러웠다. 계속 규원이 신경 쓰이고, 규원의 마음이 자신에게서 떠나지 않았으면 좋겠다는 생각만 했을 뿐, 그게 어떤 감정인지 생각해보지 못했다. 좋아하는 건가? 그래, 좋아하는 거지. 하지만 신은 대답할 타이밍을 놓치고 말았다. 그가 입을 열려는 찰나 규원이 화를 내버린 것이다.

"그러니까 너는 날 안 좋아해도 나는 널 계속 좋아하란 얘기야?"

규원이 차가운 눈빛으로 신을 바라보았다.

"웃기지 마. 네가 뭔데? 이러면 여자들이 확 넘어가든? 자뻑도 정도껏 해! 네가 얼마나 잘났는지 모르겠는데 사람 마음 함부로 갖고 놀지 마. 나 그렇게 가벼운 여자 아니야. 네가 좋아하란다고 좋아하고, 좋아하지 말란다고 그만두는 네 꼭두각시 아니라고! 착각하지 마."

신이 기가 막히고 억울하다는 표정으로 대답했다.

"누가 그렇다고 했어? 너야말로 오해하고 있잖아!"

"됐어. 네 말은 듣고 싶지도 않아! 나가줘."

말은 그렇게 했지만 규원은 신이 그녀를 달래주길 바랐다. 아니라고, 네가 잘못 생각한 거라고, 좋아하고 있다고 말해주길 기대했다. 그녀에게 한 행동들이 모두 진심이었다고 말해주길 바랐다. 하지만 신은 여전히 입을 꾹 다문 채 요지부동이었다.

화가 난 규원은 이불을 뒤집어쓰고 돌아누웠고, 신도 그런 규원을 바라보다 병실을 나가버렸다. 신은 자신의 고백이 그렇게 왜곡돼버린 것에 화가 났다. 그럴 생각이 아니었는데….

신이 나가는 소리를 듣자 규원은 침대에서 벌떡 일어나 앉았.

'좋아하는 거 그만두지 마? 하! 웃기고 있어. 누가 지한테 목매고 살까봐? 설마… 또 맘대로 부려먹으려고 수 쓰는 거 아냐? 지조를 지키자, 이규원! 잊기로 한 거야. 더 이상 휘둘리지 마!'

규원이 그렇게 마음을 다지고 있을 때, 병실 안으로 누군가 불쑥 들어왔다.

"뭐 하냐?"

규원이 화들짝 놀라 쳐다보니 석현이 싱글거리며 서 있었다.

"감독님, 뭐예요?! 노크도 없이."

"노크? 백 번은 두드렸다. 볼래? 여기 멍든 거?"

석현은 오른쪽 주먹을 치켜세우면서 규원의 눈앞에서 세차게 흔들어댔다.

"근데 무슨 일이세요? 늦은 시간에 여자 혼자 있는 방에."

"어이쿠, 참두 여자다."

"감독님!"

규원이 소리를 꽥 지르자, 석현이 서류봉투를 건네주었다.

"여주인공 솔로곡하고 콘티야."

규원의 눈이 휘둥그레졌다.

"이걸 왜 저 주세요? 저 주인공 해요?"

"김칫국은…. 언더스터디라고 공연 당일에 주인공한테 혹시라도 무슨 일이 있을까봐 미리 준비시켜놓는 거야."

"언더스터디?"

"괜히 주인공 하고 싶다고 희주 다치게 하진 마라."

"감독님! 사람을 뭘로 보고! 안 해요, 안 해!"

규원이 골을 내자 석현이 너털웃음을 지었다.

"그나저나 우리 엠티 갈 건데 다쳐서 못 가겠네?"

아앗! 엠티라니? 규원의 눈동자가 금세 동그래졌다. 석현은 변화무쌍한 규원의 표정에 혀를 내둘렀다.

"엠티요? 언젠데요? 갈래요!"

"갈 수 있겠어? 걷지도 못하면서. 괜히 민폐 끼치지 말고 집에나 있지?"

석현의 말에 규원이 쌩 토라져서는 입술을 삐죽 내밀었다.

"오리 된다, 그러다."

"저 떼놓고 가지 마세요. 꼭 따라갈 거예요."

"안 떼놓고 가. 걱정 마."

징징거리는 규원의 모습에 석현은 저절로 웃음이 나왔다.

병원에서 돌아온 신은 인사도 않고 방으로 들어가버렸다. 제 마음도 몰라주고 화를 내는 규원 때문에 속이 부글부글 끓었다. 정현이 분위기 파악을 못 하고 쪼르르 쫓아 들어왔다.

"오빠~ 사인 다섯 장만 해줘. 우리 반 애들한테 뿌리게."

"벌써 용돈 떨어졌어? 지난번에도 만 원 줬잖아."

정현이 입술을 내밀고 투덜거렸다.

"휴대폰 요금이 많이 나왔어. 난 사생활이 복잡하단 말야."

정현에게 종이를 받아 들던 신이 갑자기 물었다.

"정현아. 누가 너한테 나 좋아하는 거 그만두지 마, 그러면 기분이 어떨 거 같아?"

"웃기시네. 누가 좋아한대? 별꼴이야."

규원과 똑같은 정현의 반응에 당황한 신이 다급하게 되물었다.

"그래?"

정현이 한심하다는 듯 혀를 차며 말했다.

"오빤 멜로를 몰라. 좋아하는 여자는 그런 식으로 잡으면 안 된다니까. 확~ 끌어당겨야지."

머쓱해진 신이 머리를 긁적였다.

"내 얘기 아닌데…."

"아니면 뭐 하러 해? 아무튼 사인해놔. 이따가 가지러 올게."

여자와 남자는 다른 행성에서 왔다더니, 그 말이 진리인 것 같았다. 아무리 생각해도 규원이 그렇게 화를 낼 이유가 없었다. 분위기 보면 모르나? 눈빛 보면 모르나? 그걸 꼭 말로 해야 아나? 성격은 또 왜 그렇게 급한데? 물론 기분이 안 좋을 수는 있었다. 좋아하냐는 말에 바로 대답하지 못한 건 분명 자신의 실수였다. 하지만 당황스러웠고, 마음을 정리할 시간이 필요했다.

생각할수록 신경질이 났다. 신은 손으로 머리를 벅벅 문지르며 침대에 누워버렸다.

내 소원 말해줄까?

 다음 날 게시판에 공연팀 엠티 공고가 붙었다. 사랑이와 연극과 무리들이 게시판 앞에 서서 왁자지껄 소란을 피웠다.
 "우와. 진짜 엠티 공고 붙었다. 난 수명 오빠랑 같은 방에서 자야지, 꼭!"
 사랑이 불순한 상상에 빠진 듯이 몸을 배배 꼬았다. 그러자 머리를 양 갈래로 땋아 묶은 애가 눈을 동그랗게 뜨고 물었다.
 "덮치게?"
 "당연하지. 그 햇살 같은 미소만 먹고 살 수 있을 거 같아?"
 "사랑이 녹는다, 녹아. 근데 한희주도 갈까?"
 "한희주는 노래 연습해야지. 어제 감독님 말씀 못 들었어? 오죽했으면 한희주를 꼭 집어서 이해되냐고 물어보셨겠어? 희주가 감독님의 깊은 뜻을 알아먹어야 할 텐데 말이다."

그녀들의 수다를 듣고 있던 희주가 로커 문을 확 열어젖히며 주위를 환기시켰다. 같잖은 것들!! 희주는 고래고래 소리를 질러주고 싶었지만, 꾹 참고 뒤돌아섰다. 뒤에서 킥킥거리는 비웃음소리가 들려왔다. 수업 받을 기분이 나지 않았다. 공연 연습실에도 가고 싶지 않았다.

희주는 운동장 구석진 자리로 가서 앉아, 텅 빈 운동장을 쳐다보았다. 그때 등 뒤에서 석현의 목소리가 들려왔다.

"주인공 됐는데 기분이 왜 그래? 좋아서 만세라도 불러야 하는 거 아냐? 그렇게 원하던 주인공인데?"

희주가 석현을 노려보았다.

"누구 놀려요?"

석현이 흐린 하늘을 쳐다보며 낮게 읊조렸다.

"너 잘했어. 노래는 규원이보다 네가 낫지."

"근데요?"

"너, 사랑해봤어? 누군가 미치게 좋아서 밤잠 못 자고 괴로워하는 거."

"뭐라고요?"

"이별. 누군가 미치게 좋았다가 헤어지는 거. 해봤냐고."

"누가 그딴 거…."

"네 노래에 감동이 없는 건, 네가 그 감정을 모르기 때문이야. 감동은 머리로 오는 게 아니라 가슴으로 오는 거거든. 사람들 사이에서 사랑하고 깨지고 아파하고…. 그런 감정들을 경험해보는 게 필요해, 너한텐.”

"이규원은 해봤대요?”

"이규원이야 짝사랑 대장이고. 아, 그리고 규원이 언더스터디 시킬 거야. 언더스터디, 알지?”

"싫어요! 무슨 일이 있어도, 설사 다리가 부러지는 한이 있어도 제가 무대에 오를 거예요! 절대 대역 싫어요!”

'자식, 다른 건 몰라도 악바리 근성 하나는 마음에 드네.' 석현이 희주를 향해 미소를 지으며 나긋나긋하게 말했다.

"누가 그러더라. 인형 같은 애들이 얼마나 지독한 노력 속에서 태어나는 줄 아냐고. 그것도 재능이라고. 내가 편견을 갖고 있는 거면 네가 한번 깨봐라. 진심이다.”

"무슨 소리예요?”

"모르면 됐고. 아무튼 열심히 잘해보자. 여주인공이 폼 나야 감독인 나도 폼 나지. 아, 덥다. 하드나 먹으러 가야겠다.”

석현은 희주의 어깨를 다독여주고 운동장을 가로질러 갔다.

혼자 덩그러니 남은 희주는 생각에 빠져들었다. '내 노래에 감동이 없다고? 내가 인형 같다고?' 석현의 말은 생각할수록 충격적이었다. '흥, 그따위 돈 안 되는 사랑? 질질 짜기만 하는 신파의 주인공들만 하신다는 그 이별? 그까짓 거 공부하면 될 거 아냐?'

희주는 고개를 꼿꼿이 세우고 허리를 쫘악 편 채 무대 위에 선 프리마돈나처럼 걸음을 옮겼다. 광장을 가로질러서 빨간 다리를 건너 도서관으로 들어갔다. 그녀는 서가에 꽂힌 책들 중에서 사랑이나 이별이란 제목의 책들을 뽑아서 뒤적였다. 뻔한 이야기, 다 아는 이야기들뿐이었다. 피시식 한숨만 새어나왔다. 괜히 시간만 낭비하는 거야. 이 시간에 발성연습을 해야 하는 건데!

아쉬운 대로 읽을 만한 책 몇 권을 빌려 도서관을 나오던 희주는 통로 끝 벤치에 앉아 책을 읽고 있는 기영을 보았다. 희주는 잠시 망설이다 기영에게 다가갔다.

"바빠요?"

기영이 화들짝 놀라며 고개를 들었다.

"어? 아니. 왜?"

희주는 기영 옆에 털썩 주저앉으며 물었다.

"오빠 눈에도 내가 잘 훈련된, 감정 없는 인형 같아 보여요?"

"뭐?"

"테크닉만 좋아 보이냐고요!"

앙칼진 희주의 목소리에 기영이 눈살을 찌푸렸다.

"그런 거 신경 쓰는지 몰랐는데. 어쨌든 여주인공은 너잖아."

"제대로 인정받고 싶어요. 오빠가 좀 가르쳐줘."

"내가 뭘?"

"감독님이 어제 노래에 감정을 담으라고 했잖아. 그런 건 아무리 연습해도 안 늘어. 그러니까 오빠가 가르쳐달라고요."

희주의 말에 기영이 웃었다. 희주에게 이런 귀여운 면도 있다는 게 놀라울 따름이었다.

"글쎄… 나도 아직 잘 모르는걸? 가르쳐달라고 해도 그게…."

"그래도 오빠는 인정받잖아요. 딴 사람한텐 말하지 말고 몰래 나 좀 봐달라고요. 오빠가 잘한다 그럼, 안심할 수 있을 거 같아."

기영은 고개를 갸웃거리며 희주를 바라보았다.

"네가 이번에 제대로 충격 받았구나. 좋아, 어차피 우리 둘의 호흡이 중요하니까 따로 연습시간 내볼게."

원하는 대답을 들은 희주는 금세 본연의 당당한 모습으로 되돌아갔다. 자리에서 벌떡 일어나 고개를 빳빳이 들고는, 주인이 하인을 대하듯 눈썹을 치켜세우고 목소리를 착 내리깔았다.

"고마워. 대신 원하면 시간당 알바비 지급할게요."

기영이 어이없다는 듯 희주를 올려다보았다. 참 별난 아이구나 싶었다.

100주년 공연팀의 엠티 날! 아침부터 뜨거운 태양이 맹렬한 기운으로 도시를 달구고 있었다. 하루 전에 퇴원한 규원은 서둘러 엠티 갈 준비를 해놓고 아침상을 차려 할아버지 방으로 들어갔다. 아직은 발목이 아팠지만 짐짓 다 나은 척했다. 그리고 할아버지가 수저를 놓을 때까지 참을성 있게 기다렸다. 마침내 숭늉 한 모금으로 입가심을 끝낸 할아버지가 손녀딸을 바라보았다.

"음, 잘 먹었다. 상은 놔둬. 내가 갖다 둘라니까. 발목도 성치 않은 애가 자꾸 무거운 거 들고 그럼 안 된다. 나중에 써먹을라믄 지금 애껴둬야지."

"아니에요. 할아버지 저 다 나았어요. 보실래요?"

규원은 엉덩이를 들고 일어나 펄쩍펄쩍 뛰는 시늉까지 해 보였다. 그리고는 털썩 주저앉아 응석이 가득 담긴 목소리로 말했다.

"그래서 말인데요, 할아버지. 저 오늘 엠티 가요."

"뭬야? 뭘 가?"

"엠티요."

"절대루 안 돼. 퇴원한 지 얼마나 됐다구, 또 어딜 가?"

"할아버지~ 저 괜찮아요~. 조신하게 있다가 올게요. 절대로 움직이지도 않고요. 네? 가구 싶어요~ 할아버지~ 예?"

규원은 금방이라도 울음을 터뜨릴 것처럼 눈가에 눈물을 그렁그렁 매달고 애원했다. 할아버지는 손이 발이 되게 싹싹 빌며 졸라대는 규원이 조금 안쓰러워 보였다.

"어이구, 못 당하겠다. 사고 조심하고, 물가 조심하고, 사내 조심하고! 술 조심!! 또 한 번 취해서 그랬다간 손녀고 뭐고 내다 버릴 줄 알아!"

"네~ 조심할게요. 다녀오겠습니다!"

속으로 쾌재를 부르며 대문을 열고 나오던 규원이 신과 딱 마주쳤다. 신이 규원 앞으로 성큼성큼 다가와 게슴츠레한 눈빛으로 위아래를 훑어보았다.

"넌 그 몸을 해가지고 엠티 가게?"

"내가 가든 말든? 요즘 누구 때문에 기분이 너무 발바닥이라서 기분 전환이 필요해."

'가든 말든? 아직까지 토라져 있는 거야? 바보 같은 이규원!!'

"칫. 피차일반."

규원의 반응에 기분이 상한 신이 성큼성큼 큰 보폭으로 앞서 걸었다. 규원 역시 최대한 속력을 내어 신을 따라잡았다. 규원이 따라붙자 신은 두 팔을 더욱 세게 흔들며 그녀를 앞질렀다.

신과 규원은 이렇게 앞서거니뒤서거니 학교에 도착했다. 빨간 다리 도서관 밑에 관광버스가 서 있고 그 주변에 한껏 들뜬 아이들이 옹기종기 모여 있었다.

"규원아!"

규원을 발견한 보운이 팔을 흔들었다. 규원도 보운을 향해 양팔을 흔들었다. 신은 그런 규원을 보며 콧방귀를 뀌고는 남학생들이 모여 있는 쪽으로 걸음을 옮겼다.

버스가 도착한 곳은 바닷가 앞의 펜션이었다. 버스에서 내린 아이들은 "와아~ 되게 좋다!" "너무 예쁘다." 소리를 지르며 한달음에 바닷가로 내달렸다. 넓게 펼쳐진 백사장이 마치 쫙 펼쳐진 부챗살처럼 보였다.

몸 상태가 좋지 않은 규원은 백사장에 앉아 아이들 노는 것을 멍하니 구경했다. 부러웠다. 저만치 바닷가에서 희주가 짓궂은 남학생들에게 잡혀서 바닷물에 풍덩 던져졌다. "살려줘!" 하며 소리치는 희주의 목소리가 멀리까지 쨍쨍하게 울려 퍼졌다. 아이들이 깔깔거리며 웃어대고, 구경하던 규원도 키득거렸다. 물속에서 나온 희주가 아이들을 향해 돌진했다. 아이들과 섞여 엎치락뒤치락하는 폼이 이제 제법 친해진 것 같았다.

규원이 한창 재미나게 구경하고 있는데, 신이 어슬렁거리며 그녀 곁으로 다가왔다.

"옆으로 좀 비켜봐."

규원이 신을 째려보며 볼멘소리로 물었다.

"뭐라고?"

"다리가 아파서 그래."

"널린 게 자린데, 다른 데 앉으면 되잖아!"

"싫어. 이 자리에 꼭 앉고 싶어. 싫으면 네가 딴 데 가서 앉든가."

규원은 속이 부글부글 끓었지만 좋은 기분을 망치고 싶지 않아, 어금니를 꽉 깨물고 옆으로 비켜 앉았다.

"됐냐?"

신이 날름 그 자리에 앉아 두 다리를 앞으로 뻗으며 말했다.

"어. 편하네."

규원은 깊은 숨을 몰아쉬며 속으로 '릴랙스'를 되뇌었다. 그렇게 몇 분이 지났을까, 신이 뜬금없는 소리를 했다.

"넌 머리가 너무 나빠, 이규원."

규원이 뜨악한 표정으로 신을 쳐다보았다.

"뭐?"

신이 갑자기 몸을 젖히더니 규원의 귓가에 얼굴을 바짝 붙였다. 규원은 놀라서 움찔 뒤로 물러났다. 신의 숨결이 닿는 곳마다 불에 데인 듯 화끈거렸다. 신이 더 가까이 다가서며 속삭였다.

"문장 이해력 떨어진다고. 너, 국어시간에 졸기만 했지?"

규원은 가까이 다가온 신이 불편해 얼굴을 뒤로 젖혔다.

"뜬금없이 무슨 소리야? 비켜!"

이때 바닷물에 흠뻑 젖은 아이들이 우르르 백사장으로 몰려 나왔다. 아이들과 어울려 놀던 수명이 규원과 신에게 다가왔다.

"너희들은 왜 안 놀아?"

신이 싸한 얼굴로 규원의 옆구리를 치며 말했다.

"애가 아프잖아요."

수명이 걱정스런 눈길로 규원에게 물었다.

"많이 아프냐?"

"아니요. 괜찮아요."

"그래, 괜찮으면 시장 가서 수박 좀 사 와라. 다들 씻고 옷 갈아입어야 되니까, 멀쩡한 너희들이 다녀와. 규원인 제대로 놀지도 못했는데 드라이브라도 좀 해."

그 말에 신이 용수철처럼 일어나 수명에게 손을 내밀었다.

"차 키 주세요."

규원은 신과 단둘이 있는 상황은 피하고 싶었다. 더 이상 신이 때문에 설레고 싶지도, 긴장하고 싶지도 않았다. 이런저런 이유로 규원이 울상을 짓자, 수명이 나무라듯 물었다.

"뭐야, 이규원? 심부름 시켜서 기분 안 좋아?"
"아니에요! 갔다 올게요."

신과 규원은 말 한마디 없이 시장 골목으로 들어섰다. 규원이 과일가게 앞에 멈추더니 수박 한 덩이를 들고 주인아저씨를 찾았다.
"아저씨, 수박 얼마예요?"
부채로 파리를 쫓던 아저씨가 심드렁하게 말했다.
"2만 원인데, 17000원만 주고 가져가."
규원이 투정 부리듯 받아쳤다.
"에이~ 비싸다."
"요즘 수박이 얼마나 비싼데!"
아저씨가 부채로 수박 머리를 탁 내리치자, 그 서슬에 놀란 규원이 뒤로 찔끔 물러났다. 하지만 다른 가게도 마찬가지였다. 가격이 맞다 싶으면 수박이 볼품없었고, 수박이 괜찮다 싶으면 가격이 너무 비쌌다.
규원을 따라다니던 신은 조금씩 짜증이 밀려오기 시작했다.
"아무거나 빨리 사."
"기다려봐."
신의 채근에도 규원은 시장 이곳저곳을 쑤시고 다녔다. 귀찮아진 신이 규원을 앞질러 성큼성큼 걸어가자 규원도 신을 살짝 노려보며 걸음을 빨리했다. 그러다 발목이 겹질리고 말았다.

"아얏."

규원이 아픈 발목을 움켜쥐고 주변을 둘러보았다. 건너편에 약국이 보였다. 신은 벌써 저만큼 앞서 걷고 있었다. 잠시 망설이던 규원은 다리를 절룩이면서 약국으로 들어갔다.

짜증이 나서 성큼성큼 앞서 걸어가던 신은 문득 뒤를 돌아보았다. 규원이 보이지 않았다. 신은 깜짝 놀라 왔던 길로 부리나케 뛰어갔다. 어디에도 규원이 없었다. 입이 바싹바싹 마르고 심장이 타들어가는 것 같았다. 휴대폰을 꺼내서 규원에게 전화를 걸어봤지만 연결음만 들려올 뿐이었다.

"이규원! 이규원!"

큰 소리로 불러도 대답조차 없었다. 등줄기에서 땀이 흘러내렸다. 도대체 어디로 간 것일까? 성치 않은 다리로 어디를 헤매고 있는 것일까?

신은 땅거미가 어둑어둑 내리기 시작할 무렵에야 규원을 발견했다. 규원은 후미진 골목에 위치한 과일가게에서 수박을 사고 있었다. 신은 규원을 향해 한달음에 달려갔다.

"이규원!"

수박 값을 다 치르고 난 규원이 태연한 얼굴로 신을 바라보았다.

"너 어디 갔었어? 한참 찾았잖아. 야, 이거 15000원에 샀다?"

신은 어이가 없었다. 바보 같은 이규원! 내가 너를 얼마나 찾았는데! 얼마나 걱정했는데!"

"어때? 되게 달 것 같지!"

신은 화가 머리끝까지 치밀었다.

"내가 얼마나 찾아다녔는지 알아?"

규원은 겸연쩍기도 하고 미안하기도 해서 파스 봉지를 들어 보이며 모기만 한 소리로 말했다.

"아까 발 아파서, 이거 사려고…."

신이 버럭 고함을 질렀다.

"나한테 시켰으면 됐잖아!"

"왜 화를 내? 불러도 뒤도 안 돌아보고 간 게 누군데!"

규원의 대꾸에 머쓱해진 신은 수박을 뺏어 들고 돌아섰다.

"같이 가. 신… 같이 가!"

시골의 밤은 온통 먹물을 뒤집어쓴 듯 어둡고 고요했다. 조수석에 앉은 규원은 신의 옆모습을 힐끔힐끔 쳐다보았다. 신은 석고상 같은 얼굴로 말없이 핸들만 움직이고 있었다. 규원은 얼음처럼 차가운 신이 낯설고 멀게만 느껴졌다. 규원은 신의 기분을 풀어주고 싶었다.

"음악이라도 들을래?"

신은 아무 대꾸도 없이 앞 유리창만 뚫어져라 쳐다보았다.

"도대체 왜 이러는데? 아까 나 찾으러 다닌 게 그렇게 억울해?!"

"너 아프잖아! 어디 또 다친 줄 알았단 말이야!"

신이 빽 소리를 질렀지만, 이상하게 화가 나지 않았다. '날 걱정한 거였구나.' 신의 마음을 알게 된 규원이 한층 누그러진 목소리로 말했다.

"내가 뭐 맨날 다치냐?"

신이 무뚝뚝하게 말했다.

"누워."

"뭐?"

"아프니까 누워서 가라고."

"괜찮은데…."

"말 좀 들어."

규원은 좌석 아래에 놓인 레버를 당겨서 의자를 최대한 뒤로 젖혔다. 신이 한숨을 내쉬듯 말했다.

"아프지 마. 걱정돼."

철렁! 콩새가 또 날아왔는지 가슴이 콩닥콩닥 뛰기 시작했다.

수박을 사러 간 규원과 신이 너무 늦자 석현과 윤수가 펜션 앞에 나와 기다리고 있었다. 석현이 손목시계를 들여다보면서 한숨을 내쉬었다.

"이것들이 딴 데로 새지 말라니까!"

윤수가 팔짱을 끼고 밤하늘을 바라보았다.

"그러게, 너무 늦네."

달빛을 받은 윤수의 얼굴은 방금 피어난 백합처럼 아름다웠다.

석현이 윤수를 바라보며 웃었다.

"안 피곤해?"

"오랜만에 바닷바람 쐬고 좋은데? 애들하고 노는 것도 좋고."

"아이고~. 나는 힘들어 죽겠다. 김석현도 이제 늙었나봐."

윤수가 피식 웃음을 터뜨렸다. 석현이 윤수의 손을 꼭 잡으며 말했다.

"아~ 좋다."

윤수는 천진난만한 석현의 모습이 오늘따라 더 정겹게 느껴졌다.

"고마워, 석현 씨. 내가 석현 씨였음 나, 용서 못 했을 거야."

석현의 따뜻한 시선을 느끼며 윤수가 말을 이었다.

"염치없지만, 다시 시작하자고 말해줘서 정말 기뻤어. 고마워, 진심으로."

석현이 활짝 웃으며 가볍게 받아쳤다.

"잘나가는 안무가 되기 전에 미리 손써두는 거야. 고마워할 거 없어."

"그래? 그럼 몸값 좀 크게 부를 걸 그랬나?"

"정윤수, 6년 동안 욕심만 늘었네~."

윤수가 까르르 웃다가 다시 진지하게 말했다.

"나, 정말 잘할게."

석현은 잔잔한 미소로 답을 대신했다.

그때, 신이 타고 나갔던 차가 펜션 마당으로 들어섰다. 규원이 먼저 내리고 신이 따라 내리더니 뒷좌석에서 수박을 꺼냈다. 석현이 윤수의 손을 놓고 규원에게 걸어갔다.

"왜 이렇게 늦었어?"

"죄송합니다."

수박을 들고 걸어오던 신은 꾸벅 인사만 하고는 무뚝뚝하게 스쳐 지나갔다. 석현이 못마땅한 얼굴로 신을 쳐다보다 규원에게 물었다.

"쟨 또 왜 저래? 싸웠어?"

"시장에서 저랑 길이 엇갈려서 좀 헤맸어요."

윤수가 알겠다는 듯이 고개를 끄덕였다.

"그래서 늦었구나? 배고프지, 가서 밥 먹어."

"네."

규원이 펜션 안으로 들어가자 석현이 툴툴거렸다.

"사내자식이 뭐 그런 걸 가지고 삐쳐서 저러냐?"

윤수가 석현의 손을 잡으며 피식 웃었다.

"내가 볼 땐 삐친 게 아니라 걱정한 거 같은데?"

"걱정?"

"아무래도 신이가 규원이를 좋아하나봐."

"그래 보여?"

"응. 우리도 들어가자!"

저녁식사를 마치고 펜션 마당에 둥글게 둘러앉자 여자애들이 신에게 기타를 쳐달라고 성화를 부렸다. 신은 못 이기는 척 기타를 들었다.

숲에서 들려오는 풀벌레 소리와 저 멀리 바닷가에서 들려오는 파도 소리, 타닥타닥 타들어가는 모닥불 소리에 기타 소리가 얹혔다. 그 묘한 소리의 조합은 고혹적이기까지 했다. 아이들과 규원은 기타 연주에, 기타를 치는 신의 모습에 점점 취해갔다. 귀를 타고 들어온 신이의 기타 소리가 규원의 가슴께까지 전해졌다. 가슴 안쪽이 찌릿찌릿 저려왔다. 너무 좋으면 왜 눈물이 나려고 하는 걸까? 규원은 갑자기 속에서 왈칵 솟아오르는 눈물을 주체할 수 없어 자리에서 벌떡 일어났다.

신은 기타를 치면서도 규원의 동선을 놓치지 않고 있었다. 규원이 사라지자, 기타를 칠 맛이 싹 가시는 게 더 이상 손가락을 움직일 수가 없었다. 결국 신은 기타를 내려놓고 규원을 따라나섰다.

규원은 마음을 진정시키기 위해 바닷가로 걸어 나왔다. 하늘과 바다가 경계 없이 온통 검었다. 발치에 닿는 물살과 하늘 위에 뜬 별만이 자신들의 존재감을 드러내고 있었다. 등 뒤에서 인기척이 느껴졌다.

"겁도 없이 혼자 나와 뭐 해?"

규원이 깜짝 놀라 소리 나는 쪽으로 고개를 돌렸다. 신이 슬며시 그녀 옆으로 와서 앉았다.
"그냥. 넌?"
"나도 그냥. 몸은 어때?"
"괜찮아."
"저…."
신이 뭔가를 말하려고 입을 달싹였다. 무슨 말을 하려는 것일까. 규원의 심장이 쿵쾅거렸다. 이때 갑자기 뒤에서 아이들이 우르르 몰려왔다.
"우리 불꽃놀이 하자!"
준희가 들고 있던 불꽃놀이 용품들을 펼쳐놓았다. 규원이 어정쩡한 자세로 일어나 그것들을 내려다보았다.
"정말? 재밌겠다!"
신이 서운한 표정을 숨기고 일어나 폭죽 하나를 집어 들었다. 준희가 성냥을 그어주자 폭죽이 하늘을 향해 퓨웅, 소리를 내며 퍼져 올라갔다. 색색의 불꽃들이 검은 도화지 위에서 멋진 그림을 그려냈다. 치지직 소리를 내며 이리저리 튀어오르는 폭죽, 팝콘 터지는 소리를 내며 연달아 불꽃을 피우는 폭죽 등 불꽃이 피어오를 때마다 아이들은 꺅꺅 소리를 지르며 즐거워했다.
그렇게 한참을 소리치고 놀다보니 준희가 준비해 온 폭죽이 바닥을 드러냈다. 여자애들이 섭섭하다는 듯 툴툴거렸다.
그러자 기영이 들고 온 박스에서 종이등을 꺼냈다. '워낙 말이 없어서 잘 못 어울릴 줄 알았는데, 저런 것도 준비했네. 엠티 오니까 좋구나.' 규원은 기영이 띄운 화등을 올려다보았다. 붉은 등이었다. 기영은 화등을 아이들에게 하나씩 나눠주었다. 아이들은 받아든 화등에 붙을 붙이며 제각각 소원을 빌었다.

대한민국 최고의 배우고 되고 싶다는 희주의 소원, 기필코 브로드웨이의 무대에 오르겠다는 기영의 소원, 수명의 여자친구가 되겠다는 사랑의 소원, 희주와 함께 맛있는 거 많이 먹겠다는 준희의 소원을 담은 화등이 하늘을 향해 높이 올라갔다.

하늘로 색색의 등이 무리 지어 올라가는 걸 바라보는 규원의 등을 누군가 톡톡 건드렸다. 돌아보자, 신이 그녀에게 따라오라는 손짓을 하며 어딘가로 걸어갔다. 규원은 기다렸다는 듯이 조용조용 신을 따라나섰다.

아이들의 목소리가 더 이상 들리지 않을 때에야 비로소 신은 걸음을 멈췄다. 순간 정적이 그들을 휘감고 지나갔다.

"여긴 조용하네."

규원이 어색한 미소를 지으며 말했다. 신이 모래사장에 털썩 주저앉더니, 자기 옆자리를 툭툭 두드렸다.

"앉아."

"어? 응…."

규원은 묘한 기분을 느끼며 신의 곁에 앉았다. 마음속 깊이 숨겨둔 말을 꺼낼 듯하던 신은 말없이 어두운 바다만 쳐다보았다. 규원도 조용히 바다만 보며 앉아 있었다. 그렇게 가만히 있자 두근거리던 마음이 진정되는 듯했다. 들리지 않던 파도 소리도 철썩철썩 귓전에 안겨왔다. 풀썩이는 파도 소리가 마치 가야금 소리처럼 느껴졌다. 신에게는 이 소리가 기타 소리처럼 들릴까? 규원은 호기심 어린 눈으로 신을 돌아보았다.

"아까, 화등 띄울 때 소원 빌었어?"

신이 천천히 고개를 끄덕였다.

"소원이 뭔데?"

"비밀."

그렇게 말하며 신이 규원의 손 위로 자신의 손을 올려놓았다. 짜릿한 떨림이 손가락을 타고 올라와 가슴께까지 전해졌다. 규원은 떨리는 가슴으로 신을 바라보았다. 신도 고개를 돌려 그녀를 뚫어져라 쳐다보았다. 그 눈빛에 휘말려 들어갈 것 같았다. 신이 입을 열었다.

"소원, 알고 싶어?"

규원이 말없이 고개를 끄덕였다.

"네가 다시 나 좋아하는 거. 다시 나 좋아하게 해달라고 빌었어."

심장이 터질 것만 같았다. 그 순간 규원은 자신이 화등에 담은 소원을 떠올렸다. 신이의 마음을 알고 싶다는 소원이었다. 하늘을 올려다보았다. 화등은 달무리에 섞여 보이지 않을 만큼 멀어져 있었다.

넌 내게 반했어

규원은 알람소리가 들리자마자 침대에서 벌떡 일어났다. 어찌나 경쾌하게 일어났던지 침대 스프링 소리가 휘파람 소리처럼 들렸다. 창밖으로 보이는 하늘도 규원의 마음처럼 화창했다. 구름 두 점이 규원에게 굿모닝 인사를 전하는 것 같았다.

학교 갈 준비를 마치고 대문을 박차고 나오자 그곳에 신이 있었다. 담벼락에 기대선 신은 패션모델 화보에서 막 튀어나온 것 같았다. '내가 저렇게 멋진 남자의 여자친구야. 난 신의 여자친구가 되었어!' 규원은 아무나 붙잡고 마구마구 자랑하고 싶어졌다.

규원을 보자마자 신이 담벼락에서 몸을 떼고 성큼성큼 다가왔다.

"몸 괜찮아?"

규원은 빙긋 웃으며 고개를 끄덕였다. 신이 화답하듯 미소 지으며 손을 내밀었다. 규원이 수줍게 손을 올려놓자 신이 손을 뒤로 빼며 놀리듯 말했다.

"아니, 손 말고 가방 줘."

무안해진 규원이 얼른 내민 손을 거두었다.

"괜찮아."

"줘."

규원이 배낭을 벗어주며 주변을 두리번거렸다. 자전거가 없었다.

"자전거는?"

"너 아파서 못 타잖아."

신의 무뚝뚝한 말에도 규원의 마음은 어린애처럼 한껏 부풀어 올랐다. 이제 막 시작하는 연인들이 그렇듯이 규원은 신의 행동, 표정, 말 한마디 한마디에 의미를 부여했다. 가방을 들어주는 손길과 무심한 표정 뒤에 숨겨진 따뜻한 눈빛, 그녀를 생각해서 자전거까지 두고 온 섬세함. 모든 것이 완벽했다. 완전하게 사랑받고 있다는 느낌이 들었다. 신은 그야말로 그녀의 마음 치수에 꼭 맞는, 완벽한 남자친구임에 틀림없었다.

어깨를 나란히 버스정류장으로 걸어가는 길, 규원과 신의 손등이 자연스럽게 부딪혔다. 손등이 스칠 때마다 찌릿찌릿 온몸에 전율이 일었다.

"아프다."

"응?"

신이 걸음을 멈추고 그녀의 눈을 똑바로 쳐다보며 말했다.

"손끼리 부딪히니까 아프다고."

"어~."

규원은 새색시처럼 얼굴을 붉히며 손을 등 뒤로 살짝 감추었다. 신이 피식 웃으며 그녀의 손을 찾아 덥석 잡았다.

"부딪히지 않으려면 어쩔 수 없네, 잡고 가야지."

신과 규원의 손이 부드럽게 포개졌다. 맞닿은 손바닥에 땀방울이 송알송알 맺혔다. 신은 자신의 손아귀에 잡힌 규원의 손을 내려다보았다. 너무도 작고 여려 힘을 주면 바스러질 것만 같았다. 언제까지고 지켜주리라, 결코 이 손을 놓지 않으리라, 마음먹으며 걸음을 떼었다.

저만치 학교 가는 버스가 도착했다. 버스에 올라탄 그들은 자리를 찾아 두리번거렸다. 신이 먼저 뒷자리에 자리를 잡고 앉아, 자신의 옆자리를 손바닥으로 톡톡 두드렸다. 규원이 수줍게 웃으며 신이 옆에 가서 앉았다. 신의 손이 다시 그녀의 손을 찾아 잡았다. 맘속에 알알이 맺혀 있던 간지러운 웃음들이 폭죽처럼 팡팡 터지는 것 같았다. 볼이 실룩실룩하는가 싶더니 저절로 입이 벌어지고 웃음이 나왔다.

신이 가방에서 엠피스리와 이어폰을 꺼냈다.

"무슨 음악이야?"

"엔딩곡 편곡한 거 샘플."

"벌써 끝냈어?"

"아니, 기타 솔로만 녹음해봤어. 여기에 국악기를 얹어야지. 들어볼래?"

규원이 눈을 반짝이며 고개를 끄덕였다.

"응!"

신이 규원의 작은 귀에 이어폰을 꽂아주고 남은 이어폰 한쪽을 자신의 귀에 꽂았다. 신이 정성 들여 만든 연주곡이 규원의 달팽이관을 타고 정신없이 흘러 다녔다. 리듬은 듣는 이의 마음을 제멋대로 쥐락펴락했다. 밀고 당기는 힘이 보통이 아니었다. 파란 융단을 타고 구름 위를 날아다니는 기분이었다. 이렇게 멋진 음악을 만드는 남자가 내 남자친구라니! 규원은 꿈꾸는 듯한 표정으로 신의 옆얼굴을 바라보았다. 창밖을 바라보던 신이 고개를 돌렸다.

"어때?"

규원이 한바탕 분홍빛 꿈을 꾸고 난 것처럼 말개진 눈빛으로 신이를 바라보았다.

"좋다."

"진짜?"

"응! 엉터리면 야단치려 했는데 제법이네? 여기에 가야금 연주 얹으면 멋지겠다."

신은 그럴 줄 알았다는 듯이 아싸! 하는 표정으로 어깨를 으쓱해 보였다.

"난 잘 모르겠는데 남들이 나보고 학습능력이 뛰어나다, 하나를 가르치면 열을 깨우친다, 뭐 그러더라고."

"칫, 과외 선생님을 잘 만난 거겠지!"

"고칠 데 있으면 말해줘. 클라이맥스엔 악기 전부 다 쓰려고 하거든."

"그럼 장구도 꼭 넣어주라. 장구가 들어가면 신나거든. 왜 있잖아, 장구 리듬이 들어가면 저절로 이렇게 어깨 들썩들썩하게 되는 거."

규원의 어깻짓하는 폼이 신이에겐 꼭 작은 새의 날갯짓처럼 보였다.

"그거 보려면 꼭 넣어야겠다. 근데 있잖아. 언더스터디 하는 거 안 힘들어?"

"음… 응!"

"무대에도 못 올라가고 연습만 하다 끝날 수도 있는데?"

"괜찮아. 첨부터 주인공 생각하고 시작한 거 아니거든. 너 땜에 시작하긴 했지만 지금은 그냥 노래하고 춤추고, 이런 거 하나씩 배우는 게 새롭고 신나."

"나 때문에 시작했어?"

"음… 처음엔."

신이 쑥스럽다는 듯 픽 웃으며 말했다.

"다른 곡 하나 더 들어볼래?"

꿈같은 시간이 지나고, 버스가 학교 앞에 도착했다. 규원과 신은 손을 꼭 잡고 학교를 향해 씩씩하게 걸어 올라갔다. 그때 룰루랄라 뒤에서 걸어오던 사랑이와 연극과 아이들이 먹이를 발견한 까치살

모사처럼 눈을 밝혔다.

"뭐시여! 저거 이신과 이규원 아냐?"

사랑이 마구 침을 튀기며 말했다. 부릅뜬 두 눈에선 레이저가 뿜어져 나왔다.

"아니, 둘이 왜 같이 있어! 이게 무슨 말도 안 되는 시추에이션?"

"그러게!!"

그들의 목소리에 신이 걸음을 멈추고 고개를 외로 틀었다. 사랑과 그 친구들이 저만치서 손가락질을 해대며 걸어오는 게 보였다. 신은 잡고 있던 규원의 손을 탁 놓아버렸다. 깜짝 놀란 규원이 신의 얼굴을 빤히 쳐다보았다.

"왜 그래?"

"가만있어. 돌아보지 말고, 그냥 가."

규원은 급변한 신의 안색을 살피며 고개를 갸우뚱거렸다. 그 순간, 사랑이 "아… 한 동네 산다더니, 그냥 같이 걸어가던 거였나 봐!" 하고 수군대며 신과 규원을 앞질러 걸었다. 그러자 신이 참았던 숨을 몰아쉬었다.

"휴우, 갔다."

그제야 정황을 파악한 규원이 눈살을 찌푸렸다.

"사랑 선배 땜에 모른 척하란 거였어?"

"소문나면 피곤하잖아."

"피곤하다니?"

"너나 나나 귀찮아진다고. 여자애들이 가만있을 거 같아? 한순간에 너, 공공의 적 될 수도 있어."

신은 정말로 규원이 걱정되었다. 자기를 바라보는 시선이 어디 한두 개란 말인가? 규원이 자기 때문에 억울하게 미움을 당할까봐 불안했다. 하지만 신이 자신의 남자친구라고 떳떳하게 자랑하고 싶었던 규원은 그의 말과 행동이 서운하기만 했다.

"그런 경험 안 해봐서 모르겠네. 그렇게 걱정되면 같이 안 다니면 되겠다."

"무슨 말을 그렇게 해?"

규원은 애써 담담한 척했다.

"소문나는 거 싫다며. 같이 있는 거 들키기 싫을 텐데 천천히 와. 나 먼저 갈게."

규원은 신에게서 가방을 빼앗아 둘러메고는 쏜살같이 앞서 걸어갔다. 너무도 순식간에 일어난 일이라 잡을 새도 없었다.

몇 시간 동안 규원한테 문자메시지 한 통 오지 않았다. 점심 맛있게 먹었냐는 문자를 보냈는데도 답변이 없었다. 신은 수업에 집중할 수가 없었다. 생각할수록 이해가 되지 않았다. 걱정하는 맘이 앞서서 그런 건데, 그게 그렇게 화가 나는 걸까?

맑았던 하늘에 먹구름이 끼기 시작했다. 여름 날씨가 딱 이규원의 변덕스런 성격을 닮은 것 같았다. 수업을 마친 신은 카푸치노 한 잔을 사 들고 도서관 발코니로 올라갔다. 문자함은 여전히 고요했다.

"여기서 뭐 하나?"

신은 긴 꿈에서 깨어나듯 화들짝 놀라 돌아보았다. 석현이 책을 몇 권 들고 서 있었다.

"너 요새 규원이랑 맨날 붙어 다닌다는 소문 있더라?"

신은 규원을 향한 석현의 관심이 짜증스럽고 싫었다.

"정 교수님은 안녕하시죠?"

엉뚱한 대답에 석현이 신의 어깨를 가볍게 툭툭 치며 물었다.

"자식. 그나저나 엔딩곡 네가 편곡하고 있다며?"

"네."

"들었는지 모르겠는데 그 곡 원곡자가 좀 까탈스러워. 말도 많고, 별로 아는 것도 없는 주제에 아는 척은 또 엄청 많이 하고. 아주 피곤한 스타일이야."

"누군데요?"

석현은 손가락을 빙 돌려서 자신을 가리켰다. 신이 눈을 크게 뜨고 석현을 바라보았다.

"당황했지, 지금?"

"진짜 까탈스러운 사람 맞네요."

석현이 멋쩍은 듯 웃더니 진지하게 입을 열었다.

"홍 교수님 말로는 밴드 곡은 많이 써봤다던데…. 국악 편곡은 안 해봤을 거 아냐? 진행은 잘 되고 있어?"

"기타 솔로 후에 A파트에서 가야금 24현을 아르페지오 스타일로 넣어볼까 합니다."

"괜찮을 거 같네. 규원이가 도움이 됐나봐?"
"네."
"다행이네. 근데 요즘 분위기가 좀 바뀐 것 같다. 규원이 영향인가?"
"네?"
"규원이 녀석, 사람 무장 해제시키는 힘 있잖아. 보고 있는 이쪽까지 웃게 만들고. 자기가 무슨 캔디라구….'"

규원을 생각하기만 해도 즐겁다는 듯 석현이 빙긋 웃었다. 신은 그런 석현의 모습이 마땅찮았다. 석현이 미소를 거두고는 한 손으로 신의 어깨를 지그시 누르며 말했다.

"가봐야겠다. 편곡 샘플 나오면 가져와봐. 들어보게."

신은 석현의 손을 어깨에서 떼어내며 무뚝뚝하게 대답했다.

"네."

석현이 손을 흔들고는 뚜벅뚜벅 걸어갔다. 신은 석현의 뒷모습을 바라보다 세차게 고개를 저었다. 다른 여자애들의 질투는 문제가 아니었다. 말끝마다 규원, 규원 하는 석현이 문제였다. 제아무리 친한 연출자와 배우라 하더라도, 경계 없이 선을 넘나들면 곤란했다.

'그래. 규원이의 기분도 풀어줄 겸 내가 먼저 확실하게 공개하는 게 낫겠어. 이규원은 내 여자라고! 내가 규원이 남자친구라고!'

생각해보니까 못할 것도 없었다. 시계를 보니 규원이 수업 마칠 시간이었다. 신은 재빨리 도서관 계단을 뛰어 내려가 국악과 건물로 들어갔다.

그 순간, 강의실 문이 열리고 수업을 마친 아이들이 우르르 몰려나왔다. 그 가운에 규원이 있었다. 아침에 본 모습 그대로 싱그러운 규원, 한여름에 핀 능소화 같은 규원, 삐쳐서 문자 한 통 없는 얄미운 이규원이 서 있었다.

"이신…."

신은 규원에게 성큼성큼 다가가, 손을 덥석 잡았다. 주위에 있던 학생들이 눈을 휘둥그레 뜨고 신과 규원을 쳐다보았다. 이제 막 강의실에서 나온 보운도 입을 딱 벌리고 그들을 바라보았다. 규원이 신에게 잡힌 손을 빼려고 뒤로 물러서자 신이 규원을 안듯이 당기면서 말했다.

"우리 밥 먹으러 가자!"

이상했다. 밥 먹으러 가자는 신의 말이 '우리 사귀자.' 하는 말보다 더 가슴 설레게 했다. 규원은 마음에도 없는 소리를 하며 신에게 이끌려갔다.

"야! 애들이 다 보잖아."

신은 아랑곳하지 않았다. 당당하게 잡은 손을 흔들며 뭇 여학생들의 탄식과 함성을 헤치고 걸어갔다. 신이 잡은 손에 힘을 주며 규원을 돌아보았다.

"너, 이제 큰일났다."

"네가 지켜줄 거잖아."

규원이 상기된 얼굴로 배시시 웃었다.

엠티를 다녀온 후 달라진 건 규원과 신의 관계만이 아니었다. 100주년 공연을 준비하는 아이들 모두가 달라져 있었다. 석현을 향한 아이들의 시선에는 동경과 신뢰가 가득 담겨 있었고, 서로간의 화합도 한층 좋아졌다.

이 모든 변화가 태준에게는 달갑지 않았다. 아이들이 석현을 따르는 것도, 석현이 지휘하는 공연이 성공을 향해 달려가는 것도, 윤수와 석현이 캠퍼스 곳곳에서 다정하게 팔짱 끼고 돌아다니는 것도 마음에 들지 않았다. 어서 빨리 석현을 학교에서 쫓아내고 싶었다. 석현을 쫓아내기만 하면 자신에게도 행운이 몰려올 것 같았다.

태준은 자신의 오른팔 노릇을 하고 있는 조명감독을 불렀다. 이틀 전 은밀히 지시한 석현의 뒷조사에 대해 듣기 위해서였다. 조명감독은 두툼한 A4 용지 뭉치를 들고 들어서며 거드름을 피웠다.

"여섯 사람만 건너면 전 세계에 모르는 사람이 없다더니 김석현도 다 걸리더라고. 우리한테만 까칠하게 굴었던 게 아니었어."

태준은 맘이 바빠졌다. 도대체 무엇이 걸렸다는 말일까?

"브로드웨이 스태프들하고 사이가 안 좋았단 얘기는 저도 들었는데 꼬투리 잡을 게 있던가요?"

"에이~ 그 정도야 다들 겪는 일이고. 여배우랑 스캔들 있었던 거 못 들어봤어?"

"여배우랑요?"

"응, 원래 있던 여주인공을 까내고 무명의 여배우를 데려왔나봐. 김석현이 보는 눈은 진짜 있는지 새로 바꾼 여주인공이 무지하게 잘하기는 했대. 하지만 하도 여기저기서 말이 들어오니까 무명 여배우도 하차하고 김석현도 때려치웠대."

"허, 그건 나도 모르는 일인데?"

"김석현이 중간에 관뒀으니까 당연히 모르지. 암튼 그 일로 무명의 여배우랑 사귀는 사이 아니냐, 돈 먹은 거 아니냐, 구설수에 엄청 시달렸나봐."

"그건 아닐 겁니다. 자존심으로 먹고 사는 인간이라 그런 짓을 할 놈이 못 되거든요."

태준은 도리질을 하면서도 손에 든 A4 용지를 흔들며 말을 이었다.

"이걸로 가죠!"

"그런 짓 안 했을 거라며?"

"진실이 뭐가 중요합니까? 진짜 마녀인지 아닌지는 중요한 거 아니잖아요? 우린 그냥 사냥만 하면 됩니다. 진실을 요구하는 척 하면서요."

태준은 어깨를 으쓱해 보이며 웃었다. 마녀사냥을 앞둔 심판자처럼 음흉하고 확신에 찬 모습이었다.

조명감독이 연구실을 나가자마자 태준은 희주 엄마에게 전화를 걸었다. 하지만 썩 반기는 눈치가 아니었다.

"무슨 일이시죠?"

"네, 방금 팩스 하나 넣었습니다."

"네, 왔네요. 근데 이게 뭐죠?"

태준은 조명감독과 나눈 얘기를 희주 엄마에게 들려주었다. 그 정도 이슈라면 석현을 쫓아낼 수 있을 뿐 아니라, 눈엣가시 같은 규원이까지 몰아낼 수 있다는 설명도 덧붙였다. 그런데 가만히 듣고 있던 희주 엄마가 김빠지는 소리를 했다.

"생각보다 빠르게 움직이셨네요. 근데 우리 희주가 무대에 오를 텐데 이왕이면 브로드웨이에서 인정받은 감독이 더 좋지 않을까 싶어요. 이상한 스캔들 따위로 공연 이미지 망칠 필요도 없을 거 같고요. 게다가 이 자료, 그다지 진실성도 없어 보이네요."

"그럼 김석현하고 이규원은….."

"임 교수는 빠지세요. 내가 알아서 할 테니. 얘기 다 했으면 끊을게요. 지금 스폰서들 만나러 나가봐야 하거든요."

그렇게 말하고 전화는 끊어졌다. 뚜뚜, 하는 신호음이 태준의 날카로워진 신경을 파고들었다.

아무래도 일이 제대로 꼬인 것 같았다. 희주 엄마가 석현을 감싸고 나선다면 태준으로서도 별 도리가 없었다. 스폰서를 만난다니, 브로드웨이의 후광을 입은 석현을 보고 투자할 인간들을 만날 모양이었다. 그럼 나는 뭐야? 지금 내 꼴이 이게 뭐냐고?!

희주는 연습시간 내내 규원의 얼굴을 봐야 하는 게 싫었다. 신과 규원이 사귄다는 것도 신경질이 났다. 또한 무엇보다 규원이 자신의 대역, 언더스터디를 맡고 있다는 게 몹시 신경에 거슬렸다. 그런 그녀에게 석현은, 언더스터디는 경쟁자가 아니라고 말했다. 서로 아끼고, 힘을 보태줘야 한다나? 말도 안 되는 소리!
 희주는 규원 따위는 무대 구경도 못 하게 해주겠다고 벼르며 연습실로 향했다. 문득 배에서 꼬르륵 소리가 들렸다. 하지만 배고픔쯤은 무시하기로 했다. 석현이 말하는 사랑의 감정 따위야 흉내 낼 수 있겠지만, 뚱보가 날씬한 척할 수는 없었다. 그것이 희주의 생각이었다.
 "희주 언니!"
 저 앞쪽에서 준희가 해맑은 얼굴로 웃으며 희주를 불렀다.
 "왜!"
 "언니, 나랑 어디 좀 가자!"
 준희가 난데없이 터프하게 희주의 손목을 잡아당겼다.
 "뭐, 뭐야! 어디 가는데?"
 배가 고파 기운도 없는 희주는 준희의 손에 끌리듯 따라갔다.

 준희가 희주를 데리고 간 곳은 학교 옥상이었다. 희주는 준희의 손길을 휙 뿌리치면서 성깔을 부렸다.

"무슨 일이야? 나 연습해야 된단 말이야!"

준희는 걱정이 가득 담긴 눈빛으로 희주를 바라보았다.

"언니, 요즘 밥 안 먹지?"

"비타민에 홍삼도 챙겨 먹어."

"그거 먹고 어떻게 살아, 밥을 먹어야지. 요즘 언니 얼굴이 말이 아냐, 너무 말랐다고!"

"공연 때까지 이 몸무게 유지해야 돼!"

"내가 언니 주려고 도시락 싸 왔어! 이리 와서 앉아!"

손바닥만 한 그늘이 드리워진 옥상 한구석에 연둣빛 돗자리가 펼쳐져 있고, 그 위에 먹음직스러운 도시락이 깔끔하게 놓여 있었다. 보기만 해도 군침이 돌았다. 갑자기 치솟는 식욕에 희주의 신경은 더욱더 날카로워졌다.

"안 먹는다니까!"

"이건 먹어도 살 안 찌는 도시락이야. 곤약으로 만든 국수, 두부스테이크, 해초샐러드. 이거 다 먹어도 칼로리 얼마 안 돼!"

준희가 희주 코앞까지 도시락을 내밀며 먹어보라고 채근했다. 희주는 칼로리가 낮다는 소리에 솔깃해져 잠시 머뭇거렸다. 이때다 싶었는지 준희가 젓가락으로 두부스테이크를 집어 희주에게 내밀었다. 망설이던 희주가 조그맣게 입을 벌렸다.

"어때?"

"맛있어!"

"언니가 맛있다니까 너무너무 기쁘다! 내가 공연 끝날 때까지 맨

날맨날 싸다 줄게!"

"진짜 살 안 찌는 거지?"

"그렇다니까!"

사이좋게 도시락을 먹고 있는데, 희주의 휴대폰에서 문자메시지 알림음이 울렸다. 희주는 젓가락을 놓고 휴대폰 액정을 들여다보았다. 대출 광고 문자였다.

"무슨 문자야?"

"돈 필요하면 쓰래."

"요즘 그런 쓸데없는 문자 많더라! 밥 먹을 땐 밥만 생각해!"

준희는 희주의 휴대폰을 빼앗아 전원을 껐다.

도시락통이 비어갈수록 태양의 열기도 차츰 약해지고 있었다.

"아, 배부르다."

"맛있는 거 먹으니까 잠이 솔솔 오지? 내 다리 베고 잘래?"

"됐어!"

"내가 자장가 불러줄게, 한숨 자!"

그 시각, 희주 엄마는 별 다섯 개짜리 특급호텔 식당에서 스폰서들을 만나고 있었다.

"저희 학교의 100주년 기념 공연 스폰서에 응해주셔서 정말 감사합니다."

산뜻하게 머리가 벗겨진 중년의 남자 스폰서가 얼른 답례했다.

"저희야말로 영광이죠. 따님이 여주인공이 됐다고 들었는데 축하드립니다!"

곁에 있던 다른 스폰서도 끼어들었다.

"이제 우리나라 최고의 톱스타가 되는 건 시간 문제겠어요!"

희주 엄마가 크리스털 와인잔을 내려놓으며 말했다.

"별말씀을요. 실망시켜드리지 않도록 열심히 하는 것뿐이죠."

"말 나온 김에 우리한테만 공연 좀 미리 보여주심 안 될까요? 스폰서들에게 그 정도 혜택은 있어야 되는 거 아닙니까? 안 그래요?"

스폰서는 좌중을 둘러보면서 동의를 구했다. 갑작스런 요구에 당황한 희주 엄마가 잠시 망설였다.

"이렇게 부탁드리는데도 안 된다면 할 수 없고요. 큼!"

스폰서가 마땅찮다는 얼굴로 들고 있던 포크를 소리 나게 내려놓았다.

"알겠습니다. 학교에 연락해보죠."

희주 엄마는 억지로 웃어 보이고는 식당 밖으로 나왔다. 희주에게 전화를 걸었지만 전원이 꺼져 있다는 안내음성이 나왔다. 아무래도 연습 중인 모양이었다. 어쩔 수 없이 태준에게 전화를 걸어, 스폰서의 방문을 알렸다.

식사를 마친 스폰서들이 레스토랑 밖으로 우르르 몰려 나왔다. 공연을 보고 싶다고 채근하던 스폰서가 확인하듯 물었다.

"학교에는 연락해보셨습니까?"

희주 엄마가 어깨를 으쓱하며 확신에 찬 어조로 짧게 대답하고 앞장서서 걸었다.

"예! 가시죠!"

스폰서를 이끌고 학교를 찾은 희주 엄마는 태준에게 뜻밖의 소식을 들었다.

"희주가 없다니 그게 무슨 소리예요?"

"아무리 찾아봐도 연락이 안 된답니다."

"그럼 진작 얘기를 했어야지, 스폰서들 다 데리고 왔는데 이제 와서 뭐가 어째요?"

태준은 진땀이 흐르는 손바닥을 바지에 문질러대며 대답했다.

"아무래도 언더스터디인 이규원이 무대에 올라가야 할 것 같습니다."

희주 엄마가 눈빛을 희뜩이며 되받아쳤다.

"뭐라고요?"

그때 공연을 보게 해달라고 부탁했던 스폰서가 다가왔다.

"아, 여기 계셨군요!"

그러자 희주 엄마가 낯빛을 바꾸며 환하게 웃었다.

"뭐, 문제라도 있습니까?"

"아닙니다. 지금 한창 준비 중이랍니다."

희주 엄마는 스폰서가 눈치채지 못하도록, 임 교수에게 눈짓을 보냈다. 태준이 허리를 숙이며 굽실거렸다.

"예, 바로 시작할 겁니다. 가시죠."

'이렇게 마구잡이로 들이닥쳐 공연을 보겠다니, 우리가 뭐 자기들 꼭두각시냐고! 빌어먹을!' 석현은 마음 깊은 곳에서 치고 올라오는 쓴소리들을 꾹 눌러 참으며 메가폰을 들었다. 일사천리로 절도 있게 움직이는 아이들의 몸짓에서 그동안의 수고와 노력이 그대로 드러났다.

석현은 바삐 움직이는 수명을 불러 세웠다.

"한희주 아직 연락 안 됐어?"

"예. 휴대폰도 꺼져 있고, 학교를 다 뒤져봐도 없습니다."

"이규원은?"

"지금 기영이랑 분장실에 있습니다."

"그래, 이럴 때 써먹으라고 언더스터디가 있는 거지. 음악은 준비됐고?"

"예, 밴드 세팅하기엔 시간이 없어서 MR로 준비했습니다."

규원과 기영은 잔뜩 긴장한 채 분장실에서 대기 중이었다. 머리 손질을 마무리한 규원이 거울에 비친 기영을 바라보았다. 기영은 어깨를 부들부들 떨며 눈을 감고 있었다. 공연 때마다 그를 괴롭혔던 무대공포증이 다시 찾아온 모양이었다.

"오빠, 괜찮아요?"

기영이 속눈썹을 파르르 떨며 고개를 끄덕였다. 이대로는 안 되겠다 생각한 규원이 짐짓 밝고 명랑하게 말했다.

"오빠가 벌써부터 떨면 어떡해요!"

기영이 붉게 충혈된 눈으로 규원을 바라보았다. 규원이 기영의 양손을 감싸 쥐었다.

"나 오빠 믿고 나가는 건데…. 우리 그냥 연습이라고 생각해요, 네?"

기영이 빙긋 웃으며 규원에게 잡혔던 손을 빼내 반대로 규원의 손을 꼭 쥐었다.

"그래, 우리 즐겁게 잘해보자!"

두 사람이 함께 고개를 끄덕이는데, 노크 소리와 함께 신이 들어왔다. 기영이 활짝 웃으며 자리에서 일어났다.

"그럼, 나 먼저 나가 있을게…."

규원이 쑥스럽다는 듯 얼굴을 붉혔다.

"있어도 괜찮은데."

"아냐, 둘이 얘기해. 그리고 이규원, 고맙다."

기영이 나가자 규원이 깊은 한숨을 토해냈다.

"괜찮아?"

신이 그녀의 어깨를 주무르며 물었다.

"아니, 안 괜찮아…. 기영 오빠 도망갈까봐 괜히 센 척했어. 여주인공 안 되길 잘한 거 같아. 지금도 이렇게 떨리는데…."

신은 떨고 있는 규원이 애처로워 보였다.

"나도 카타르시스 무대 오를 때마다 항상 떨려."

신이 뒤에 있던 의자를 규원 앞으로 당겨서 앉았다.

"그때마다 어떻게 하는지 알아?"

규원이 아이처럼 고개를 내저었다.

"몰라."

신이 규원의 얼굴을 양손으로 조심스레 감싸고, 눈을 뚫어지게 바라보았다.

"관객을 이렇게 바라보는 거야. 그리고 주문을 외우는 거지…. 넌 내게 반했어… 라고."

규원의 얼굴이 새빨개졌다. '맞아, 이신! 난 네게 반했어!'

신이 활짝 웃으며 규원의 어깨를 살포시 감싸 안았다.

"이규원, 파이팅!"

귓가에 닿는 신이의 달콤한 목소리에 규원은 힘이 불끈 솟는 것 같았다.

규원은 신과 함께 강당으로 나갔다. 어느새 강당 중앙에 간이무대가 마련되어 있었다. 규원은 신과 헤어져 무대 뒤편으로 걸어갔다. 희주 엄마와 스폰서들이 무대 앞쪽에 자리를 잡고 앉자, 석현이 무대 위로 올라섰다.

"갑자기 준비했기 때문에 완벽하진 않을 겁니다. 3막 일부분과 4막 주인공들의 노래를 보여드리겠습니다."

석현의 말을 들은 스폰서가 희주 엄마에게 귀엣말을 했다.

"주인공이면 따님이 나오시겠네요?"

희주 엄마는 짜증을 꾹 누르며 우아한 표정으로 환하게 웃었다.

"저희 딸이 갑자기 컨디션이 안 좋아져서 언더스터디가 한다네요. 이해해주세요."

"언더스터디가 뭔가요?"

"주인공 대역이죠. 알기 쉽게 말하면 땜빵이라고나 할까요."

스폰서가 김샜다는 얼굴로 투덜거렸다.

"에이~ 그럼 주인공 무대는 나중에나 보겠구먼."

희주 엄마는 자리에서 반쯤 일어나 스폰서들에게 고개를 숙였다.

"죄송합니다."

드디어 무대가 열리고, 둥둥둥 음악이 시작되었다. 주인공을 제외한 연기팀 학생들이 무대 위로 올라섰다. 음악과 아이들의 안무는 좋은 앙상블을 이루었다. 두 손을 서로 엮어 커다란 우주를 그리던 아이들은 독수리처럼 비상하는 음악에 맞춰 힘차게 날갯짓을 하며 흩어졌다. 안무 동작 하나하나에 그동안의 땀과 눈물이 진하게 배어 있었다. 스폰서들은 생각보다 멋진 무대에 넋을 잃고 감탄했다. 도끼눈을 하고 있던 희주 엄마도 고개를 끄덕이며 제법이네 하는 표정을 지었다.

안무팀이 웅장한 선(線)을 이루며 뒤로 빠지고, 규원과 기영이 손을 맞잡고 무대로 걸어 나왔다. 푸른 조명이 두 사람을 조심스레 밝혀주었다. 마주 선 두 사람이 긴 호흡으로 서로를 위무해주는 사이, 음악이 바뀌었다. 기영이 먼저 입을 열었다. 늘 도망만

다니던, 무대공포증에 사로잡혀 있던 기영이 무대 중앙에서 조명을 받으며 노래를 불렀다. 그의 목소리는 마치 우주와 공명하는 듯했다. 흔들림 없는 안정된 노래가 듣는 이의 가슴으로 고스란히 스며들었다. 그 모습을 지켜보던 석현이 안도의 한숨을 쉬었다. 이제 규원이 차례였다. 규원은 신이 가르쳐준 주문을 생각하며 눈을 감았다. 그래, 넌 내게 반했어! 그녀는 모두에게 주문을 걸 듯 노래했다. 떨림까지 고스란히 자기 몫으로 껴안고 객석에게 따스한 이야기를 전하듯 부드럽게 노래했다. 사랑은 이렇듯 모든 것을 자기 몫으로 껴안는 것이라고, 품어서 놀라운 추억들을 만들고 되새기는 것이라고.

모든 사람들이 그녀의 노래에 빠져들었다. 신은 규원이 자랑스러웠다. 당장이라도 무대로 뛰어올라가 규원의 입술에 입 맞추고 싶었다. 저렇게 반짝반짝 빛나는 여자가 내 여자친구라고 만천하에 알리고 싶었다.

다른 사람들은 어떤지 궁금해서 주변을 둘러보니, 모두들 감동한 얼굴로 입을 쩍 벌리고 있었다. 신은 만족스런 미소를 지으며 고개를 돌렸다. 그 순간, 석현의 눈빛이 신의 눈을 사로잡았다.

석현은 규원에게서 눈을 뗄 수 없었다. 분명 재능이 있다고 생각해 기대를 품었지만, 그녀가 이렇듯 완벽하게 무대를 장악하리라고는 생각지 못했었다. 규원의 입술이 사랑을 말할 때마다 석현의 가슴이 두방망이질쳤다. 신은 그런 석현의 눈빛이 맘에 들지 않았다.

드디어 작은 공연이 막을 내렸다. 규원과 기영은 손을 잡고 객석을 향해 허리를 깊이 숙였다. 스폰서들은 브라보를 외치며 기립박수를 보냈다. 함성소리가 강당 안을 쩌렁쩌렁 울렸다. 희주 엄마도 마지못해 일어나 억지로 웃으며 박수를 보냈다. 화가 나서 기절하기 일보 직전이었다.

"대역이 이 정도면 여주인공은 얼마나 잘한단 얘깁니까?"

희주 엄마는 그런 말을 하는 스폰서의 입을 한 대 쥐어박고 싶은 기분이었다. 이렇게 무참한 기분이라니! 희주가 옆에 있다면 한바탕 볼기짝이라도 때려주고 싶었다. 그런데 또 한 명의 스폰서가 덩달아 호들갑을 떨었다.

"오디션 때 기사 많이 나왔던 그 학생 맞죠? 역시 기자들 보는 눈이 있네."

"그러게 말이야. 지금 뽑아다 뮤지컬 무대에 세워도 되겠는데?"

스폰서들은 앞다투어 규원을 칭찬하며 저만치 앞서갔고, 희주 엄마는 잔뜩 굳은 얼굴로 뒤를 따랐다.

강당 밖에 미리 나와 있던 태준이 굽실거리며 다가왔다.

"제 방에 가서 차 한잔 하시겠습니까?"

"내가 지금 차 마실 기분이겠어요?"

희주 엄마는 태준 곁을 쌩하니 지나쳐갔다. 그러다 신경질적으로 걸음을 멈추고 뒤를 돌아보았다.

"이규원을 자르려면 김석현 감독부터 손봐야 된다 그랬죠?"

태준이 눈을 내리깔았다.

"예!"
"지난번에 얘기했던 거 진행하세요."

희주 엄마는 스폰서를 배웅하고 돌아와서도 분이 풀리지 않았다. 바람에 나부끼는 초록 잎들조차 자기를 놀리는 것 같았다. 그녀는 씩씩거리며 강당을 가로질렀다. 그때, 반대편에서 부스스한 모습으로 걸어오고 있는 희주가 보였다. 혼자가 아니었다. 거지발싸개처럼 차려입은 남자애와 함께였다. 남자애는 뭐가 그리 좋은지 돗자리와 도시락통을 흔들며 콧노래를 부르고 있었다. 그 모습을 지켜보자 피가 거꾸로 솟는 것 같았다. 그때 희주가 엄마를 발견했다.

"엄마…."

희주 엄마는 성질을 참지 못하고 그대로 딸의 뺨을 때렸다. 짝! 소리와 함께 준희의 안색이 새파랗게 질렸다. 희주도 창백하게 그 자리에서 굳었다. 희주는 직감적으로 깨달았다. 엄마의 분노가 공연과 관계 있을 거라는 것, 자신의 꺼진 휴대폰과 관계 있을 거라는 것을.

가쁜 숨을 몰아쉬던 희주 엄마가 준희를 쏘아보았다.

"넌 뭐야?"

준희가 울상을 지었다.

"저, 그게 아니라요."

희주는 불똥이 준희에게 튈까 싶어 준희에게 싸늘한 시선을 던졌다.

"그냥 가!"

준희는 갈팡질팡했다. 가는 게 맞는지, 희주 옆에 있는 게 맞는지 판단이 서지 않았다. 어정쩡한 준희의 모습에 희주가 버럭 소리를 질렀다.

"가라고!"

준희가 힘없이 돌아서 가자, 희주 엄마가 혀를 끌끌 차기 시작했다.

"저런 거지발싸개 같은 애랑 어울리느라고 전화도 꺼놓은 거야? 흐응, 이규원 잘하더라? 하기 싫으면 지금이라도 때려쳐! 사람들 앞에서 엄마, 아빠 망신 주지 말고!"

희주 엄마는 싸늘한 시선으로 딸을 노려보다 자동차 쪽으로 거칠게 잡아끌었다.

벤츠 세단 안의 공기는 싸늘했다. 조수석에 앉은 희주는 엄마 쪽을 보지 못하고 주구장창 창밖만 바라보았다. 준희의 무릎을 베고 잠이 들던 그때에는 이렇게 끔찍한 일어날 줄 몰랐었다. 그녀에게 특별한 오후를 선물해준 준희도, 그녀 대신 무대에 오른 규원도, 규원을 무대에 세운 석현도, 갑자기 스폰서를 끌고 온 엄마도 원망스러웠다. 하지만 그 누구보다 자기 자신이 제일 원망스러웠다.

말없이 운전만 하던 희주 엄마가 입을 열었다.

"아깐 때려서 미안해."

희주는 말이 없었다.

"이규원하고 김석현 감독 쫓아낼 거야. 그러니까 너는 모른 척하고 있어. 알았지?"

희주가 싸늘한 얼굴로 엄마를 돌아보았다.

"고마워. 안 그래도 두 사람 걸렸는데, 잘됐네!"

규원은 기분 좋은 피로를 느끼며 버스정류장에 서 있었다. 희주 대신 갑자기 올라간 무대에서 실수 없이 잘해냈다는 걸 믿을 수가 없었다. 감독님도 칭찬을 하고 보운과 친구들도 호들갑을 떨며 술 한잔하며 축하하자고 붙잡았지만, 신이 없다는 서운함에 모두 뿌리치고 집으로 가는 길이었다. 신은 지금쯤 카타르시스에서 공연을 하고 있겠지? 규원이 아쉬운 마음으로 신을 생각하던 그때 문자메시지 알림음이 들렸다. 지금 당장 카타르시스로 오라는 신의 메시지였다. 살며시 미소를 지으며 답장을 하려는데, 두 번째 메시지가 도착했다.

〈보고 싶어!〉

규원의 마음이 출렁였다. 축하해, 잘했어, 그런 말보다, 심지어 좋아한다는 말보다 백 배 천 배는 좋았다. 규원은 두근거리는 가슴을 안고 카타르시스로 달려갔다.

카타르시스에 도착하자 신의 노랫소리가 들려왔다. 노래를 따라 부르는 사람, 춤을 추는 사람, 함성을 내지르는 사람들 틈에 가만히 서서 규원도 신의 노래를 들었다.

규원이 카타르시스로 들어올 때부터 신의 눈엔 그녀밖에 보이지 않았다. 그녀 주변에서 춤을 추고 노래하고 환호하는 사람들은 모두 들러리일 뿐이었다.

신과 규원의 눈빛이 만나 파장을 일으켰다. 그들의 시선이 보이지 않는 다리를 만들었다. 아무도 끼어들 수 없는, 아무도 끼어들어서는 안 되는 다리를.

1절이 끝나고 간주가 시작되자 신이 손짓으로 규원을 불렀다. 규원은 잠시 망설이다 사람들을 헤치고 겨우 스탠딩석 앞으로 갔다. 아무도 보이지 않았다. 그녀의 눈엔 신이의 모습만이 가득 들어찼다.

신이 규원의 어깨를 살포시 잡고는 무대 아래로 허리를 숙였다. 규원의 얼굴 위로 뜨거운 입김이 소나기처럼 쏟아졌다. 부드러운 신의 입술이 규원의 입술에 내려앉았다. 첫 키스였다. 머리와 가슴에서 천둥이 쳤다. 규원은 눈을 감았다. 길고 진한 속눈썹이 파르르 떨렸다. 찌릿한 전율이 온몸을 타고 흘러내렸다.

이규원, 왜 거짓말했어?

태준은 책상 앞에 앉아 조명감독이 들고 왔던 석현의 스캔들 자료를 뚫어지게 들여다보고 있었다. 석현의 스캔들과 규원의 일을 어떻게든 엮어볼 요량이었다. 스캔들에 있어서 진실 따위는 중요하지 않았다. 진실이든 거짓이든 일단 스캔들이 퍼지면 그 피해자는 어떤 경우라도 치명적인 타격을 입기 때문이었다.

태준은 강박적으로 볼펜을 똑딱거리면서 손목시계를 들여다보았다. 그의 오른팔인 조명감독이 오기로 한 시간이었다. 소문을 만드는 데 있어서 사람의 입만 한 도구는 없다. 사람의 입은 미디어를 이용한 뉴스보다 더 큰 위력을 떨치기도 했다. 그런 의미에서 수다스러운 조명감독은 태준의 든든한 도구가 되어줄 터였다.

똑똑, 노크 소리에 이어 조명감독이 들어왔다.

"급하게 보잔 일이 뭐유? 규원이 무대보고 스폰서들이 더 붙는다고 했나?"

말을 마친 조명감독이 이마에 맺힌 땀을 손등으로 쓱 문질렀다. 태준은 후줄근한 옷차림의 조명감독을 마뜩찮은 눈길로 쳐다보았다. 길게 이야기하고 싶지 않았다.

"어제 희주는 아무 연락도 못 받은 겁니다."

조명감독이 뜨악한 얼굴로 태준을 바라보았다.

"무슨 소리야? 희주 어머니도 전화하고 임 교수도 계속 전화했는데 연락이 안 됐다며."

"우리는 안 했어요!"

태준의 서슬에 조명감독이 주춤 뒤로 물러서며, 그의 눈치를 살폈다. 태준이 못을 박듯 말 한마디 한마디에 힘을 주었다.

"희주는 김 감독이 연락을 안 해서 못 온 겁니다. 왜냐, 이규원을 밀고 싶어서요. 무슨 말인지 아시겠죠?"

"아니, 뭐 또 그렇게까지 없는 얘기를 만들어서…."

태준은 말귀를 못 알아듣는 조명감독이 답답했다. 저렇게 앞뒤 분간 못 하는 사람을 언제까지 옆에 두어야 할지 고민스럽기까지 했다.

"내년에 재임용 심사시죠?"

조명감독이 그제야 알아들었다는 듯, 손바닥으로 자신의 허벅지를 문지르며 비굴하게 입을 열었다.

"아~ 김 감독 너무하네! 아무리 이규원을 싸고돌아도 그렇지, 어떻게 한희주한테 연락도 안 하냐! 이걸 나 혼자 알면 안 되겠지?"
조명감독은 줄행랑을 치듯 태준의 연구실을 나갔다.

그 시각, 석현은 총장실에 불려가 말도 안 되는 소리를 듣고 있었다. 석현이 일부러 희주에게 연락을 하지 않고 규원을 무대에 세웠다며, 희주 엄마가 전화로 항의를 했다는 것이다. 어이없는 소문에 화가 난 석현은 총장실을 나오자마자 희주에게 전화를 걸었다. 뻔한 거짓말을 겁도 없이 하고 다니는 희주가 생각할수록 괘씸했다.
한참 동안 통화 연결음만 들렸다. 전화를 피하는 건가 싶었다. 석현이 전화를 막 끊으려는 찰나 휴대폰 저편에서 목소리가 들려왔다. 희주 엄마였다.
"안녕하십니까, 저 김석현 감독인데요."
"우리 희주, 약 먹고 자요."
"무슨 오해가 있으신 모양인데요."
"나중에 얘기해요."
희주 엄마가 일방적으로 전화를 뚝 끊어버렸다. 석현은 이 모든 일의 배후에 희주 엄마가 개입되어 있다는 사실을 직감적으로 알아차렸다. 생각할수록 열이 났다. 예술가를 양성한다는 학교의 꼬락서니가 겨우 이 모양이라니! 겉은 멀쩡한데 뒤는 썩어가고 있었다. 어떻게 해서든 구린내를 풍기는 작자들을 찾아내 멱살이라도 잡고 싶은 심정이었다.
석현은 맥없이 발끝에 닿는 돌멩이 하나를 뻑 차고 강당으로 걸음을 옮겼다. 윤수가 걱정스런 얼굴로 기다리고 있었다.

"석현 씨, 괜찮아?"

"아니, 안 괜찮아."

"거봐. 내가 뭐랬어. 조심하라 그랬잖아. 지금이라도 태준 선배한테…."

임태준 얘기는 듣고 싶지 않았다. 희주 엄마와 손을 잡고 일을 이 지경으로 끌고 온 게 태준이라는 걸 알고 있었다. 물증만 없을 뿐이었다. 하지만 굳이 이런 속내까지 윤수에게 얘기하고 싶지는 않았다. 석현은 걱정 말라는 듯 윤수의 어깨를 툭툭 두들겨주고 강당 입구로 발을 내딛었다.

"나 연습 간다."

윤수는 의연한 척하는 석현이 안쓰럽고 걱정되었다.

"석현 씨, 그러지 말고…."

석현이 뒤를 돌아보았다.

"나 두고 뭐라 하던 신경 안 써. 너도 알잖아? 시기와 질투를 먹고 이만큼 큰 게 김석현인 거. 하지만 핏덩어리나 다름없는 이규원 가지고 왈가왈부하는 건 유치하고 비겁해. 내가 그 녀석…."

석현이 갑자기 하던 말을 멈췄다. 하마터면 '지켜줄 거야.'라고 말할 뻔했다. 윤수 앞에서. 그는 숨을 크게 들이쉬며 말을 이었다.

"모른 척하지 않을 거야."

한편 이런 사실을 전혀 모르는 규원은 카타르시스에서의 첫 키스를 추억하며 생글거리고 있었다. 공연 연습을 하러 가는 발걸음도 그녀의 마음만큼 가볍고 경쾌했다. 그런데 갑자기 나타난 사랑과 그 친구들이 규원 앞을 가로막고 서서 건들거리며 말했다.

"앙큼한 것!"

규원이 못 들은 척 가려고 하자, 사랑이 규원의 어깨를 밀쳤다.

"얌전한 강아지 부뚜막에 먼저 올라간다더니, 이규원 다시 봐야겠어?"

"강아지가 아니라 고양이겠죠. 그리고 왜 또 시비를 거는지 모르겠지만, 그만 하시죠."

"지금 강아지냐 고양이냐가 중요한 게 아니잖아! 재주도 좋아~. 이신 홀린 것도 모자라 이젠 감독님까지 구워삶았네?"

규원의 머리끝이 바짝 곤두섰다.

"그게 무슨 소리예요?"

"몰라서 물어? 뻔뻔하기는! 이번 공연 관련해서 욕먹어야 될 인간은 한희주가 아니라 이규원이었어! 홍!"

사랑이 알 수 없는 말들을 쏟아놓고 횡하니 가버리자 규원은 어안이 벙벙했다. '인기 많은 왕자님과 사귀려니 별별 되도 않은 말들을 다 듣게 되는구나.' 규원이 한숨을 푹 쉬고 발길을 재촉하는데, 보운이 허겁지겁 뛰어왔다.

"규원아~. 사랑 언니가 뭐라 그래?"

"신이랑 사귀는 거 때문인지, 희주 대신 날 괴롭히기로 했나봐."

보운이 걱정스럽다는 듯 쭈뼛거리며 말했다.

"그거 이신 때문 아닌데…. 너 아직 모르는구나. 감독님이 널 밀어주려고 희주를 따돌렸고… 그 충격으로 한희주는 오늘 학교도 안 나왔대…. 그래서 너 지금 이래저래 욕먹고 있어."

"뭐? 말도 안 돼!"

보운이 규원의 팔을 잡아끌었다.

"규원아, 오늘은 연습 가지 말자. 한희주 없음 또 네가 주인공 돼서 연습할 텐데, 그럼 더 난리날 거야."

"내가 왜? 너도 그 말 믿어?"

"당연히 아니지!"

"사실이 아닌데 내가 왜 피해? 나 떳떳하고 도망갈 이유 없어. 갈 거야!"

"규원아~."

규원이 보운을 안심시키듯 말했다.

"걱정 마. 내가 안 가면 감독님도 이상해지잖아!"

친구들 앞에서는 씩씩한 척했지만, 규원은 기운이 하나도 없었다. 같은 과는 아니지만 몇 개월 동안 함께 땀 흘린 사람들이 어쩌면 그렇게 무서운 말들을 만들어내는 걸까 싶어 소름이 끼쳤다. 규원은 힘없이 강당 쪽으로 발길을 돌렸다.

한참 뛰고 구르는 소리에 시끄러워야 할 강당 안은 쥐죽은 듯 조용했다. 삼삼오오 모여 앉은 연기팀 아이들이 쉬쉬하며 소곤거렸다. 악기를 조율 중인 공연팀도 마찬가지로 의기소침해 있었다. 해피바이러스였던 준희마저 드럼 칠 기분이 아니었다. 스폰서가 온

날, 희주와 함께 있었던 사람도 준희였고, 그녀의 전화기를 꺼놓은 사람도 준희였다. 희주를 찾는 전화가 여기저기서 온 것도 알고 있었다. 하지만 희주는 그에게 그 모든 사실을 아무에게도 말하지 말라고 했다. 그녀를 위해서라면 무엇이든 해주고 싶은 준희는 입을 다물 수밖에 없었다.

하지만 일이 이상하게 되어가는 것 같았다. 희주를 위하는 일이 규원과 감독에게 나쁜 영향을 끼치는 것 같아 마음이 찜찜했다. 신이도 기분이 안 좋기는 마찬가지였다. 악의적인 소문의 주인공이 규원이라는 사실이 못마땅했다. 속닥거리며 규원을 욕하는 무리들을 싸잡아 혼내주고 싶었지만, 그렇게 해서 해결될 일이 아니라는 것쯤은 알고 있었다. 그저 규원이 상처를 덜 받기를 바랄 뿐이었다.

신이의 걱정을 아는지 모르는지, 규원은 평소와 다름없이 씩씩하게 강당 안으로 들어왔다. 앉아 있던 기영이 반쯤 일어나서 규원에게 아는 체를 했다. 소문의 전모를 알고 있는 기영은 규원에게 잘못이 없다고 생각했다.

"규원아, 이리 와!"

규원은 자신을 챙겨주는 기영이 고마웠다. 그녀가 기영 옆으로 가서 앉자, 사랑이 큰 소리로 비아냥거렸다.

"이제 대놓고 주인공들끼리 놀겠다, 이건가?"

대꾸할 가치조차 없다고 생각한 규원은 신이를 향해 싱긋 웃어주었다. 쿵쿵쿵 요란한 발자국 소리가 들려오는가 싶더니, 석현이 강당 안으로 들어왔다.

"공연이 코앞으로 다가온 거 알고 있지? 이런 와중에 오늘 한희주는 또 결석이다. 언더스터디 준비됐지?"

규원이 아이들의 날카로운 시선을 의식하며 작게 대답했다.

"예!"

사랑이 투덜거렸다.

"어머어머, 이러다 공연도 이규원이 하겠네?"

석현이 모두 다 들으라는 듯 말했다.

"그럼 안 돼? 언더스터디가 왜 있는 건데! 이규원, 뭐 해! 앞으로 나와!"

규원이 일어나 앞으로 나가자, 석현이 목소리에 힘을 주었다.

"자, 1막부터 가보자! 준비됐지?"

아이들의 따가운 눈총을 견디는 일은 새로운 노래와 안무를 배우는 것보다 훨씬 더 힘들었다. 규원은 평소보다 백배 천배는 더 힘든 연습을 마치고 강당을 빠져나왔다. 온몸에 식은땀이 흘러 불쾌해진 기분은 정점을 찍고 있었다. 이때 사랑과 연극과 무리들이 후다닥 튀어나오면서, 일부러 규원의 어깨를 툭 치고 갔다. 뒤돌아보며 까르르르 웃고 달아나는 그녀들을 보자, 규원은 머리 뚜껑이 열릴 것처럼 화가 치밀었다.

"이씨!"

뒤에서 그 모습을 보고 있던 석현이 주먹을 올리면서 말했다.

"참지 말고 한 대 치지?"

규원이 어깨를 축 늘어뜨렸다.

"농담할 기분 아니에요."

"얘기 들었지? 이거 미안하게 됐다."

"진짜 아닌데요, 뭐. 희주 나오면 오해 풀리겠죠."

"그래, 원래 공연 전엔…."

석현이 말을 이어가는데 별안간 신이 다가와 규원의 손을 잡아당겼다.

"가자!"

놀란 규원이 석현을 돌아보며 난처한 표정을 지어 보였다.

"야아~~ 잠깐만, 잠깐만."

규원의 만류에도 신은 그녀를 놓아주지 않았다. 연습하면서 규원에게 쏟아졌던 아이들의 질시, 눈총들이 생각나서 견딜 수 없었다. 무엇보다 이런 상황에서 석현과 단둘이 있는 그녀를 보는 건 끔찍했다. 신은 강당을 벗어나서야 규원의 손목을 놓아주었다. 규원이 빨갛게 달아오른 손목을 보며 소리쳤다.

"왜 이래, 이게 무슨 짓이야!"

신이 단도직입적으로 말했다.

"너 이번 공연 안 하면 안 돼? 어차피 무대에 올라가는 건 한희주일 텐데, 언더스터디 하면서 뭐 하러 이 고생을 해? 그만둬."

"싫어."

신이 답답하다는 듯 언성을 높였다.

"말 좀 들어, 겨우 이따위 거 하면서 왜 욕을 먹어? 뮤지컬이 뭐라고!"

"뭐라니? 지난번에 얘기했잖아, 재밌고 좋다고."

"그럼 다음에 해."

신은 말귀를 못 알아듣는 규원이 답답하고 속상했다.

"내가 이런 말 하는 이유 몰라?"

답답하긴 규원도 마찬가지였다. 규원이 인상을 찌푸리며 말했다.

"알아, 하지만 지금 내가 빠지면 감독님은 뭐가 돼? 그리고 이제와 빠지는 것도 우습잖아."

"네가 왜 감독님 걱정까지 해! 그리고 공연은, 내가 그만두라고 했다 그럴게. 그럼 돼."

하루 종일 아이들에게 당한 멸시만으로도 참기 힘든 규원이었다. 신이까지 나서서 그녀를 무시할 필요는 없었다. 신은 다른 누구도 아닌, 그녀의 남자친구니까 말이다. 참다못한 규원이 버럭 소리를 질렀다.

"넌 항상 네 위주로 생각하더라? 내가 뭐 네가 시키는 대로 하는 꼭두각시야? 뮤지컬을 계속하든 말든 그건 내가 결정해!"

말을 마친 규원이 쌩하니 찬바람을 일으키며 신의 곁을 스쳐 지나가버렸다.

"이규원!"

신이 규원의 뒤를 쫓아가는데 전화벨이 울렸다. 김석현 감독이었다. 석현은 지금 곧 자신의 연구실로 오라는 말만 하고 전화를 끊어버렸다. 신은 규원에게 나중에 얘기하자는 문자를 보내고 석현의 연구실로 걸음을 옮겼다.

신이 들어서자 석현은 읽던 책을 내려놓고 농담조로 물었다.

"아깐 뭐가 그렇게 급했어? 모르는 사람이 봤으면 이규원 납치하는 줄 알았겠다."

신이 딱딱한 표정으로 석현을 바라보았다.

"무슨 일로 부르셨습니까?"

석현은 신의 건방진 태도에 기분이 상했지만, 애써 참고 대화를 이어 나갔다.

"엔딩 편곡 좀 들어보려고. 홍 교수한테 거의 다 됐다 그랬다면서. 괜찮으면 지금 좀 들어볼 수 있을까?"

신은 말없이 메고 있던 가방에서 CD를 꺼내 석현에게 내밀었다. 석현이 오디오의 전원을 켜고 CD를 올리자 잠시 뒤 음악이 흘러나왔다. 기타 연주와 가야금 연주가 좋은 어울림을 만들어냈다. 신기하게도 기타 연주가 가야금 연주처럼, 가야금 뜯는 소리가 기타 소리처럼 들리기도 했다. 해금 소리는 전자오르간 건반 소리와 소통했다. 국악과 양악이 서로에게 스며들어 오롯한 앙상블로 피어나고 있었다.

조용히 음악을 듣던 석현이 오디오 전원을 껐다.

"괜찮긴 한데, 앞에도 가야금에 기타에, 너무 현으로만 가는 거 아닌가?"

신이 단호하게 대답했다.

"전혀 문제없다고 생각합니다."

석현은 감독의 평을 싹둑 잘라버리는 신이 불쾌했다.

"문제 있어. 기타 전에 피아노를 좀 넣으면 어때?"

신이 비웃듯 물었다.

"기타 좀 아세요?"

"피아노는 좀 치거든. 그리고, 내가 원곡자라는 거 잊었어?"

"저는 편곡잡니다. 그리고 음악감독님도 좋다 하셨어요!"

석현이 CD를 꺼내 신에게 건네며 말했다.

"나는 총감독이야! 다시 고쳐봐."

CD를 건네받은 신이 석현을 노려보았다.

"이규원, 이번 공연 빠지면 안 됩니까?"

"이규원이 빠지고 싶대?"

"아뇨, 제가 싫습니다."

"오버하지 마. 너희는 이제 겨우 시작한 커플일 뿐이야. 네 멋대로 이규원을 어떻게 하겠다는 생각은 하지 말라고! 알아들었으면 나가봐."

석현은 더 이상 상대하기 싫다는 듯 책상 위에 올려놓았던 책을 다시 집어 들었다. 신은 석현을 노려보다가 연구실 문을 쾅 닫고 나가버렸다.

석현이 책을 덮어버리고 자리에서 벌떡 일어났다. 속에서 천불이 일었다. 창가로 가서 창문을 확 열었다. 뜨거운 바람이 기다렸다는 듯이 들어왔다. 창문 아래로 재잘거리며 지나가는 아이들이 보였다. 그 천진한 모습에 석현은 정신이 아찔해져왔다. 도대체 어린 녀석을 상대로 내가 뭘 한 거지? 어쭙잖은 질투심에 사로잡혀 있던 자신이 한심하다 못해 환멸스럽기까지 했다.

얼마나 시간이 흘렀을까, 노크 소리와 함께 태준이 음흉한 웃음을 흘리며 들어왔다

"있었네? 바쁘냐?".

"무슨 일이에요?"

"지나다 들러봤어. 이런저런 일들이 많았잖냐. 괜히 오해하고 있을까봐."

석현은 싸늘한 눈빛으로 태준을 노려보았다.

"오해는 선배가 하고 있는 거 같은데요."

"너도 알다시피 나는 학과장 아니냐. 피치 못하게 이런저런 얘기들을 듣고 또 전하고 그런 거지. 야, 그런데 너는 내가 아무리 못마땅해도 음료수라도 한잔 줘봐라. 나도 너 위해서 이리저리 뛴 거 많아."

밉다니까 업자 한다고, 태준의 행동은 점점 더 점입가경이었다. 석현은 어쩔 수 없다는 듯 음료수를 사러 연구실을 나갔다. 그 순간 태준이 자리에서 후다닥 일어났다. 책상 위에 놓여 있던 석현의 휴대폰을 집어 든 손끝이 바르르 떨려왔다. 휴대폰에 저장된 연락처에서 이규원을 찾아낸 그는 빠른 손놀림으로 문자를 찍었다. 등줄기에서 식은땀이 흘러내렸다.

〈의논할 게 있으니 7시 반까지 문화호텔로 좀 올래? 누가 알면 또 뭐라고 하니까 아무한테도 얘기하지 말고 조용히 혼자 와.〉

문자를 성공적으로 보낸 후, 보낸 문자를 얼른 삭제했다. 이제 덫을 놓았으니 석현과 규원이 걸려들기만을 기다리면 되는 일이었다. 태준은 휴대폰을 제자리에 놓고 황급히 연구실을 빠져나갔다.

잠시 후 석현이 음료수를 들고 연구실로 들어왔을 때 태준은 없었다. 뭐지? 그때 전화벨이 울렸다. 모르는 번호였다.

"여보세요."

"나 희주 엄마예요."

"아, 예…."

"7시에 문화호텔에서 좀 보시죠. 희주 일로 얘기할 게 있어요. 자꾸 이상한 얘기 떠도는 거 싫으니까 아무한테도 말하지 말아주시고요."

"네…."

전화를 끊은 석현은 나쁜 예감에 사로잡혔다. 갑자기 들이닥쳤다가 사라진 태준이나, 아무한테도 말하지 말고 나오라는 희주 엄마나, 뭔가 께름칙했다.

신이와 다투고 곧장 집으로 돌아온 규원은 음악도 들어보고 노래도 불러보았지만 기분이 풀리지 않았다. 걱정하는 신이의 마음을 모르는 바는 아니었지만, 공연을 그만두고 싶지는 않았다.

규원은 스폰서가 오던 날, 무대에 섰을 때의 기분을 잊을 수가 없었다. 푸른 조명 아래 혼자 감당해야 했던 시간은 엄혹하고 냉정했지만, 규원은 떨리는 심경까지 호흡으로 뱉어내면서 노래를 불렀었다. 최선을 다한 만큼 성취감을 느꼈고, 황홀했었다. 그때 느꼈던 전율은 평생 잊을 수 없을 것 같았다. 이런 그녀의 마음을 이해한다면 신이도 그렇게 쉽게 공연을 그만두라고 하지는 못했을 것이다.

이런저런 생각에 한숨이 절로 나왔다. 규원은 침대에서 몸을 일으켜 책상 앞에 앉았다. 책상은 정리되지 않은 그녀의 머릿속처럼 지저분했다. 청소나 하자고 일어나는데, 휴대폰 문자 벨이 울렸다. 신이일지도 모른다는 생각에, 규원은 잽싸게 휴대폰을 확인했다. 석현의 문자메시지였다.

호텔 입구로 고급 승용차들이 줄지어 들어서고 있었다. 내가 이런 고급호텔도 와보다니, 규원은 호텔 전경이 낯설고 어색하기만 했다.

크리스털 샹들리에가 반짝거리는 라운지를 통과하자 바(Bar) 입구를 안내하는 표식이 나왔다. 규원은 잠시 망설이다가 바로 들어갔다. 은은한 조명에 달콤한 음악이 흐르고 있었다. 칵테일을 만드는 코너를 지나자, 구석진 자리에 앉아 있는 석현이 보였다. 규원은 활짝 웃으며 석현에게 다가갔다.

"감독님!"

느닷없는 규원의 등장에 석현의 눈이 휘둥그레졌다.

"네가 여기 왜 왔어?"

"감독님이 여기서 보자고 하셨잖아요."

석현이 황당하다는 듯 되물었다.

"내가? 내가 여기서 보자는 문자를 보냈다고?"

"예!"

규원이 주머니에서 휴대폰을 꺼내 문자를 확인시켜주었다.

"보세요, 감독님이 보낸 거 맞잖아요."

석현의 얼굴이 무참하게 일그러졌다. 일이 제대로 꼬였다는 생각이 들었다. 언젠가, 브로드웨이에서도 이런 일을 당한 적이 있었다. 석현이 아끼던 재능 있는 여배우와, 그녀를 질투한 또 다른 여배우, 석현의 뛰어난 연출력을 시기했던 또 다른 연출자. 더러운 음모가 만들어낸 지저분한 스캔들.

결국 그 일로 석현은 기획하고 있던 공연을 포기해야 했고, 석현이 아끼던 그 재능 있는 여배우도 브로드웨이를 떠날 수밖에 없었다. '설마, 그 같은 일이 대학에서까지 일어나진 않겠지.' 하면서도 불안한 마음이 떠나지 않았다. 어디선가 고용된 파파라치가 숨어서 사진을 찍고 있을 것만 같았다.

규원이 천진한 눈망울을 굴리며 물었다.

"뭐… 잘못된 거예요?"

'이렇게 아무것도 모르는 깨끗한 아이에게 구정물을 튀게 할 수는 없지!' 석현은 서둘렀다.

"아냐! 내가 친구한테 보낸다는 걸 잘못 보냈네. 에이, 허탕 쳤다. 가자!"

"어쩐지 이런 데서 보잔 게 이상하더라. 뭐라도 마시고 가요! 여기까지 걸어와서 목마르단 말예요."

"나가서 사줄게, 나가서. 얼른 일어나!"

석현은 규원을 데리고 급하게 호텔을 빠져나갔다.

운전대를 잡은 석현은 묵묵히 정면만 응시했다. 더 이상 태준과 희주 엄마의 장난질에 놀아나지 않으리라, 규원을 더러운 수렁 속으로 밀어넣지 않으리라 다짐하며 핸들을 돌렸다. 규원은 그런 석현의 눈치를 살피다가 차창 밖으로 시선을 주었다. 화려한 도시의 불빛들이 재빠르게 지나갔다. 띠링띠링, 정적을 깨고 휴대폰 벨소리가 울려 퍼졌다. 신이었다.

"어디야?"

규원은 휴대폰을 손으로 가리고 낮은 소리로 대답했다.

"친구랑 있어."

"늦어?"

"아냐, 이제 일어날 거야."

"알았어. 오면 연락해."

전화를 끊은 규원이 한숨을 낮게 내뱉었다. 신에게 거짓말을 한 게 마음에 걸렸다. 아무 말 없던 석현이 무겁게 입을 열었다.

"오늘 나 만나러 나온 거 누가 알아?"

"아뇨, 얘기하지 말라고 해서."

"이신은?"

"걔 지금 감독님한테 감정 안 좋아서 얘기 안 했어요."

"괜히 나 때문에, 미안하다."

"뭐가요?"

"혹시 무슨 일 있더라도 걱정하지 마. 너한텐 내가 있으니까, 알았지?"

"오늘 일 포함해서… 안 좋은 일이죠?"

석현의 눈빛이 흔들렸다. 당장 내일 무슨 일이 일어날지 알 수 없었다. 자신의 불길한 예감을 설명하고 규원에게 마음의 준비를 시켜두는 게 좋을지, 그것조차 알 수 없었다.

규원의 집 근처에 도착한 석현은 브레이크 페달을 지그시 밟았다. 서둘러 차에서 내린 규원이 석현에게 꾸벅 인사를 했다.

"그럼 조심해서 가세요."

석현이 고개를 끄덕였다.

"그래. 들어가고, 내일 보자."

규원은 석현의 차가 어둠 속으로 사라지는 걸 본 후에야 집으로 들어갔다.

할아버지가 거실 마룻바닥에서 주무시고 계셨다. 아무래도 손녀를 기다리다 그대로 잠이 드신 것 같았다. 규원은 그 옆에 앉아 할아버지의 잠든 얼굴을 물끄러미 바라보았다. 세월이 가득 담긴 얼굴이지만 왠지 편안해 보였다. 언젠가 할아버지의 젊었을 때 사진을 본 적이 있다. 판소리 명창 대회라는 현수막 아래, 푸른색 한복을 입은 청년이 부채를 들고 위풍당당하게 서 있는 모습이었다. 사진 속 청년은 이십대 초반의 앳된 얼굴을 하고 있었다. 규원은 문득, 그 시절 할아버지에게도 지금 그녀가 가지고 있는 열망과 열정, 사랑이 있었겠지 하는 생각이 들었다. 그런 생각이 들자, 할아버지가 한층 더 가깝게 느껴졌다.

할아버지에게 이불을 덮어드리고 방으로 들어온 규원은 침대를 향해 몸을 날렸다. 피곤이 몰려왔다. 침대에 누워서 휴대폰으로 신이에게 문자를 보냈다.

〈나 잘 들어왔어. 뭐 해?〉

1분이 지나도록 답장이 없었다. 규원은 또 다른 문자를 보냈다.

〈자?〉

기다리는 시간이 지루했다. 얼마나 지났을까, 기다리던 문자가 도착했다.

〈응.〉

불친절한 답장에 규원은 기운이 빠져버리고 말았다.

〈그래. 잘 자고 내일 봐.〉 〈그래.〉

신은 규원의 집 담벼락에 기댄 채 답 문자를 보냈다. 사실 그는 규원에게 화를 내고 있는 것이었다. 정작 따져 묻고 싶은 말들은 문자 뒤로 감춘 채. 친구를 만났다던 네가 왜 김석현 감독의 차를 타고 왔느냐는, 왜 내게 거짓말을 했느냐는, 내가 너를 믿어도 되냐는 질문들을 말이다.

다음 날 아침, 신은 날이 밝자마자 집을 나서 학교로 갔다. 규원과 함께 등교할 자신이 없어서였다. 거치대에 자전거를 세워두고 자물쇠를 잠그려는데, 몇몇 아이들이 그를 힐끔거리며 지나갔다. 기분 나쁜 시선이었다.

 오전 수업이 없는 신은 카푸치노 한 잔을 사 들고 도서관 발코니로 올라갔다. 먼저 와 있던 아이들이 그를 보자 혀를 끌끌 차며 도서관 안으로 들어가버렸다. 뭔가 이상한 소문이 퍼진 게 틀림없었다. 때마침 도서관으로 올라오던 사랑과 그 친구들이 신이를 보자마자 안됐다는 표정으로 고개를 설레설레 흔들었다. 참다못한 신이 그들을 향해 눈을 치켜떴다.

 "내가 이규원 사귀는 게 그렇게 못마땅해요?"

 사랑이 어금니까지 꽉 깨물면서 고개를 세차게 끄덕였다.

 "쯧쯧, 사귄 지 얼마나 됐다고 벌써 양다리라니…."

 "그게 무슨 소리예요?"

 "어머! 아직 사진 못 본 거야? 그러면 내 입으로 말하기 그렇지."

 사진이라니! 신이는 날벼락을 맞은 듯 오만상을 찌푸렸다. 사랑과 무리들이 사라진 후, 신은 떨리는 손길로 휴대폰을 꺼내 들었다. 먼저 트위터에 접속해 팔로우를 추적했다. 〈야, 그 사진 봤어? 완전 안습이더라. 이신 어떡하냐?〉〈학교 게시판 난리 났어.〉〈웩. 이규원 짜증 나. 학교 망신 다 시키고 있어.〉 등등의 말들이 온라

인상을 떠돌고 있었다. 도대체 무슨 일이 일어나고 있는 거지? 신은 트위터를 로그아웃하고 학교 사이트에 접속했다. 그리고 사진을 보고야 말았다. 호텔을 배경으로 석현과 규원이 함께 있는 모습이었다. 어두컴컴한 호텔 바에서 찍힌 사진도 있었다. 두 사람은 웃고 있는 듯 보였고, 어쩐지 한껏 다정해 보였다. 어떻게 해야 좋을지, 보이는 대로 믿어야 하는 것인지, 누군가의 악의적인 술수에 휘말린 것이라고 생각해야 하는지 알 수 없었다.

그러다 사진을 올린 시간과 날짜를 확인했다. 사진이 게시판에 올라온 시각은 어젯밤 9시 무렵이었다. 그제야 신은 규원과 석현이 덫에 걸렸음을 깨달았다. 머릿속이 빠르게 회전하기 시작했다. 내가 지금 이 상황에서 뭘 해야 하지? 그래, 규원을 지켜야 한다. 규원이 이 더러운 소문에 휩쓸리지 않도록 지켜야 한다.

신은 휴대폰을 꼭 쥔 채 도서관을 뛰어 내려갔다. 때마침 낯익은 승용차 한 대가 학교로 들어오고 있었다. 석현의 차였다. 신은 숨을 헐떡이며 주차장으로 달려갔다. 차에서 내린 석현이 달려오는 신을 보며 고개를 갸우뚱했다.

"무슨 일이야?"

"시간 없으니까 길게 얘기 안 할게요. 어제 집 앞에 규원이 내려주는 거 봤어요. 둘이 만난 거 맞죠?"

석현은 두 손을 내저으며 신을 쳐다보았다.

"야, 오해하지 마. 그게 말이야…."

"시간 없다 그랬잖아요! 둘이 호텔에서 만난 거 맞아요? 학교 지금 난리 났단 말예요!"

나쁜 예감일수록 적중률이 높은 법이었다. 석현은 한숨을 푹 내쉬며 손으로 이마를 짚었다.

"결국 그렇게 됐구나…. 나랑 규원이 둘 다 속았어."

신이 참았던 분노를 쏟아냈다.

"그래서 내가 뮤지컬 빼달라 그랬잖아요! 이제 어쩔 거예요?"

"내가 해결할게. 그 생각하고 온 거야."

"어떻게 해결할 건데요? 감독님은 공연 끝나고 가버리면 그만이지만 규원이는 계속 학교에 다녀야 된다고요."

"내가 알아서 한다잖아!"

"차 키 주세요."

석현이 뜨악한 표정으로 신을 쳐다보았다.

"규원이 아직 학교 안 왔어요. 아니, 오늘은 못 오게 할 거예요. 제가 밖에 잡아놓고 있을 테니까 그동안 해결하세요."

잠깐 망설이던 석현이 차 키를 신에게 주었다.

"이규원, 잘 부탁한다."

"감독님은 규원이 걱정만 하세요? 정 교수님 입장은 어떨지, 생각해줘야 되는 거 아니에요?"

석현이 허를 찔린 듯 망연자실 서 있는 사이 신은 차를 몰고 주차장을 빠져나갔다.

흔들리며 피는 꽃들

석현과 규원의 일로 비상회의가 소집되었다. 석현은 까칠해진 얼굴로 회의실에 들어갔다. 창마다 회색빛 블라인드를 쳐놔서 전체적으로 어두운 느낌이었다. 테이블엔 총장과 석현, 윤수, 태준, 조명감독 등 공연과 관련된 교수들이 나란히 앉아 있었다.

총장이 먼저 입을 열었다. 아티스트들을 배출한다는 상아탑에서 이런 이야기나 해야 하는 자신이 부끄럽게 여겨졌다.

"김석현! 이규원이랑 아무 일도 없다는 거, 믿어도 되는 거지?"

석현은 이런 질문을 받는 것 자체가 수치스러워 미칠 것 같았다. 환장하게도 목소리까지 부들부들 떨려왔다.

"네!"

윤수가 걱정스런 눈빛으로 석현을 바라보다, 테이블 아래로 살며시 그의 손을 잡아주었다. 석현의 손도 목소리만큼이나 바들바들 떨고 있었다. 조명감독이 좌우 눈치를 살피면서 한마디 했다.

"그럼, 교통정리 됐네요. 이규원만 공연팀에서 빠지면 되는 거잖아요?"

태준은 눈치 없이 끼어드는 조명감독을 보고 속으로 혀를 끌끌 찼다.

"그게 좀…."

석현은 불안한 마음으로 태준의 다음 말을 기다렸다. 잠시 뜸을 들이던 태준이 말을 이었다.

"원래 소문이란 게 당사자들이 없어져야 잠잠해지잖아요. 김 감독이야 공연 때문에 어쩔 수 없고, 이규원만이라도 잠시 학교를 쉬었음 좋겠는데…."

학교를 쉬다니? 석현이 발끈했다.

"그게 무슨 말입니까?"

"어차피 공연 끝나면 바로 방학이니까 지금부터 쉰다고 해도 별 무리 없을 거야. 방학 지나고 한 학기 휴학해준다면 더 고맙고. 총장님 생각은 어떠십니까?"

총장은 눈을 지그시 감더니 중얼거리듯 말했다.

"뭐, 그 정도면 조용해지겠지."

석현은 난데없는 휴학 모의에 속이 부글부글 끓어올랐다.

"진짜 너무하신 거 아닙니까? 멀쩡한 애한테 억울한 누명 뒤집어씌운 것도 모자라 학교까지 못 다니게 해요?"

석현이 태준에게 달려들어 멱살을 잡았다.

"선배지?"

"이게 무슨 짓이야!"

태준이 소리치자 조명감독이 달려와 뜯어말렸다.

"김 감독 왜 이러나?"

윤수도 자리에서 벌떡 일어나 석현에게 달려갔다.

"석현 씨!"

석현이 휴대폰을 꺼내 태준의 눈앞에서 흔들며 소리쳤다.

"내 방에서 내 휴대폰으로 이규원한테 문자 보낸 거 선배 맞지?"

"무슨 소리야, 난 모르는 일⋯."

"그럼 누구야? 말해! 선배는 알잖아!"

이번엔 총장이 벌떡 일어나서 고함을 질렀다.

"김석현, 너 지금 뭐 하는 거야! 당장 그만 못 둬!"

"예! 그만둘게요! 소문의 당사자인 제가 없어져드릴 테니 이규원은 건드리지 마세요."

석현은 그렇게 내뱉고 회의실 밖으로 뛰쳐나갔다. 윤수가 황급히 쫓아가자 저만치 씩씩거리며 걸어가는 석현이 보였다. 그녀는 한달음에 달려가 석현의 팔을 붙잡았다.

"왜 이래. 이러지 말자, 응?"

석현이 윤수의 손길을 세차게 뿌리쳤다.

"됐어, 나 이래봬도 예술 하는 인간이야. 이런 냄새나고 더러운 인간들하고 어울리기 싫어."

"이렇게 관두고 어딜 가게?"

석현이 괴롭다는 듯 뒷머리를 감싸며 고개를 저었다.

"나도 몰라."

윤수는 그런 석현을 안타깝게 바라보다, 오랫동안 마음속에 간직했던 말을 꺼냈다.

"석현 씨… 우리 결혼할래?"

이런 상황에서 결혼이라니? 석현은 너무 놀라 할 말을 잃고 말았다. 윤수는 지금 이런 말을 하고 있는 자신을 이해해달라는 눈빛으로 석현을 빤히 바라보았다.

"이런 장소, 이런 분위기에 안 어울리는 얘긴 거 알아. 하지만 지금은 이게 최선일 수 있어. 나랑 결혼한다고 하면 석현 씨랑 규원이, 둘 다 그만두지 않아도 될 거야. 할래?"

석현은 윤수의 배려가 고마웠다. 하지만 지금은 때가 아니라고 생각했다. 때문에 아무런 대답도 해줄 수가 없었다. 석현은 가만히 윤수의 손을 떼어내고 돌아섰다.

'미안하다.'

멀어지는 석현의 뒷모습을 바라보던 윤수의 눈에 눈물이 고였다. 돌아서서 갈 수밖에 없는 석현을 이해하지만, 가슴 한구석에서 찬바람이 이는 건 어쩔 수 없었다.

석현이 학교에서 고초를 당하는 동안, 규원은 신과 함께 오이도에서 즐거운 한때를 보내고 있었다. 포구에 늘어선 노점과 조개구

이집들, 넓게 펼쳐진 갯벌 위에서 쉬고 있는 어선들, 붉은색 등대 전망대와 그 난간에 새겨진 연인들의 맹세 글귀까지, 눈에 보이는 모든 것들이 낭만적이었다.

규원은 전망대 난간에 몸을 기대고 두 팔을 쫙 펼쳤다.

"우와, 좋다."

신이 피식 웃으며 그녀를 바라보았다.

"따라나서길 잘했지?"

"응. 근데 진짜로 감독님이 나 바람 쐬게 해주라고 차를 빌려주셨어?"

신은 학교에 퍼진 소문을 규원에게 끝까지 숨길 생각이었다. 그러자고 그녀를 여기까지 데리고 온 것이었다.

"어. 그렇다니까. 아픈 몸으로 엠티까지 쫓아와 제대로 놀지도 못하고, 언더스터디 하면서 있는 욕 없는 욕 다 먹고, 불쌍한 생각이 든 거지!"

규원은 좋으면서도 입을 삐죽 내밀었다.

"알긴 아시네."

"너 없는 동안 한희주 기 좀 살려준다고 좀 빠져 있으라더라. 됐냐?"

"그래, 이왕 이렇게 된 거 하루 제대로 땡땡이쳐보지 뭐. 히히."

그때 규원의 휴대폰이 울렸다.

"차보운이지?"

"어떻게 알았어?"

규원이 빙그레 웃으면서 신통하다는 표정으로 신이를 봤다. 신은 그럴 줄 알았다며 규원의 휴대폰을 냉큼 빼앗았다.

"이런 타이밍에 전화할 사람 개밖에 더 있냐. 오늘은 휴대폰도 압수야!"

"왜에~."

규원이 휴대폰을 뺏으려고 쫓아오자 신은 그녀의 달리기 속도에 맞춰, 달렸다 쉬었다를 반복하며 애를 태웠다. 결국 숨이 턱까지 차오른 규원이 두 손을 들고 항복했다.

"졌어. 에고, 내가 졌어. 이제 휴대폰 줘."

"오늘은 안 돼! 오늘은 다른 사람 생각 말고, 나만 생각해. 나만 보고."

신이의 진지한 말에 규원의 심장이 쿵쿵 뛰기 시작했다. 뭐지, 이 떨림은? 신이 손으로 규원의 얼굴을 감쌌다. 그의 뜨거운 숨결이 그녀의 얼굴 위로 쏟아졌다. 입술과 입술이 닿으려는 찰나, 그녀의 배에서 '꼬르륵' 하는 소리가 났다. 품, 신이 웃음을 터뜨렸다.

"배고프지?"

규원이 부끄러워 차마 고개를 들지 못하고 수줍게 대답했다.

"으응…."

신이 활짝 웃으며 규원의 손을 잡았다.

"가자, 밥 먹으러."

두 사람은 바다가 훤히 내다보이는 벤치에 자리를 잡고 앉아, 신이 가까운 횟집에서 사 온 회 도시락을 펼쳤다.

"우와, 맛있겠다."

규원이 침을 꼴깍 삼키자 신이 웃으면서 나무젓가락을 건넸다. 젓가락을 받은 규원이 생글거렸다.

"우리 아빠도 꼭 내 거부터 챙겨줬는데…."

신이 규원의 얼굴을 보지 않고 물었다.

"이런 거 물어봐도 되나…."

"뭔데?"

"왜 아빠랑 따로 살아?"

규원은 아무렇지도 않다는 표정으로 신이를 바라봤다.

"대충 눈치 챘겠지만 아빠랑 할아버지랑 사이가 별루거든. 같이 살면 너무 싸워서 내가 피곤해."

말을 마친 규원이 회 한 점을 입에 넣고 오물거렸다. 신이 젓가락을 들며 덤덤하게 말했다.

"정현이랑은 아빠가 달라."

규원 역시 덤덤하게 받아들였다.

"알아."

순간, 분위기가 조금 무거워진 듯했다. 신이 말을 돌렸다.

"근데 넌 누구 닮았어? 엄마 아빠 중에?"

"응, 엄마 닮았어. 넌 아빠 닮았지?"

신이 아련한 눈빛으로 먼 곳을 바라보며 고개를 끄덕였다.

"태어나서 처음이었는데도 한눈에 알아봤으니까. 우리 아빠도 기타리스트셨어. 집에 판도 있는데, 나중에 보여줄게."

"기대된다. 다음에 우리 집 오면 나도 엄마랑 찍은 사진 보여줄게."

"할아버지 안 계실 때 불러줘."

그 말에 규원의 얼굴이 화끈 달아올랐다.

"그럼 우리 둘만 있는 건데…."

"이상한 생각하지 말고! 난 너희 할아버지 무섭단 말이야."

"알았어."

"아니다, 그냥 할아버지 계실 때 불러라."

뾰로통해진 규원이 신이를 째려봤다.

"할아버지 무섭다며?"

"나도 모르게 응큼해질 거 같아서."

그 말에 규원의 양 볼이 서해 낙조보다 더 붉게 달아올랐다.

도시락을 깨끗이 비운 신과 규원은 해 저무는 바다 끝을 바라보며 앉아 있었다. 시시각각 용트림하듯 꿈틀거리는 붉은 해는 정말 신비로웠다. 바다 속으로 완전히 들어가기 전에 전하는 작별의 메시지는 슬프기도 하고 장엄하기도 했다. 작별의 시간이 끝나자, 벤치 주변에 가로등이 하나 둘 켜졌다.

규원은 자리에서 일어나 기지개를 켰다.

"아, 늦었다. 이제 가야지?"

신이 쓰레기를 모아두었던 비닐봉지를 챙겨 일어났다.

"잠깐 있어, 나 이거 버리고 올게."

"그래!"

신이 휴지통이 있는 쪽으로 걸어가자 규원은 갑자기 할아버지 걱정이 되기 시작했다.

"가만있어봐, 할아버지가 혹시라도 전화했으면 어쩌지? 안 받으면 화내실 텐데."

규원은 신의 가방 앞주머니에서 자신의 휴대폰을 찾아 전원 키를 눌렀다. 전원이 켜지면서 부재중 전화 일곱 통과 다섯 개의 문자메시지가 떴다. 〈야, 왜 전화를 안 받아, 이거 보는 대로 나한테 빨리 전화해!〉 보운이었다.

규원은 고개를 갸우뚱하며 보운에게 전화를 걸었다.

"보운아, 난데, 무슨 일이야?"

보운이 숨넘어가는 소리를 냈다.

"야, 너 왜 이제 전화했어! 학교 지금 난리 났단 말이야! 감독님 그만두셨어! 빨리 와."

규원의 가슴이 철렁 내려앉았다.

"알았어, 그래. 끊어. 빨리 갈게!"

다급해진 규원이 신이 쪽으로 달려갔다.

"큰일났어! 감독님 그만두셨대. 빨리 올라가야 할 거 같아."

'결국 알아버렸구나.'

신은 침착한 얼굴로 규원을 바라보았다.

"잠깐만, 진정하고 내 말 들어. 나 어제 너 기다리러 집 앞에 나갔다가 감독님하고 오는 거 봤어."

규원은 느닷없는 신이의 말에 깜짝 놀랐다.

"그건… 내가 설명할게."

신이 천천히 고개를 저었다.

"설명할 필요 없어. 너 학교에서 떼놓으려고 이리 데려온 거야. 감독님도 아시니까 가지 마. 지금 가봤자 너한테 도움 안 돼."

"그럼 감독님 혼자 다 뒤집어쓴 거야? 그럼 더 가야겠네! 가서 아니라고 내가 얘기할 거야!"

돌아서는 규원을 신이 붙잡았다.

"가면 안 된다니까! 가지 마. 지금 가면 나랑 끝이야!"

규원이 물기 어린 눈빛으로 신을 바라보았다. 어쩔 수 없었다. 그녀는 힘없이 신의 팔을 뿌리쳤다. 그러자 신이 규원을 끌어안았다.

"이규원, 가지 마 제발…."

규원은 흔들렸다. 신이 그녀를 더 힘껏 껴안았다. 내가 뿌리가 되어줄게. 이규원, 흔들리지 마! 규원은 등 뒤로 느껴지는 뜨거운 손길에서 그의 마음을 읽을 수 있었다.

"응… 안 가."

신이 규원의 젖은 눈동자를 불안한 듯 바라보았다.

"정말?"

"그래…. 네 곁에 있을 거야."

그제야 마음이 놓인다는 듯 신이 규원의 손을 꼭 잡았다.

사위에 어둠이 내려앉았다. 아득한 어둠 사이로 푸른 가로등이 신과 규원의 갈 길을 환히 비춰주었다. 그들은 괜찮다, 괜찮다 위로 하듯 철썩이는 파도 소리를 뒤로하고 오이도 공영주차장 쪽으로 걸어갔다.

"감독님… 돌아오시겠지?"

석현의 차 앞에서 규원이 한 말이었다. 규원의 눈가엔 아직까지 걱정이 묻어 있었다. 신은 그녀의 걱정을 닦아주고 싶었다. 말끔하게 웃는 얼굴을 보고 싶었다. 하지만 지금 상황에서는 자신있게 해줄 말이 없었다. 신은 한숨을 뱉어내듯 말했다.

"글쎄…."

규원은 성의 없는 신의 대답이 못마땅했다.

"글쎄라니! 100주년 기념 공연이야! 너한텐 안 중요해?"

신은 흥분하고 있는 규원을 말끄러미 쳐다보았다.

"중요해. 알다시피 나는 엔딩 편곡까지 맡았어. 이대로 흐지부지 되면 나도 아깝고 속상할 거 같아. 근데 나한텐 그거보다 더 중요한 게 있어."

"그게 뭔데?"

신이 손가락으로 규원을 가리켰다.

"너, 이규원. 네가 상처받고 힘들어지는 공연이면 안 하는 게 나아. 너한테 행복한 공연이어야 나한테도 의미가 있어."

규원은 자신을 향한 신의 마음이 생각보다 깊음을 깨달았다. 그 마음을 미처 헤아리지 못한 게 미안하고 고마워서 아무런 말도 할 수가 없었다.

신이 주머니에서 차 키를 꺼내 자동차 문을 열어주며 지나가듯 물었다.

"나 한 가지만 물어봐도 돼?"

"뭔데?"

"어제 감독님하고 있으면서 왜 친구 만난다고 했어?"

규원은 '드디어 올 것이 왔구나.'라고 생각했다.

"아무한테도 얘기하지 말라고, 그렇게 문자가 와서…."

"내가 아무 중에 하나야?"

"자꾸 이상한 얘기가 나오니까, 네가 오해할까봐."

"오해 같은 거 안 해. 그러니까 다시는 그러지 마. 다른 사람한테는 말 안 하더라도 나한테는 꼭 사실대로 얘기해줘. 알았지?"

규원이 열심히 고개를 끄덕였다. 신이 그녀의 앞머리를 쓸어주며 말했다.

"그리고 감독님, 돌아오실 거야. 명색이 브로드웨이 출신인데 학교에서도 쉽게 포기 안 할 거고."

"그렇겠지?"

"그럴 거야. 이제 출발할까?"

규원이 환한 얼굴로 신을 바라보며 고개를 끄덕였다.

길이 막히지 않아 차는 금세 한옥마을에 도착했다. 신은 규원의 집 앞 골목에 차를 세웠다. 규원은 의자에 머리를 기대고 잠들어 있었다. 새근새근 잠든 품이 많이 피곤했던 모양이다. 이리저리 치이면서도 힘든 내색 한 번 하지 않고 꿋꿋이 견뎌주는 규원이 고맙고 안쓰러웠다. 신은 잠시 망설이다 규원의 복숭아빛 볼에 짧게 입을 맞췄다.

"일어나세요~ 공주님."

"으음…."

규원이 잠이 덜 깬 목소리로 물었다.

"벌써 다 왔어?"

신이 조심스레 규원의 안전벨트를 풀어주었다.

"난 학교에 감독님 차 갖다 놓고 카타르시스 알바 가야 돼. 먼저 들어가."

"이 시간에?"

"응. 지금 10시니까, 한 타임은 할 수 있을 거야."

"어…. 조심히 다녀와."

"걱정 마."

신은 규원이 대문 안으로 들어가는 것까지 확인한 다음에야 차를 출발시켰다.

아침 햇살이 거실 깊숙이 스며들 무렵, 윤수는 갓 내린 커피를 들고 석현이 자고 있는 침실로 향했다.

방 안에 들어서자 술 냄새가 코끝을 자극했다. 석현은 아직까지 잠들어 있었다. 윤수는 커피 쟁반을 침대 옆 탁자에 내려놓고, 잠든 석현의 얼굴을 바라보았다. 몸을 못 가눌 정도로 술을 마시는 사람이 아닌데, 얼마나 힘이 들면 그랬을까 싶어 마음이 먹먹해졌다.

윤수가 고개를 숙여 헝클어진 석현의 앞머리를 쓸어주는데, 석현이 번쩍 눈을 떴다. 윤수가 손길을 멈추고 석현을 바라보았다.

"괜찮아?"

몸을 반쯤 일으킨 석현이 방을 두리번거리다 눈살을 찌푸렸다.

"어제 나 여기서 잔 거야?"

윤수가 팔짱을 끼며 살짝 웃었다.

"거봐, 기억 못할 줄 알았어. 어제 여기까지 데리고 오느라 얼마나 고생을 했는데."

석현은 숙취 때문에 지끈거리는 이마를 짚으면서 침대에서 일어났다.

"아, 미안하다. 어제 너무 열받아서 술을 많이 먹었나보다."

"어제 카타르시스에서 신이가 도와줬어."

"신이 혼자 왔어?"

"응. 규원이 웃는 거 보고 왔대."

"다행이네."

윤수는 탁자 위에 놓아둔 커피를 건넸다.

"애들 걱정은 그만 하고 커피나 마셔. 빨리 정신 차리고 학교 가야지."

"싫어. 안 갈 거야."

"진짜 안 가?"

"어, 안 가."

윤수는 떼쟁이처럼 구는 석현을 밉지 않게 흘겨보며 자리에서 일어났다.

"어휴, 나도 모르겠다. 그럼 쉬고 있어. 나 학교 다녀올게."

석현은 한숨을 길게 내뱉고는 커피를 한 모금 마셨다.

윤수는 차를 주차장에 세워두고, 연구실로 가기 위해 광장을 가로지르고 있었다. 저만치 등교하는 학생들의 모습이 눈에 띄었다. 초록이 지천인 캠퍼스로 걸어오는 아이들의 얼굴은 이제 막 눈을 뜬 꽃망울처럼 탱탱해 보였다. 생기 있는 표정에 끊임없이 재잘거리는 입술, 꿈과 희망이 담긴 눈빛. 젊음은 굳이 꾸미려고 하지 않아도 스스로 빛을 내는 것 같았다.

윤수가 연구실 복도로 걸음을 옮기는데, 푸른 원피스 차림의 규원이 연구실 문 앞에서 서성이는 게 보였다.

규원은 윤수와 눈이 마주치자 기다렸다는 듯이 인사를 건넸다.

"안녕하세요?"

"그래. 일찍 나왔네."

"저기… 호텔에서 감독님 만났다는 소문은, 다 오해예요."

"응, 다 들었어."

"감독님, 아직 안 나오신 거 같은데."

"오늘은… 안 나올 것 같다."

"진짜 그만두시는 거예요? 그럼 안 되죠! 공연은 어떡하고요!"

"자존심 세고 고집 센 사람이라… 이런저런 말 듣는 게 참기 힘들 거야."

"감독님 덕분에 뮤지컬도 알게 되고, 정말 재미있고 좋았는데 왜 자꾸 이렇게 일이 꼬이는지 속상해요. 절 괜히 뽑으셨나봐요."

윤수는 기가 죽어버린 규원이 안쓰럽게 느껴졌다.

"규원아, 가야금 시작했을 때 쉽기만 했어? 손가락에 물집도 생기고 굳은살도 박이고, 그랬지?"

규원은 굳은살이 덕지덕지 붙어 있는 자신의 손가락을 들여다보았다.

"네."

"뮤지컬이라고 쉽겠어? 굳은살이 박이고 상처가 아물려면 시간과 과정이 필요한 거야. 무슨 소린지 알겠지?"

윤수가 축 처진 규원의 어깨를 두드려주며 말을 이었다.

"연습 갈 거지?"

규원은 사실 연습에 가야 할지 말아야 할지 결정을 내릴 수가 없었다. 그녀가 아무 말도 못 하고 있자, 윤수가 걱정스런 말투로 당부했다.

"빠지지 마. 그럼 석현 씨가 네 편 들었던 의미가 없지…."

"네…."

다 맞는 말인데 왜 이렇게 힘이 빠질까? 규원은 모든 일이 자기 때문에 생겼다는 자책에서 헤어나올 수가 없었다. 연습실에서 받을 아이들의 눈총을 또 어떻게 견디나, 벌써부터 두려워졌다. 하지만 윤수 말대로 연습실에는 가야 할 것 같았다. 그것이 자신을 끝까지 변호해준 석현에 대한 의리였다. 어렵게 시작한 뮤지컬인 만큼 끝까지 최선을 다하고 싶은 마음도 있었다.

규원이 어깨를 축 늘어뜨리고 광장을 가로질러 걸어가고 있는데, 신이 그녀의 이름을 부르며 달려왔다.

"이규원!!"

신은 여태 집 앞에서 규원을 기다리다가 오는 길이었다.

"왜 혼자 일찍 왔어? 집 앞에서 기다렸는데."

규원이 머리를 긁적이며 말했다.

"미안, 다음엔 문자라도 할게."

"뮤지컬 연습 갈 거야?"

"가야지. 내 맘대로 한다, 안 한다 할 수 없는 거잖아."

신이 규원의 손을 꼭 잡으며 듬직하게 말했다.

"그래, 내가 있으니까 너무 걱정하지 마!"

규원은 자신의 손을 잡고 있는 신의 손을 내려다보았다. 참 크고 따뜻한 손이다, 싶었다. 신도 자신의 손 안에 들어온 규원의 작은 손을 보았다. 작고 가냘픈 손, 지켜주고 싶은 손이었다.

강당 앞은 한산했다. 모두들 안으로 들어간 모양이었다. 신과 규원은 강당 입구에 붙어 있는 큰 포스터를 올려다보았다. 포스터에는 〈100주년 기념 뮤지컬 공연 飛上(비상)〉이라고 적혀 있었다. 감독도 사라진 비상상황에서 어디를 향해 높이 날아오르라는 것인가 싶었다.

신이 규원의 손을 꼭 붙들고 강당으로 들어가려는데, 태준이 규원을 불렀다. 그는 매서운 눈길로 규원을 쳐다보고 있었다.

"이규원. 넌 빠져도 좋다! 오늘부터 언더스터디 없이 그냥 가기로 했다."

신이 태준에게 무어라 대꾸하려 하자 규원이 신을 말리며 먼저 입을 열었다.

"교수님, 제가 빠져야 되는 이유를 알고 싶습니다."

태준은 설명하기 귀찮다는 표정으로 규원을 바라보았다.

"이상하게 생각하지 마. 감독도 바뀌고, 내용도 좀 바뀔 것 같아서, 주인공한테 집중하려고 그래. 희주 컨디션도 좋은데, 구태여 언더스터디까지 신경 쓰고 싶지 않아. 뭐… 더 설명이 필요한가?"

순간, 규원의 눈망울에 물이 고였다.

"아니요."

"그래, 그럼 가봐."

태준이 신을 향해 눈을 치켜떴다.

"넌 연습해야지."

"저, 오늘만 빠지면…."

"100주년 공연이 장난이야? 그럴 거면 너도 아예 공연에서 빠져!"
 태준은 못마땅해 죽겠다는 듯 강당 문을 거칠게 열고 들어갔다.
 신이 규원의 손목을 잡아끌었다.
 "가자!"
 규원이 그 손을 세차게 뿌리쳤다.
 "너까지 이러지 마. 네 맘 알아. 근데 임 교수님 말씀이 맞아! 네가 빠지면 내가 더 욕먹을 거야. 난 괜찮으니까, 들어가. 어차피 각오하고 온 거야. 그럼… 이따 봐."
 규원은 그대로 돌아섰다. 곧 울음이 터질 것만 같았다. 하지만 신이 앞에서 눈물을 보일 수는 없었다. 그녀가 아파하는 모습에, 신의 마음이 더 아플 것임을 알기 때문이었다.
 신은 멀어져가는 규원을 안타깝게 바라보았다.

 강당은 소리 없이 소란스러웠다. 여기저기서 한숨이 터져 나왔다. 석현의 부재가 가져올 문제들을 놓고 심각하게 토론을 벌이는 축도 있었다. 석현과 규원의 스캔들이 터지자마자 다시 학교에 나오기 시작한 희주는 어느 부류에도 끼지 않고 저 혼자 열심히 스트레칭을 하고 있었다. 아이들은 그런 희주를 꼴사납게 바라보았다. 희주는 아이들의 시선 따위는 애초에 무시하기로 마음먹었기 때문에 괘념치 않았다. 어차피 그녀에게 있어서 다른 아이들이란 그녀를 돋보이게 해줄 들러리에 불과했다.
 강당 문이 열리고 태준이 들어섰다. 태준은 눈대중으로 아이들의 출석을 파악한 후 입을 열었다.

"다들 알겠지만, 김석현 감독의 사퇴로 인해서 오늘부터 내가 100주년 기념 공연 감독을 맡게 됐다. 다들 프린트물은 받았지? 그동안 문제가 좀 있었던 대본하고 콘티를 바꿨기 때문에 조금씩 변화가 있을 텐데…. 주인공은 그대로 간다. 다만, 공연 연습에 몰두하기 위해서 언더스터디인 이규원은 빠질 거야."

태준이 입을 열 때마다 아이들의 얼굴이 조금씩 굳어갔다. 희주 역시 태준이 마음에 들지 않기는 마찬가지였다. 눈엣가시였던 이규원이 빠진 것은 반가운 소식이지만 이건 아니었다. 이규원을 싸고도는 게 꼴사나웠을 뿐, 실력이야 김석현 감독이 훨씬 뛰어났으니 말이다. 엄마에게 김석현 감독이 빠졌다는 말을 듣고, 희주는 그만한 실력을 갖춘 또 다른 감독이 투입되는 줄 알았다. 하지만 이게 뭔가, 그 자리를 태준이 메우다니! 뭔가 잘못돼도 한참 잘못된 거였다.

아이들이 바뀐 콘티를 꼼꼼하게 들여다보다가 의아한 눈빛으로 태준을 바라보았다. 기영이 손을 번쩍 들었다.

"2막에서 남자 앙상블이랑 여자 앙상블이랑 동시에 등퇴장하면 동선이 꼬이는데요."

사랑도 손을 들고 이의를 제기했다.

"저는 2막에 배역이 두 갠데요? 좋기는 하지만 제가 홍길동처럼 분신술을 쓸 수도 없는 거고…."

태준은 아이들의 지적에 얼굴이 확 달아올랐다.

"내가 정신이 좀 없어서 실수가 있었던 모양이다. 천천히 고쳐나가면 돼."

희주가 팔짱을 낀 채 사나운 눈빛으로 태준을 노려보았다.

"천천히 고치다뇨? 공연도 얼마 안 남았는데. 김 감독님이 짜신 대로 그냥 가는 게 좋겠어요. 교수님은 연습하는 거만 그냥 지켜보시죠."

희주의 날카로운 공격에 태준의 자존심이 무참히 무너졌다.

"그렇게는 안 되겠는데? 내일까지 수정할 테니까 그렇게들 알아. 자, 새로운 대본 리딩부터 가자."

태준은 분위기를 수습하기 위해 일부러 큰 소리로 떠들어댔다.

아이들은 예기치 않은 변화에 수긍할 수가 없었다. 이론이야 빠삭할 테지만, 현장 경험이 없는 태준이 과연 공연을 잘 이끌어갈 수 있을까 싶었다. 거기다 그가 바꾼 대본은 허점투성이었다.

대본 리딩을 한다는 말에, 신이 손을 번쩍 들었다.

"그럼 연주팀은 지금 없어도 되죠?"

"그래, 이따가 와도 된다."

태준의 말이 끝나기가 무섭게 신은 강당 밖으로 후다닥 달려 나갔다. 그의 마음은 벌써부터 규원 곁에 가 있었다.

신은 국악과 강의실, 바람꽃 연습실, 뒷동산, 도서관까지 규원이 갈 만한 곳은 샅샅이 뒤져보았다. 하지만 규원은 어디에도 없었다. 이규원, 도대체 어디 있는 거야. 시간이 지체될수록 애가 탔다. 이

규원, 제발 혼자서 울고 있지 마. 텔레파시라도 전할 수 있으면 좋겠다는 생각이 들었다.

신이 애타게 찾고 있는 줄도 모르고, 규원은 학생회관 건물 옥상 구석에 앉아 울고 있었다. 그동안 쌓였던 눈물이 볼을 타고 쉴 새 없이 흘러내렸다. 지금까지 힘들게 연습했던 시간들이 주마등처럼 스쳐 지나갔다. 태준의 말이 너무나도 야속했다. 결국 이렇게 쫓겨났구나 싶어 서러웠고, 억울했고, 외로웠다. 세상이, 사람들이 무섭다는 생각마저 들었다. 그녀는 이런 자신의 마음을 아무에게도 들키고 싶지 않았다. 울고 있는 모습도 보이고 싶지 않았다. 이제 그만 울어야지 하고 하늘을 쳐다보면, 하늘이 너무나 눈이 부셔 또 눈물이 흘러나왔다. 이젠 멈춰야지 싶어 고개를 돌리면, 학교를 둘러싼 초록 숲이 또 그녀를 울렸다. 모든 것이 서럽게 느껴졌다.

이때 어디선가 낯익은 목소리의 노래가 들려오기 시작했다.

웃어봐, 슬퍼하지만 말고
괜찮아, 눈물 흘리지 말고
지금 부르는 내 노래가 작은 위로가 되길 바라.

방송을 타고 흘러나오는 신이의 노래였다. 신의 노래가 규원의 머리를 쓰다듬고, 마음을 쓰다듬고, 상처를 쓰다듬었다. 그리고 마침내 그녀의 볼에 흐르는 눈물을 닦아주었다.

방송실 부스 안에서 기타를 치며 노래하던 신의 눈가에도 눈물이 맺혔다. '이규원, 듣고 있니. 혼자 있게 해서 미안해. 혼자 감당하게 해서 미안해.' 신은 마음으로 노래를 불렀다.

노래가 끝났다. 신은 숨을 몰아쉬면서 기타를 내려놓았다. 규원도 눈물을 말끔하게 닦았다. 신은 방송실 부스 안에 있었고, 규원은 옥상 위에 있었지만, 그들은 마치 한 공간에 있었던 것처럼 같은 감정을 느꼈다. 그것은 가슴을 꽉 채우는 사랑이었다. 그들은 동시에 학교 광장으로 뛰어나갔다.

신은 자신을 향해 달려오는 규원을 보았다. 규원도 신을 보았다. 그들은 서로의 눈빛이 사무쳐서 한참을 바라보았다.

"노래, 잘 들었어."

신이 규원의 작은 어깨를 품에 안았다.

"말없이 어디 가지 말랬지."

규원이 신의 어깨에 얼굴을 파묻었다.

"미안해."

"나 없는 데선 울지도 마."

"응…."

신은 규원의 기분 전환을 위해 목소리를 밝게 하며 물었다.

"나 편곡 다 했는데, 애들하고 맞춰볼래?"

"그럴까?"

규원과 신은 손을 꼭 잡고 밴드실로 향했다.

신과 규원의 연락을 받은 스투피드와 바람꽃 멤버들이 밴드실로 모여들었다. 그들은 각각 제자리에 앉아 보면대에 놓인 악보를 보면서 합주를 시작했다. 기타와 가야금이 만나 하모니를 이루고, 해금과 드럼이 어우러져 엄청난 파장을 불러 일으켰다. 그동안 연습했던 시간들이 열매를 맺는 순간이었다.

보운이 감탄사를 뱉어냈다.

"와! 짱 멋있다!"

규원도 신이를 향해 활짝 웃으며 윙크했다. 그녀는 소리를 내지 않고 입 모양만으로 '최고야.'라고 말해 신을 즐겁게 했다.

그때, 보운이 걱정스런 눈빛으로 신을 바라보았다.

"근데, 임 교수님, 설마 엔딩곡도 바꾸자는 건 아니겠지? 이거, 원곡자가 김 감독님이잖아. 그럼 안 되는데…. 그렇게 되면 우리 지금까지 연습한 거 헛수고잖아. 신이랑 규원이랑 공부도 많이 했는데."

밴드실 분위기가 한순간에 가라앉고 모두의 낯빛이 어두워졌다. 그때, 별안간 준희가 자리에서 벌떡 일어나 아이들 앞에 무릎을 꿇고 울먹였다.

"이게 다 나 때문이야. 내가 사실대로 말하지 못해서 그런 거야. 규원 언니… 그리고 모두들 날 용서해줘."

준희는 그동안 죄책감에 시달려왔었다. 희주를 사랑하는 마음에, 그녀를 보호하고 싶은 마음에 했던 거짓말이 다른 사람들을 이렇게 힘들게 할 줄 몰랐었다. 밝히고 싶었지만 용기가 나지 않았고, 밝혀야겠다 마음먹었을 땐 이미 늦어 있었다. 하지만 더 이상

동고동락했던 친구들을 속이고 싶지 않았다.

규원은 느닷없는 준희의 고백이 믿기지 않았다.

"준희야, 그게 다 무슨 소리야?"

신이도 준희에게 다가가서 어깨를 흔들었다.

"뭐야, 울지 말고 똑바로 얘기해."

"스폰서 와서 규원 언니 공연하던 날, 나 사실… 희주 언니랑 같이 있었어."

아이들은 너무 놀라 입만 벌리고 서로를 바라보았다. 신이 준희의 얼굴을 뚫어져라 쳐다보며 매섭게 다그쳤다.

"왜 그랬어? 너."

눈물범벅이 된 준희는 차마 신이의 얼굴을 볼 자신이 없어 고개를 돌렸다.

"희주 언니 엄마가 나랑 같이 있는 거 싫어한다고, 희주 언니가 비밀로 해달라고 했는데… 자꾸 일이 커지는 바람에…. 진짜 미안해."

신이 준희에게 버럭 화를 냈다. 배신감마저 들었다.

"희주 말을 왜 들어!! 처음부터 솔직히 얘기했으면 이상한 소문 같은 거 안 났을 거 아냐!!"

규원이 신을 가로막았다.

"화내지 마."

보운도 끼어들었다.

"그래. 요즘 준희 힘들어하는 거 다 보였단 말이야. 너 요즘 밥도 못 먹었지? 그렇게 먹는 거 좋아하는 애가….”

규원이 준희의 손을 잡아 일으켜 세웠다.

"그래, 이미 벌어진 일이야. 준희 너도 이제 맘에 담아두지 마."

희주는 연습실에 혼자 남아 발성 연습을 하고 있었다. 안무는 그 누구에게도 지지 않을 자신이 있었지만, 노래만큼은 점점 자신이 없어졌다. 감정을 넣어 부르라는 석현의 요구가 끊임없이 그녀를 괴롭혔고, 타인의 감정을 건드리는 규원의 노래가 떠올라 자꾸만 주눅이 들었다. 그럴수록 희주는 목청을 높였다. 한 옥타브만 더, 한 옥타브만 더. '넌 할 수 있어. 사랑 따위 경험해보지 않았으면 어때. 테크닉으로 승부하면 되지.' 그녀는 허리를 꼿꼿이 세웠다. 배에 힘을 꽉 주고 입을 열었다.

"아아아아~."

고음에서 탁한 소리가 나왔다. 쇠가 쇠끼리 부딪칠 때 나는 소리처럼 둔탁하고 무거운 소리였다. '내 목소리가 왜 이러지?' 희주는 덜컥 겁이 났다.

"음… 음…."

목소리를 가다듬고 다시 소리를 냈다. 이럴 수가? 고음으로 올라갈 때 목에 뭔가 턱 걸리는 느낌까지 들었다. 작은 가시가 아니라 알 수 없는 이물질이 돋아나서 성대를 가로막는 것 같았다. 고음이 안 올라간다면 큰 낭패였다. 여주인공이 불러야 할 노래는 고음 부분이 절정인데, 그 절정에서 후련하게 터져줘야만 하는데.

희주의 가냘픈 다리가 떨리기 시작했다. 예감이 불길했다. 그냥 감기이기를, 며칠만 지나면 아무렇지도 않게 회복되기를, 희주는 간절한 맘으로 기도했다.

집으로 돌아온 희주는 예전에 자신의 노래를 녹음해놓은 엠피스리를 오디오에 연결해 반복해서 들었다. 스피커를 타고 나오는 노래는 고음 부분에서 시원하게 터졌다. 이만큼만 터져줘도 이번 공연은 무사히 마칠 수 있었다. 하지만 만약, 공연 전까지 목이 낫지 않는다면? 침대에 누워 있던 희주는 공포에 사로잡혔다. 아니야, 그럴 리가 없어. 반드시 나을 거야. 희주가 마음을 다잡고 있는데, 엄마가 약봉지와 물컵이 담긴 쟁반을 들고 들어왔다.

"중요한 공연 앞두고 왜 하필 목감기야! 도대체 몸 관리를 어떻게 하는 거야?"

"지금 앓고 나면 공연 때는 안 걸리겠지."

딸아이를 위해 몹쓸 짓까지 서슴지 않았던 희주 엄마는 속이 상해 죽을 것 같았다. 노래를 불러야 하는 애가 목감기라니, 걱정이 태산이었다.

"너는, 컨디션 조절도 실력인 거 몰라?"

희주를 타박하는데 희주 엄마의 휴대폰이 울렸다. 액정을 보니 총장에게서 온 전화였다.

"네, 총장님… 뭐라고요? 스폰서들이 다 떨어져 나갔다고요?"

안색이 변한 희주 엄마가 휴대폰 폴더를 거칠게 닫으며 희주를 바라보았다.

"어떡하냐! 스폰서들이 다 떨어져 나갔단다."

희주가 침대에서 벌떡 일어나 앉았다. 컵에 담겨 있던 물이 희주 모녀의 마음처럼 출렁거렸다.

"내가 뭐랬어! 김석현 감독은 필요하다 그랬잖아! 어떻게든 불러와."

"다시 와서, 이규원 또 불러내면 어떡해?"

희주는 악다구니를 하듯 사납게 으르렁거렸다.

"엄만 나 못 믿어? 이규원은 내 언더스터디야. 나한테 무슨 일이 생기기 전엔 절대 무대에 못 올라간다고."

희주 엄마도 목에 핏대를 올리면서 단호하게 말했다.

"너, 목감기 꼭 낫겠지?"

희주의 눈빛이 아주 짧은 순간 멈칫거렸다.

"당연하지. 약 먹고 쉬면 돼."

"알았어. 우리 김 감독 다시 부르자."

희주는 아직 자신의 목 상태가 얼마나 심각한지 모르고 있었다.

희주 엄마는 총장에게 바로 전화를 걸었다.

"네, 총장님. 저 희주 엄맙니다. 김석현 감독이랑 같이 좀 만났으면 하는데요."

총장은 희주 엄마의 변덕이 못 견디게 성가셨다. 그는 한숨을 푹 내쉬면서 며칠째 연락이 되지 않는 석현에게 전화를 걸었다. 휴대폰 전원이 꺼져 있다는 녹음된 멘트만 들려왔다. '이 상황에서 잠수를 탄다고? 아무리 심사가 꼬여도 그렇지! 괘씸한 놈!!' 그러다 윤수랑 함께 있을지도 모른다는 생각이 퍼뜩 스쳐갔다. 총장은 윤수의 전화번호를 길게 눌렀다.

"어, 정윤수, 너 지금 어디냐? 혹시 석현이 어디 있는지 알아?"

윤수는 석현을 찾으러 가는 길이었다. 하지만 그녀도 석현이 정확히 어디에 있는지는 모르고 있었다. 짐작만 할 뿐이었다.

"네. 확실히 거기 있을지는 모르겠지만….''

"그래. 암튼 석현이 찾으면 내일 학교에 꼭 오라고…. 아니다. 네가 꼭 데려와."

"네, 알겠습니다."

윤수는 얕은 한숨을 뱉어냈다. 그녀는 며칠 전 출근할 때까지만 해도 석현이 그녀의 집에 있을 줄 알았다. 그래서 수업이 끝나자마자 다른 약속도 취소하고 마트에서 장을 봐 집으로 달려갔다. 하지만 석현은 마음을 정리하고 오겠다는 메모 한 장만 남겨놓고 자취를 감추었다.

그리고 지금, 그녀는 석현을 찾아 어딘가로 달려가고 있었다. 그곳은 이십대 때 석현과 윤수가 자주 찾던 곳이었다. 그곳에서 그들은 사랑을 나눴고, 서로의 꿈을 이야기했다. 언젠가부터 석현은 복잡한 일이 생길 때마다 그곳을 찾았다. 하지만 지금도 석현이 그곳에 있을지는 알 수 없었다. 윤수는 제발 석현이 그곳에 있어주길 바랐다. 만약 그가 그곳에 있다면, 그의 마음속에도 그녀가 있다는 의미일 터였다.

미루나무가 길가에 늘어서 있는 시골길, 윤수는 에어컨을 끄고 차창을 내렸다. 매미 소리와 함께 상큼한 바람이 차 안으로 밀려 들어왔다. 풀냄새와 흙냄새가 섞인 바람이 윤수의 긴 머리칼을 쓰다듬었다.

멀리 한적한 저수지가 보였다. 그녀는 저수지가 내려다보이는 언덕길에 차를 세우고 저수지로 내려갔다. 저수지에는 혼자 앉아 낚싯대를 드리우고 있는 사람들이 드문드문 보였다.

석현은 그곳에 있었다. 커다란 느티나무가 그늘을 만들어주는 곳, 윤수와 함께 물수제비를 뜨던 곳. 윤수는 왈칵 눈물이 나올 것 같았다.

"여기 있었네?"

석현은 느닷없는 윤수의 등장에 깜짝 놀랐다.

"어? 여긴 어떻게?"

윤수가 석현의 옆에 털썩 주저앉았다.

"자기 골치 아픈 일 생길 때마다 여기 왔었잖아."

석현이 고개를 끄덕이며 능청을 떨었다.

"그러게. 정윤수가 속 썩일 때마다 여기 왔었지."

윤수는 피식 웃으면서 손차양을 만들어 저수지를 둘러보았다. 수면에 반사된 햇살이 눈부시게 다가왔다.

"벌써 6년 전인데… 여긴 그대로다."

"어. 나도 놀랐어."

윤수가 석현을 그윽하게 바라보았다.

"여기 있어줘서 고마워."

석현은 아무 말 없이 윤수를 바라보았다. 말 한마디에, 그녀의 아팠던 마음이 전해졌다. 윤수가 석현의 시선을 피하며 물었다.

"고기 잡으면서, 마음은 좀 정리됐어?"

"조금."

윤수의 마음이 조심스러워졌다.

"어떻…게?"

석현이 머리를 긁적였다.

"그냥… 나 물먹인 사람들 욕도 좀 해주고. 또… 내가 그렇게 미움받을 짓을 했나 반성도 좀 하고."

윤수가 기특하다는 듯 석현의 어깨를 두드렸다.

"아이고~ 그러셨어요?"

"왜 하필 나랑 이규원을 엮었나, 고민도 좀 하고."

규원이라는 말에 윤수의 눈빛이 살짝 흔들렸다. 그동안 말은 안 했지만, 그녀는 지나치게 규원을 감싸는 석현 때문에 여러모로 마음을 끓였었다. 아닌 줄 알면서도, 의심했고 질투했었다.

"음….”

윤수의 석연치 않은 반응에 석현이 물음표를 달았다.

"왜?"

"그냥…. 근데 혹시 규원이한테… 흔들린 적 있었어?"

석현이 피식 웃으며 아무렇지도 않게 대답했다.

"응. 한순간. 그 녀석 웃는 게 너무 이뻐서."

"그랬구나."

"질투 나?"

"응."

석현이 윤수의 이마에 꿀밤 먹이는 시늉을 했다.

"어른이 애나 질투하고!"

"그게 다 누구 때문인데!"

"하긴… 나도 신이 녀석 엄청 질투했었어."

석현의 소탈한 말에 윤수가 품, 하고 웃음을 터뜨렸다.

"그래…. 흔들리지 않고 피는 꽃은 없다더라."

윤수는 도종환의 시처럼 잠시 흔들렸던 사랑을 기억했다. 그리고 흔들림으로, 더더욱 견고해지는 사랑을 믿었다. 석현이 윤수의 얼굴을 빤히 쳐다보았다.

"왜?"

"정윤수 웃는 게 더 이쁘네."

"그걸 이제 알았냐?"

정말이었다. 윤수의 웃는 모습이 석현의 눈에 사무치게 다가왔다. 저수지 물이 출렁이듯, 석현의 마음속에 윤수가 출렁였다. 미안하고 고마운 사람. 뜨겁게 사랑했고, 지칠 정도로 미워도 해본 사람. 세월의 담을 넘어 나를 다시 찾아와준 사람. 석현이 잔잔하게 웃으며 윤수의 어깨를 껴안았다. 윤수가 석현의 어깨에 머리를 기대며 말했다.

"그래도 웃으니까 보기 좋다. 난 자기 믿어."

"알아…."

"알면, 좀 잘해."

"미안하다."

윤수가 새침한 눈빛으로 석현을 쳐다보았다.

"자기가 나한테 미안해할 게 한두 가지인가…. 그 중에 뭐가 제일 미안한데?"

"음… 네가 먼저 청혼하게 한 거?"

"피이…."

윤수의 가슴이 먹먹해졌다. 어디선가 흔들리면서도 줄기를 세운 꽃망울이 활짝 피어나고 있을 것 같았다.

그때, 윤수의 핸드백 안에 있던 휴대폰이 울렸다. 총장이었다.

"석현이 찾았어?"

"네, 지금 옆에 있어요."

"내일 꼭 데려와, 책임지고."

"알겠습니다."

옆에서 듣고 있던 석현이 윤수를 바라보았다.

"누구야?"

"총장님이신데, 자기 데리고 빨리 올라오래."

석현은 두 손을 머리 뒤로 깍지 끼고 풀밭에 털썩 누워버렸다.

"안 간다 그래."

윤수가 손으로 석현의 배를 토닥이며 말했다.

"지금 스폰서들 다 끊기고, 대본이랑 콘티도 바뀌어서 애들 완전 패닉 상태래."

"흥, 그러거나 말거나."

윤수가 석현의 옆구리를 아프지 않게 꼬집었다.

"진짜 무책임하게 이럴 거야? 자기 입으로 그랬잖아. 100주년 공연이 장난이냐고."

"에이, 몰라."

"지금 자기 엉덩이 들썩거리는 거 다 보이거든. 이럴 때 딱 나타나서 싹 정리를 해줘야 김석현 이름값 하는 거 아니겠어?"

자신의 마음을 빤히 들여다보는 윤수 앞에서 무슨 말을 더 할까? 석현은 항복한다는 듯 두 손을 번쩍 들어올렸다.

"아… 능력 있는 것도 참 피곤하다. 어쩔 수 없지. 가보자."

우리만의 멋진 공연

다음 날, 석현은 총장실에서 희주 엄마와 마주 앉았다. 서먹한 분위기가 마치 판문점에서 만난 남북 대표들 같았다. 총장은 희주 엄마와 석현을 번갈아 쳐다보며 입을 열었다.

"서로 오해가 있었던 거 같은데 풀기로 하자. 네가 기획하고 애들까지 뽑았는데 이제 와서 빠지는 게 말이 되냐?"

희주 엄마가 석현을 보고 억지웃음을 지었다.

"그동안 나한테 서운한 거 있으면 잊어주세요. 우리 100주년 공연만 신경 써요."

석현은 단호한 표정으로 희주 엄마를 쳐다봤다.

"조건이 있습니다. 이규원 언더스터디 시킬 거예요. 싫으면 관두시고요."

희주 엄마는 별일도 아니라는 듯 쿨하게 대꾸했다.
"상관없어요. 어차피 무대에는 우리 희주가 오를 테니까요."

총장실에서 희주 엄마와 석현이 합의점을 찾는 사이, 아이들은 강당에 모여 있었다.
"공연 못 할지도 모른다는 얘기 들었어?"
한쪽 구석에서 바뀐 콘티를 보고 있던 기영이 그 말에 고개를 번쩍 들었다.
"그게 무슨 소리야?"
"김석현 감독님 그만둔 거 알고 스폰서들이 다 빠져 나갔대요."
사랑이 그렇게 대꾸하며 얄미워 죽겠다는 표정으로 희주를 째려 봤다.
"정작 빠질 사람은 따로 있는 거 같은데."
하지만 엄마가 석현을 만나고 있다는 걸 알고 있는 희주는 코웃음을 쳤다.
그때 태준이 강당 문을 열고 들어섰다. 아이들은 태준의 등장이 전혀 반갑지 않았다. 아이들이 원하는 사람은 석현이었다.
태준이 강당을 둘러보며 손뼉을 쳤다.
"왜들 이러고 있어? 자, 연습 시작하자."
사랑이 손을 번쩍 들었다.
"연습 전에 질문 있습니다. 공연 못 한다는 소문 사실인가요?"
태준이 오만상을 찌푸리며 언성을 높였다.

"누가 그런 헛소문을 퍼뜨려! 그런 일 절대 없어. 자, 일어나! 4막 노래 연습 시작하자."

여기저기서 툴툴거리는 소리가 터져 나왔다. 태준이 빨리 일어나라고 윽박지르자 겨우겨우 자리를 털고 일어났다. 하지만 희주는 꿈쩍도 하지 않았다. 그녀는 팔짱을 끼고 눈을 내리깐 채 그대로 앉아 있었다.

태준은 희주가 괘씸하고 얄미워 속이 부글부글 끓었지만, 그녀가 이사장 딸임을 기억하고 달래듯 말했다.

"한희주, 4막 노래 연습한다니까."

희주가 태준을 정면으로 바라보면서 또박또박 대답했다.

"전 안 할 건데요?"

참다못한 태준이 목에 핏대를 세웠다.

"뭐야, 너 지금 감독한테 반항하는 거야?"

희주가 콧방귀를 뀌었다.

"누가 감독인데요?"

그 순간, 강당 문이 삐그덕 소리를 내며 열렸다. 아이들이 일제히 강당 문을 쳐다보았다. 석현이 황야의 무법자처럼 보무도 당당하게 걸어 들어왔다. 아이들은 "감독님!"을 외치며 미친듯이 좋아했다. 눈물을 흘리는 아이도 있었다. 태준은 아이들의 반응에 기가 막혔지만, 떡하니 나타난 석현의 모습에 더 기가 막혔다.

"그만두고 나간 사람이 여긴 어쩐 일이야?"

석현은 능글맞게 웃으면서 태준을 쳐다봤다.

"그러려고 했는데, 자꾸 불러서 말이야."

"뭐라고?"

그때까지 엉덩이를 붙이고 앉아 있던 희주가 자리에서 일어나 석현 앞으로 다가갔다.

"연습 시작하시죠. 감독님!!"

"그럴까?"

태준이 희주를 잡아먹을 듯이 노려보았다. 그동안 희주에게 쏟은 정성이 아까워서 미칠 것만 같았다. 그는 배신감과 수치심에 치를 떨며 강당을 빠져나왔다. 하도 열이 받아 바들바들 떨리는 손으로 휴대폰을 꺼내 희주 엄마에게 전화를 걸었다.

"지금 잠깐 뵐 수 있을까요?"

"알았어요. 마침 학교에 있으니까, 5분 후에 임 교수 연구실에서 봅시다."

태준은 통화가 종료된 휴대폰을 뚫어져라 노려보았다. '학교에 있었다고? 그럼 김석현을 불러들인 장본인이 희주 엄마였단 말이야? 아니야. 아니겠지. 그럴 리가 없어.'

태준을 만난 희주 엄마는 아무렇지도 않은 듯이 말을 꺼냈다.

"본론만 얘기하죠. 임 교수, 공연에서 빠지세요."

태준이 멍한 표정으로 희주 엄마를 바라봤다. 성질 같아선 탁자라도 엎고 싶었지만, 심호흡을 하며 참았다.

"지금 뭐라고 하셨습니까?"

"100주년 공연 손 떼시라고요."

"이제 와서 이러는 게 어디 있습니까?"

"임 교수가 잘했으면 이런 일 없잖아요. 스폰서 다 떨어져 나가지, 학생들 불만 많지, 안 바꾸게 생겼어요?"

태준이 테이블을 주먹으로 쾅 쳤다.

"내가 그렇게 못 하겠다면요?"

희주 엄마가 싸늘하게 웃었다.

"학교 그만두고 싶어요?"

태준이 교활한 눈빛으로 희주 엄마를 쏘아보았다.

"저 혼자 물러날 순 없죠. 김석현하고 이규원 사건 꾸민 거 다 터 뜨리겠습니다!"

"허, 지금 나 협박하는 거에요? 임 교수 이렇게 형편없는 사람인 줄 알았으면 진작에 멀리했을 텐데. 남 시기하기 전에 본인 실력부터 키워요."

희주 엄마가 밖으로 나가버리자 태준은 두 손으로 머리칼을 쥐어뜯으며 자리에서 일어났다. 분노에 휩싸인 태준은 연구실을 뱅뱅 돌다 문을 열고 밖으로 나갔다. 무슨 수를 쓰든 자기 자리를 되찾아야겠다고 생각해서였다. 그럴 수 없다면, 물귀신이라도 돼서 공연 자체를 못 하도록 만들어야겠다고 생각했다.

태준은 일이 생각보다 쉽게 풀릴지도 모르겠다는 생각이 들었다. 강당으로 향하는 길에 목을 잡고 캑캑거리는 희주를 본 것이다. 한창 노래 연습을 해야 할 시간에 연습벌레 한희주가 강당 밖에 나와 있는 것 자체가 이상했다. 태준은 멀찌감치 서서 실눈으로 희주를 관찰했다. 희주는 얼굴이 벌겋게 달아오르도록 기침을 하더니 눈물을 글썽이며 학교 밖으로 걸어 나갔다. 태준은 탐정이나 된 것처럼 희주 뒤를 조심조심 따라갔다.

희주가 걸음을 멈춘 곳은 학교 앞 상가건물이었다. 예상대로 희주는 3층에 있는 이비인후과로 들어갔다.

태준은 환자 대기실 구석에 앉아 신문을 펼쳐 얼굴을 가렸다. 그렇게 숨어 상황을 살피던 태준은 잠시 후 쓰러질 듯 아슬아슬한 걸음으로 진료실에서 나오는 희주를 발견했다. 목에 문제가 생긴 게 분명했다. 그는 진료실 문을 열고 들어가 의사에게 단도직입적으로 물었다.

"방금 나간 한희주 학생의 검사 결과를 좀 듣고 싶습니다."

의사가 눈을 가늘게 떴다.

"한희주 씨와는 어떤 관계이신지…."

"내가 그 애 아빠요."

"그럼 따님에게 직접 들으시는 게…."

태준이 의사의 말을 잘랐다.

"우리 희주가 속이 깊어서, 아빠 걱정할까봐 말을 잘 안 합니다. 그러니 의사 선생님이 속 시원하게 말씀해주십시오."

태준이 찔러보듯 물었다.

"애가 밤낮 사레들린 것처럼 캑캑거리는데, 혹시 성대 쪽에 이상이 있는 겁니까?"

"네. 짐작하신 대로 성대결절입니다. 이미 많이 진행된 상태라, 빠른 시일 내에 수술을 해야 합니다."

"아, 그렇군요. 그럼 앞으로 노래는?"

"따님도 그걸 걱정하더군요. 수술한 이후엔 모르겠지만, 지금 상태로는 무리입니다. 목소리가 완전히 변할 수도 있거든요."

"네에."

태준은 카페 창가에 앉아 만면에 웃음을 머금고 희주 엄마를 기다렸다. 정확히 30분 후, 희주 엄마가 탐탁지 않은 표정으로 카페 문을 열고 들어왔다.

"바빠서 내가 준비해온 얘기 먼저 할게요. 생각해보니까 임 교수가 억울할 만해요. 이번 공연 끝나면 해외연수 보내드릴게요."

태준이 비아냥거리듯 물었다.

"공연을 잘 끝낼 수 있을까요?"

"진짜 왜 이래요? 해외연수 보내준다 했잖아요."

태준은 은밀한 거래를 시작하듯이, 주변을 돌아보면서 목소리를 낮췄다.

"희주가 아픈 거 알고 계십니까?"

"목감기 걸린 거 말하는 거예요?"

"목감기요? 하하."

"뭐예요, 그 웃음은?"

"희주에게 직접 물어보세요. 제가 볼 땐 희주 노래 못 합니다."

희주 엄마는 어이없다는 얼굴로 눈을 동그랗게 뜨고 태준을 바라봤다.

"뭐라고요? 아는 거 있음 자세히 얘기해봐요."

"희주가 못 나가면 이규원이 나갈 테고…. 그렇게 되면 100주년 기념 공연은 멍석만 깔아주고 잔치는 남이 하는 거죠. 잘 생각해보십시오. 저는 이만, 일어서겠습니다."

태준은 뒤도 돌아보지 않고 총총히 자리를 빠져나갔다. 희주 엄마는 충격받은 얼굴로 태준의 뒷모습을 쳐다보았다.

집으로 돌아온 희주 엄마는 곧장 희주의 침실로 달려갔다. 희주는 침대에 누워 울고 있었다. 희주도 충격에서 벗어나지 못한 상태였다. 딸이 우는 모습을 보자 희주 엄마는 심장이 철렁 내려앉는 것 같았다. 희주가 노래를 못 하게 될 거라는 태준의 말이 뇌리를 스치고 지나갔다. 희주 엄마는 다짜고짜 희주를 일으켜 세우며 따져 물었다.

"임 교수가 너 노래 못 할 거라는데, 그게 무슨 소리야? 어? 바른대로 말해."

희주가 창백하게 질린 얼굴로 고함을 질렀다.

"무슨 소리야! 할 수 있어!"

소리를 지르던 희주가 또 목을 잡고 캑캑거렸다. 희주 엄마가 희주의 어깨를 붙잡고 흔들었다.

"너 왜 그래?"

"아무것도 아니야."

"아무것도 아니긴 뭐가 아냐! 엄마한테 말해!"

엄마의 서슬에 희주가 울음을 터뜨리고 말았다. 웬만해선 눈물을 보이지 않는 딸이라, 희주 엄마는 억장이 무너지는 것 같았다.

"아휴, 정말! 길 닦아놓으니까 뭐가 지나간다고. 진짜로 멍석 깔아놓으니까 잔치는 남이 벌이는 거 아냐 이거."

희주의 서러운 울음소리는 밤새 계속되었다.

다음 날 아침이 밝자, 강당 건물 벽면에 붙어 있던 디데이 달력이 또 한 장 뜯겨 나갔다.

"자, 다들 모였지? 희주는 오늘도 안 왔나?"

석현의 물음에 언제나처럼 사랑이 나섰다.

"걔 공연 포기한 거 아닐까요?"

석현이 고개를 설레설레 흔들었다.

"그럴 리가 없다. 자, 오늘도 언더스터디가 수고해주길 바란다."

허리를 굽혀 운동화 끈을 묶고 있던 규원이 고개를 번쩍 들었다.

"네!!"

이때, 강당 문이 열리고 수명이 헐레벌떡 달려왔다. 그 모습이 마치 전쟁 중에 목숨을 걸고 소식을 전하는 전령처럼 다급해 보였다.

"감독님!! 공연이… 취소랍니다."

"그게 무슨 소리야?"

"100주년 기념 공연, 없던 걸로 한답니다. 취소래요!"

이게 무슨 청천벽력 같은 소린가. 강당 안은 순식간에 소란스러워졌다. 수명이 괴로워 죽겠다는 얼굴로 설명했다.

"방금 이사장 사모님 왔다 가셨어요. 그래서…."

석현이 알겠다는 표정으로 수명의 말을 잘랐다.

"우선 너희끼리 안무 맞춰보고 있어. 수명아, 애들 부탁한다."

"어디 가시려고요?"

수명이 석현의 팔을 붙잡았다.

"총장님 만나봐야지!"

석현이 수명을 뿌리치고 강당 밖으로 나가자, 아이들은 놀란 가슴을 주체하지 못하고 팔짝팔짝 뛰며 혼란스러워했다. 규원의 눈가엔 눈물이 그득 고였다. 또 자기 때문인가 싶어, 가슴이 떨리고 두려웠다. 신이 걱정스런 눈길로 규원을 바라보며 가까이 다가갔다.

"너무 걱정하지 마. 감독님이 알아서 하실 거야."

신이 규원의 손을 살며시 잡아주었다. 신의 따뜻한 손길은 규원을 위로해주었지만, 공연에 대한 걱정까지 덜어줄 수는 없었다.

석현은 총장에게서 희주 엄마가 방금 나갔다는 말을 듣고 주차장으로 뛰어갔다.

마침 희주 엄마가 자신의 승용차 쪽으로 걸어가고 있었다.

"잠깐만요!"

소리 나는 쪽을 돌아보던 희주 엄마가 석현을 발견하고 귀찮다는 표정을 지었다. 석현이 대들듯 따졌다.

"도대체 이러시는 이유가 뭡니까?"

"총장님에게 얘기 못 들으셨어요? 시작부터 지금까지 조용한 적이 없었잖아요."

"다 마무리 짓고 지금 잘 진행되고 있습니다!"

'잘되기는 개뿔. 우리 희주가 빠지는데 공연이 다 무슨 소용이야?'라고 따져주고 싶었지만, 희주 엄마는 이를 악물고 말을 삼켰다. 그리고 이내 자분자분하게 말을 이었다.

"공연이 잘 되면 잘 되는 대로, 안 되면 안 되는 대로 말 나오는 게 싫어요. 미안해요."

"혹시 희주 문젭니까? 희주한테 무슨 일이 생긴 거 아니고는 이러실 리가 없잖아요. 불과 며칠 전에 절 찾아와서 공연만 생각하자고 말씀하시던 분이…."

희주 엄마가 멈칫했다. 희주의 병 때문에 공연을 취소했다는 말을 할 수는 없었다. 그녀는 생긋 웃기까지 하면서 여유를 부렸다.

"우리 희주랑 같이 결정한 일이에요. 전부터 이런 공연을 해야되나 말아야 되나 고민이 많았거든요. 이사장님도 같은 생각이셨고요. 암튼 미안하게 됐습니다."

희주 엄마는 서둘러 차에 올라타고는 쏜살같이 달아났다. 석현은 먼지를 일으키며 달려가는 차를 허탈한 마음으로 쳐다보았다.

강당에서 애타게 기다리고 있을 아이들을 생각하자, 명치끝이 저려왔다.

막막한 심정으로 터덜터덜 걸음을 옮기는데, 맞은편에서 태준이 머리를 긁적이며 나름 복잡한 표정으로 걸어오고 있었다. 석현이 걸음을 멈추고 태준을 쏘아보았다.

"선배 짓이야?"

"무슨 소릴 그렇게 해? 네가 꼴보기 싫고 미운 걸 떠나서 나는 학과장이야! 100주년 기념 공연이 이렇게 되는 데 내가 앞장섰을 거 같아?"

석현은 고개를 끄덕이며 태준을 비웃었다.

"응, 그랬을 거 같아."

말을 마친 석현이 태준을 밀치듯이 휙 지나가버렸다. 태준이 허공을 향해 주먹을 날리며 고함을 질렀다.

"저 자식이!! 네가 그러니까 이 모양 이 꼴이 된 거야! 못된 자식!"

강당 안은 시끄럽고 어수선했다. 머리를 맞대고 앉아 쑥덕거리는 아이들도 있었고, 부둥켜안고 우는 아이들도 있었다. 그마저도 포기한 아이들은 구석진 자리에 누워 있었다.

석현은 그런 아이들의 모습에 가슴이 아팠다. 자신을 믿고 따르는 아이들에게 아무런 힘도 되어줄 수 없다는 사실이 뼈가 저릴 만큼 아팠다.

"100주년 기념 공연은…."

석현이 입을 열자, 흩어져 있던 아이들이 가운데로 모여들었다. 누워 있던 아이들도 일어나 앉아 석현의 다음 말을 기다렸다.

석현이 눈을 감았다. 차마 다음 말을 할 수가 없었다. 그는 울컥 치솟는 눈물을 삼키고 떨리는 목소리로 말을 이었다.

"지금 이 시간부로 취소다. 그동안 수고했고 끝까지 지켜내지 못해 감독으로서 정말 미안하다."

규원이 울먹이기 시작했다.

"감독님~."

석현은 붉어진 눈시울을 보이고 싶지 않아 고개를 돌려버렸다. 여기저기서 울음소리가 터져 나왔다. 이 어이없는 상황을 도저히 받아들일 수 없다며 대성통곡하는 사랑이, 서로 부둥켜안고 울부짖는 연극과 아이들, 무릎을 껴안고 고개를 숙인 채 꺽꺽거리고 있는 기영이, 드럼 스틱을 쥐고 눈물을 흘리는 준희, 두 다리를 버둥거리며 우는 보운과 국악과 아이들, 신이의 어깨에 얼굴을 파묻고 눈물을 흘리는 규원이까지. 강당 안은 온통 눈물바다였다.

울고 있는 아이들의 모습을 도저히 볼 수 없었던 석현은 자리를 박차고 나가버렸다. 정말이지 너무나 속상했다. 이런 상황까지 끌려온 자신도 못마땅했고, 같잖은 권력을 휘두르며 그와 아이들을 농락하는 이사장 가족이 못 견디게 미웠다.

어느새 소식을 듣고 달려온 윤수가 그의 어깨에 손을 올렸다. 손끝에 닿는 석현의 어깨가 미세하게 떨리고 있었다. 우는 모양이었다. 윤수는 가지고 있던 손수건을 석현의 손에 쥐어주고, 그의 등을 꼭 껴안았다. 석현의 떨리는 목소리가 들려왔다.

"너무 부끄럽다. 내가 이것밖에 안 되나 싶어서…."

윤수가 아이를 달래듯 말했다.

"당신 잘못 아냐. 처음부터 당신 편 못 돼줘서 미안해. 나 당신 걱정 안 해. 당신을 믿으니까. 알지?"

석현이 몸을 돌려 윤수를 바라보았다. 윤수의 눈에도 눈물이 가득 고여 있었다. 애써 담담한 척했지만, 그녀 역시 힘들어 보였다. 석현은 들고 있던 손수건으로 윤수의 눈물을 닦아주었다.

"고맙다, 정윤수. 근데 어떡하냐. 우리 애들, 어떡하냐."

공연 연습이 중단된 지 사흘이 지났다. 아이들의 발길이 끊긴 강당은 황량한 벌판 같았다. 강당 벽에 붙어 있는 디데이 달력은 사흘 내내 숫자 9라고 적혀 있었다. 가야금을 둘러멘 규원이 강당을 둘러보았다. 쓸쓸한 마음을 가눌 길이 없었다. 지난 사흘 동안 그녀는 가야금 연습에 집중하려 애를 썼지만 그럴 수가 없었다. 규원은 강당 벽 쪽에 놓여 있는 의자에 털썩 주저앉았다. 그때, 강당 문이 열리더니 신이 얼굴을 불쑥 내밀었다.

"여기 있을 줄 알았어."

규원이 힘없이 웃으며 신을 바라보았다.

"나 찾았어?"

신이 방실방실 웃으며 한달음에 그녀 곁으로 다가왔다.

"100주년 공연 말이야, 우리끼리 질러볼래?"

규원의 눈이 휘둥그레졌다.

"질러? 뭘 질러?"

신이 규원의 옆에 앉아서 차근차근 설명했다.

"우리 엄마가 그러시더라고. 엄마 학교 다닐 때도 이런 적이 있었다고. 그때, 엄마랑 친구들은 연습한 게 너무너무 아까워서, 교문 앞에서 자기들끼리 공연을 했대. 생각해보니까 우리도 못할 거 없잖아. 대단한 무대나 관객은 없더라도 김 감독님만 도와주시면 우리끼리 해볼 수 있을 거 같아."

규원의 얼굴이 점점 밝아졌다. 그러다 아랫입술을 깨물며 걱정스레 물었다.

"한희주도 없는데?"

신이 손짓으로 규원을 가리켰다.

"네가 있는데 한희주가 왜 필요해? 한번 해보자. 그동안 연습한 거 아깝잖아!"

"애들이 따라와줄까?"

"적어도 스투피드랑 바람꽃은 움직일 거 아냐."

규원이 이를 드러내고 활짝 웃었다.

"음, 좋아! 해보자!"

"좋았어! 당장 애들 다 불러 모으자!!"

"그래 그래."

몇 시간 후, 스투피드와 바람꽃 멤버들이 강당에 모여 앉았다. 신과 규원의 연락을 받고 달려온 것이다.

"근데 무슨 일로 모이자고 한 거야? 이제 연습할 필요 없잖아."

명관의 질문에 신이 눈을 빛내며 규원과 나눈 얘기를 털어놨다. 신의 얘기를 듣던 아이들의 얼굴에 점점 화색이 돌았다. 보운이 눈을 동그랗게 뜨고 되물었다.

"우리끼리 100주년 공연을 하자고?"

규원이 비장한 표정으로 고개를 끄덕였다.

"응!"

이때, 강당 문이 열리고 사랑과 연극과 무리들이 우르르 몰려왔다.

"마침 여기 다 있었구나! 내가 며칠 동안 잠도 못 자고 고민해봤는데… 공연 말이야, 우리끼리 그냥 하면 안 되냐?"

초록은 동색이라더니, 그동안 함께 땀 흘리며 연습했던 시간들이 헛된 것은 아닌 모양이었다. 이렇듯 하나가 되니 말이다. 규원이 자리에서 폴짝 뛰어 일어나며 반색했다.

"사랑이 언니가 웬일이래? 우리도 지금 그 얘기하고 있었어요."

사랑의 눈이 왕방울만 해졌다.

"진짜? 우와~!! 역시 진심은 말하지 않아도 통하는구나!"

"근데 학교에서 허락을 해줄까?"

누군가 기어들어가는 목소리로 물었다.

신이 아이들을 둘러보면서 목소리에 힘을 주었다.

"학교보다 감독님이 중요하지. 이번 공연, 기획하고 만드신 분이 잖아."

규원이 힘주어 고개를 끄덕였다.

"맞어, 일단 감독님부터 만나봐야 돼!"

사랑이가 강당 밖을 손으로 가리켰다.

"아까 학교에 오시는 거 봤어. 지금 방에 계실 거야!"

보운이 아이들 등을 떠밀었다.

"그럼 여기서 이럴 게 아니라 당장 가서 만나봐야지!"

사랑이 한 손을 들고 소리쳤다.

"잠깐!! 그전에 기영 오빠부터 꼬셔야 하지 않을까? 어쨌든 주인 공이 있어야지!"

맞는 말이었다. 규원이 고개를 끄덕이며 입을 열었다.

"그래, 과사무실에 들러 기영 오빠를 설득하고 나서 감독님을 찾 아뵙자!"

"그래, 빨리 서두르자."

아이들은 누가 먼저랄 것도 없이 우당탕탕 소리를 내면서 밖으 로 달려 나갔다.

기영은 과사무실에 앉아서 수명을 기다리고 있었다. 그런데 갑 자기 공연팀 아이들이 우르르 몰려 들어왔다. 난데없이 들이닥친 아이들을 보며 기영은 기함을 했다. 안 그래도 좁은 과사무실이 터 져 나갈 것 같았다.

"무슨 일이야, 갑자기? 반갑게스리."

기영의 농담에 아이들이 까르르 웃음을 터뜨렸다. 규원이 기영에게 다가가, 몇 분 전 아이들과 나눈 얘기를 들려줬다. 기영은 찬찬히 고개를 끄덕이며 심각한 표정으로 규원의 얘기를 들었다.

"이런 멋진 생각 누가 한 거야? 좋았어! 이번엔 절대 도망치지 않을 거야."

모든 아이들이 기영을 둘러싸고 뱅글뱅글 돌면서 좋아했다.

과사무실 문이 열리고 수명이 들어왔다. 수명은 화기애애한 과사무실 분위기가 어리둥절했다.

"너희들 뭐냐? 이렇게 좋아할 때가 아닌 거 같은데."

규원이 자랑스럽게 말했다.

"취소된 100주년 기념 공연, 우리끼리 해보기로 했어요!"

"감독님만 허락하시면 돼요."

수명이 씁쓸한 표정으로 아이들을 바라보았다.

"어휴~. 찬물 끼얹는 거 같아 미안한데…. 감독님, 지금 짐 싸고 계셔."

"예?"

"아마 거의 다 싸셨을 거야."

"말도 안 돼!"

신이 그렇게 말하고는 후다닥 밖으로 달려 나갔다.

"신아!"

규원이도 재빨리 신이 뒤를 쫓아갔다. 사랑이 한숨을 푹 쉬었다.

"어떻게 쉽게 가는 법이 없냐. 가자, 가자!"

석현은 윤수와 함께 짐 상자를 들고 직원 주차장 쪽으로 걸어가고 있었다. 그들의 표정은 흡사 장례를 치르러 가는 사람들처럼 어둡고 칙칙했다.

"감독님!!" 하는 소리에 뒤를 돌아보니, 아이들이 석현을 향해 우르르 몰려오고 있었다. 다시는 못 볼 줄 알았던 아이들이 자신을 향해 달려오자, 석현의 눈시울이 붉어졌다. 석현과 윤수는 가던 길을 멈추고 아이들 쪽으로 돌아섰다.

"저희한테 말도 없이 이렇게 가시면 안 되잖아요!"

규원은 석현이 들고 있는 짐 상자를 쳐다보며 울먹였다. 신도 거들었다.

"진짜 비겁합니다!"

석현은 비장한 표정으로 서 있는 아이들을 둘러보며 피식거렸다. 귀여운 녀석들이었다.

"뭐가 비겁해! 그럼 100주년 기념 공연도 안 하는데, 내가 여기 있을 이유가 뭐 있어?"

기영이가 석현에게 다가섰다.

"저희 공연할 겁니다!"

"뭐?"

수명이도 나섰다.

"애들끼리 해본답니다. 감독님, 도와주세요."

사랑이 우는소리를 했다.

"이거 한다고 사돈의 팔촌까지 소문내놨단 말예요. 안 하면 가문의 망신이에요!"

아이들의 말에 석현의 가슴이 뜨겁게 달아올랐다.

"나 참, 이것들 진짜…."

윤수 역시 자기들끼리라도 해보겠다는 아이들에게 감동을 받았다. 못된 권력의 농간에도 청춘은 자유로울 수 있는 모양이었다. 그녀는 망연자실 서 있는 석현의 옆구리를 찌르며 말했다.

"나 같으면 허락하겠다."

아이들이 눈물을 글썽이며 사정했다.

"감독님….”

"부탁드립니다."

"아이, 감독님, 꼭요! 제발요!"

마침내 석현이 짐 상자를 바닥에 내려놓았다.

"아놔, 참!! 너희들 제대로 못 하면 알아서 해."

아이들이 함성을 지르며 석현에게 달려들었다. 아이들에게 둘러싸인 석현은 다시금 가슴이 용광로처럼 훨훨 타오르고 있음을 느꼈다.

"강당에 가 있어. 내가 기필코 이 공연 무대에 올리고 말 테니까!!"

총장을 찾아간 석현은 아무 도움도 줄 수 없다는 전제 아래 '알아서 하라.'는 허락을 받았다. 어차피 학교의 도움 따위 기대도 하지 않고 있었다.

석현과 윤수가 싱글거리며 강당으로 들어서자, 수명이 기다렸다는 듯이 외쳤다.

"연주팀, 연기팀 모두 출석했습니다!"

석현이 흐뭇한 미소를 지으며 아이들 한 명 한 명을 바라보았다.

"자식들, 암튼 겁도 없어요. 이번 공연 소제목을 바꿀까 한다."

규원이 놀란 눈으로 석현을 바라봤다.

"뭘로요?"

"맨땅에 헤딩! 학교에서의 예산 지원은 없다. 공연할 장소도 없고 밀어주는 사람도 없다. 그래도 할 수 있겠냐?"

아이들은 먹이를 물고 온 어미 새에게 부리를 들이대듯 합창으로 답했다.

"예에~."

신이는 가방에서 봉투 하나를 꺼내 석현에게 내밀었다.

"이번 달 카타르시스 알바비예요. 공연에 보태주세요."

규원은 신이에게 엄지손가락을 치켜세워 보였다.

"역시 신이야~."

사랑이도 줄무늬 면 가방에 손을 집어넣더니 구깃구깃한 흰 봉투를 내밀었다.

"겨울방학에 코 수술하려고 모으던 돈입니다."

그 돈을 모으기 위해서 얼마나 봉투를 여닫았던지 하얀 봉투가 누렇게 변해 있었다. 다른 아이들도 가방을 뒤지고 지갑을 열기 시작했다. 아이들의 성의와 열의에 석현은 코끝이 찡해왔다. 모두들 공연을 위해 하나로 뭉친 것이다.

"그래, 어디 한번 제대로 보여주자. 너희들의 실력, 노력, 무대 위에서 한번 불태워보자!"

석현의 결의에 찬 목소리에 아이들이 함성을 내질렀다.

"아자아자, 파이팅!!"

규원이 강당 벽 쪽으로 달려가 숫자 9라고 적혀 있는 디데이 달력을 사정없이 뜯었다. 내리 석 장을 뜯으니, 6이라는 숫자가 나왔다. 아이들의 시선이 일제히 디데이 달력 쪽으로 향했다. 석현이 말했다.

"잘했다, 이규원. 자, 보다시피 앞으로 우리에게 남은 시간은 6일밖에 없다. 지난 사흘 푹 쉬었을 테니, 남은 시간은 죽었다고 생각해라. 알았냐들?"

모두가 한 목소리로 "네!!" 하고 대답했다.

내 인생 최고의 주인공

석현과 윤수는 창밖에서 들려오는 매미 소리를 들으며 탁자를 가운데 놓고 마주 앉아 있었다. 석현이 탁자 위에 놓인 콘티와 대본을 번갈아 들여다보며 입을 열었다.

"겨우겨우 강당 쓰는 건 허락을 받았는데, 아무래도 무대가 좁을 거 같아. 안무를 대폭 수정해야겠는데 어떡하냐?"

윤수가 미리 구성해놓은 안무 콘티를 석현 앞으로 내밀었다.

"그럴 줄 알고 다 생각해놨어."

석현이 달라진 콘티를 꼼꼼하게 확인하면서 중얼거렸다.

"이렇게 되면 등퇴장도 다시 건드려야 되겠는데…."

윤수가 석현의 얼굴을 빤히 들여다보았다. 어려운 일을 함께 겪어서 그런 걸까. 전보다 석현과의 사이가 훨씬 가까워진 것 같았다. 윤수의 시선을 느낀 석현이 고개를 들었다.

"왜? 내 얼굴에 뭐 묻었어?"

윤수가 피식 웃으며 물었다.

"공연 그만두면, 뭐 하려고 했었어?"

"실은… 브로드웨이에서 연락 왔었어."

생각지도 못한 말에, 윤수의 눈이 커다래졌다.

"정말?"

석현은 힘없이 고개를 끄덕였다. 순간, 윤수의 가슴 한켠에서 바람이 일렁였다.

"떠나려고 했구나."

"어. 같이."

윤수가 긴 속눈썹을 끔뻑이며 되물었다.

"어?"

석현이 빙그레 웃었다.

"정윤수 씨가 같이 가주신다면 그러려고 했지."

오랫동안 듣고 싶었던 말이었다. 같이 가자는 말. 윤수의 가슴이 벅차올랐다. 석현은 마치 윤수의 마음이라도 읽은 듯 말했다.

"다음에, 같이 가자."

윤수는 다시 듣고 싶었다. 계속 듣고 싶었다. 마음의 거리, 세월의 거리가 좁혀지는 그 말을. 마음속 깊은 곳에서 기쁨이 퐁퐁 솟는 것 같았다.

그날 오후 내내, 윤수는 규원과 함께 무용과 스튜디오에 있었다. 스튜디오 마룻바닥이 땀으로 흥건했다. 전면 거울에 비친 윤수와 규원은 사뭇 진지한 분위기였다. 윤수는 규원의 동작을 살피면서 꼼꼼하게 지적했다.

"배 집어넣고! 발끝에 힘주고!"

규원의 이마에 땀이 송글송글 맺혔다. 그녀의 몸은 이상하게도 항상 반 박자 느리게 움직였다. 잘하고 싶은 마음을 몸이 제대로 따라주질 못했다.

잘했거나 못했거나 3막 엔딩까지 안무를 마친 규원이 마룻바닥에 털썩 주저앉았다.

"잠깐 쉬었다 할까?"

윤수가 냉장고에서 생수를 꺼내 와 규원에게 건네주었다.

"처음보다 많이 늘었어. 기특해."

"감사합니다."

나란히 앉아 물을 벌컥벌컥 마시던 규원이 문득 조심스러운 눈빛으로 윤수를 바라봤다.

"근데요, 교수님은 정말 괜찮으세요?"

"뭐가?"

"이 뮤지컬 내용… 교수님하고 감독님 얘기라고 들었는데…."

윤수가 싱긋 웃었다.

"이제 와서 새삼스럽게…. 안 괜찮으면 내가 이걸 했겠어?"

"대본 보면서 이 생각 저 생각… 좀 그랬어요. 그때 왜 감독님 곁을 떠나신 거예요?"

"두 가지 이유가 있었지."

"두 가지나요?"

"첫째는, 김석현이라는 남자한테 잘 보이고 싶었어. 나 뉴욕에서도 인정받는 여자다, 이런 거?"

'그랬었구나.' 규원이 고개를 끄덕였다.

"두 번째는요?"

윤수는 어깨를 으쓱하며 말했다.

"젊었으니까. 뭐든 할 수 있을 거 같았고, 이게 전부가 아닌 거 같았고, 그저 앞만 보였어. 무서운 것도 아쉬운 것도 없었지. 만약에 너였으면 어땠을 거 같아?"

"예?"

"예를 들어, 이 뮤지컬 끝나고 너한테 브로드웨이 무대에 서보라는 제안이 들어오면 말이야. 그럼 어쩔래?"

규원은 턱을 괴고 곰곰이 생각했다.

"거절하겠죠."

윤수는 규원의 단호한 대답에 의아한 표정을 지었다.

"거절한다고?"

"사실 이번이 저한테는 처음이자 마지막 뮤지컬일 거예요. 할아버지한테 어렵게 허락받았거든요. 끝나면 다시 가야금으로 돌아가야죠."

"할아버지 생각이 아니라 네 생각을 물어본 거야. 그때 비록 석현 씨와 헤어졌지만, 난 지금도 그 결정을 후회하진 않아."

윤수가 규원의 헝클어진 머리칼을 매만져주며 말했다.

"그게 청춘이잖아!"

청.춘.이라는 단어가 규원의 가슴속으로 달려와 심장에 박혔다. 규원은 여태 불안하기만 했다. 상처받으면 어쩌나 불안했고, 한 치 앞을 내다볼 수 없는 미래도 불안했다. 하지만 윤수의 말대로라면 청춘은 아프고, 실패하고, 좌절해도 다시 일어날 수 있는 것이었다. 다시 꿈꿀 수 있는 것이었다. 청춘이니까, 꿈을 향해 달려볼 수 있는 것이었다.

윤수가 복잡한 얼굴로 앉아 있는 규원의 어깨를 두드렸다.

"이제 연습할까?"

규원이 활짝 웃으며 벌떡 일어섰다.

해가 너울너울 서산으로 넘어갈 무렵, 안무 연습이 끝났다. 스튜디오 밖으로 나오니 온몸이 쑤셨다. 뼈와 살들이 살려달라고 비명을 지르는 것 같았다.

"아구구구, 힘들다~."

규원이 팔, 다리, 어깨를 두드려가며 스튜디오 건물을 나오는데, 벽에 기대서 있던 신이 달려왔다. 신은 규원을 앞에 놓고 다른 사람 찾는 시늉을 했다.

"이규원은 어디 가고 할머님이 나타나셨네?"

"농담하지 마! 안무 연습 땜에 진짜 힘들단 말야."

신이 벤치 쪽으로 규원을 이끌었다.

"잠깐 앉아봐."

"말할 기운도 없어. 그냥 빨리 집에 가자."

"누가 얘기하재? 일단 앉아봐."

"에구, 그래. 좀 쉬었다 가자!"

규원이 털썩 주저앉자 옆에 앉을 줄 알았던 신이 규원의 발 앞에 앉았다.

"많이 아프지?"

규원의 눈이 휘둥그레졌다. 신이 규원의 종아리를 주무르기 시작한 것이다.

"아야~."

그렇지 않아도 두꺼운 종아리에 콤플렉스가 있었던 규원은 부끄러워 죽을 것만 같았다. 규원이 다리를 버둥거리자, 신이 그녀를 나무랐다.

"가만있어봐. 내가 너희 집까지 따라가서 해줄 순 없잖아. 이러고 자면 내일 편할 거야."

규원은 창피하긴 했지만 근육이 다 풀린 것처럼 시원하기도 해서, 버둥거리기를 멈추고 신을 바라보았다.

"이런 건 어디서 배웠어?"

신이 우쭐해진 표정으로 규원을 올려다보았다.

"취재 때문에 울 엄마 하루 종일 서 있는 날 많거든."

"효자네…. 아~ 진짜 시원하다."

신이 손을 내밀었다.

"3만 원이야."

"뭐?"

규원의 뜨악한 표정이 재미있다는 듯 신이 킥킥거렸다.

"농담이야. 이쪽 줘봐."

신이 규원의 다른 쪽 종아리를 주무르기 시작했다. 규원은 신의 따뜻한 손길에 온몸이 녹신녹신 녹아드는 것 같았다. 고마운 사람. 말없이 늘 곁을 지켜주고, 힘들고 지칠 때마다 힘이 되어주고, 눈물을 닦아주고, 어깨를 두드려주는 좋은 사람. 규원은 고개를 숙여 신이의 이마에 입술을 갖다대었다.

신이 조금 놀란 듯 고개를 들었다. 규원은 얼른 시선을 피하며 시치미를 떼고 하늘만 쳐다봤다.

"야, 노을이 예술이네 예술. 응? 야! 좋네. 좋아."

집으로 돌아온 규원은 부랴부랴 저녁 밥상을 차려 할아버지 방으로 들어갔다. 김이 모락모락 나는 갈치찌개와 오이소박이, 마른 김, 가지무침, 호박전까지, 한눈에도 푸짐한 상차림이었다. 밥상을 휘이 둘러보던 할아버지가 눈을 가늘게 뜨고 규원을 바라보았다.

"원하는 게 있으면 밥숟갈 뜨기 전에 말혀!"

규원이 배시시 웃으며 주머니에서 초대권을 꺼냈다.

"어쩌다 보니 제가 주인공이 됐어요. 할아버지 오실 거죠? 아빠도 오신댔어요!"

"안 가!"

"왜요? 양놈 음악이라서요?"

"네가 주인공이라며? 처음 하는 물건이 주인공이면 볼 것도 없어. 안 봐두 훤해. 시간 낭비야!"

규원이 앙탈을 부리듯 말했다.

"할아버지~ 손녀한테 너무하세요!"

"너나 가! 나는 안 가!"

규원이 토라지는 시늉을 했다.

"할아버지 안 오시면 앞으로 저고리 안 다릴 거예요!"

"뭬야?"

"그러니까 꼭 오셔야 돼요. 아셨죠? 꼭! 꼭!!"

"아, 뮤지컬인지 나발인지, 언제 하는지도 안 갈쳐주고, 오라 마라야?"

"사흘 후예요. 할아버지. 꼭 오세요. 아셨죠?"

할아버지는 헛기침을 하면서 밥 한술을 떴다. 규원이 늦을세라, 젓가락으로 갈치 가시를 발라 뽀얀 살점을 할아버지 밥숟갈 위에 올려주었다. 규원의 얼굴에도 할아버지 얼굴에도 환한 웃음이 번졌다.

햇살이 창문을 뚫고 들어와 잠든 희주의 얼굴을 간질였다. 희주는 이불을 머리끝까지 잡아당겨 햇살을 가렸다. 매일 똑같은 하루가 반복되고 있었다. 세끼 밥과 약을 챙겨먹고 나면 하루가 지나가는 식이었다. 그나마 위안이 있다면, 준희가 매일같이 그녀의 집 주위를 맴돌고 있다는 것이었다.

 희주는 알고 있었다. 아이들이 학교의 도움을 받지 않고 공연을 준비하고 있다는 사실을. 처음 엄마에게 그 소식을 전해 들었을 때는 불길에라도 휩싸인 듯 괴로웠다. 어떻게든 못 하게 막고 싶었다. 그런 그녀의 마음을 준희가 풀어주고 있었다. 손 편지를 이용해 공연 소식을 전해오고, 연습 상황을 말해주었다. 그리고 거기에 꼭 덧붙이는 말이 있었다. 바로 그녀의 빈자리가 무척 크다는 말. 다들 그렇게 느끼고 있다는 말. 희주는 그 말이 거짓말임을 알았다. 자기가 그동안 해온 짓들을 누구보다 잘 알고 있었기 때문에. 그럼에도, 준희의 말은 위로가 되었다.

 밖에서 슬리퍼 끄는 소리가 들려왔다. 엄마가 약을 챙겨 오는 모양이었다. 희주는 몸을 일으켜 엄마를 기다렸다. 방문이 열리고, 엄마가 들어왔다. 엄마는 외출 준비를 한 상태였다.

 "일어나. 병원 가자."

 "병원?"

 "모레가 수술인 거 몰라? 오늘이나 내일 입원해서 이것저것 진단하고, 수술 들어가야지. 공연인지 애들 장난인지, 그것도 모레 한다니까 너는 그쪽 신경 끄고 수술이나 하자고. 알았어?"

 희주의 풀죽은 표정에 엄마가 한숨을 내쉬었다.

"수술하는 김에 한 1년 휴학하고 외국이나 다녀오자."

희주가 고개를 들고 엄마를 쳐다보았다.

"엄마, 얼른 준비할 테니까 잠깐만 나가 있어."

희주는 엄마가 나가자마자 준희에게 문자를 보냈다.

〈여준희, 나 나갈게. 밑에서 대기해!〉

부라부라 준비를 마친 희주는 엄마가 안방에서 화장을 고치는 틈을 타 대문을 나섰다.

준희가 큰 소리로 희주를 불렀다.

"희주 언니!"

희주가 손가락을 입에 대고 조용히 하라는 신호를 보냈다. 준희가 고개를 끄덕이며 연분홍색 헬멧을 씌워주었다.

"출발해!"

희주가 스쿠터에 올라타자, 준희가 부릉부릉 시동을 걸었다. 바람이 준희의 얼굴을, 희주의 얼굴을 쓰다듬었다. 희주는 다시 한 번 아이들과 어울리고 싶었다. 전처럼 그들과 함께 땀흘리고 싶었다. 성대결절 수술, 분명 간단한 수술이었지만 잘못될 가능성도 전혀 없진 않았다. 만에 하나 잘못된다면, 그녀는 두 번 다시 무대에 못 오를 터였다. 두려웠다. 그래서 수술대에 오르기 전, 마지막으로 보고 싶었다. 해보고 싶었다.

희주는 준희와 함께 강당 안으로 들어갔다. 늘 그리워했던 공간이 낯설게만 보였다. 공연을 이틀 앞두고 있어서인지, 연습에 임하는 아이들의 모습이 자못 결연해 보였다.

규원이 희주를 보고 멈칫했다. 춤을 추고 있던 다른 아이들도 뜨악한 시선으로 희주를 쳐다봤다. 석현과 연주팀도 느닷없는 희주의 출현에 꽤나 놀란 눈치였다.

석현이 희주에게 다가갔다.

"네가 여기 웬일이냐?"

희주는 아무렇지도 않은 표정으로 석현을 빤히 바라보았다.

"공연한다면서요? 여주인공이 빠지면 안 되잖아요."

보다 못한 신이 희주 앞으로 달려갔다.

"너 미쳤어? 말도 없이 관둘 땐 언제고 이제 와서 뭐가 어째? 우리 공연 주인공은 이규원이야!"

희주는 규원을 아래위로 훑어보았다.

"너도 그렇게 생각해? 네가 하겠다면 내가 빠져줄게."

규원은 바로 대답할 수가 없었다. 희주 말대로 이 공연의 원래 주인공은 희주였고, 신이 말대로 다시 시작된 공연의 주인공은 규원이었다. 문득 윤수의 말이 떠올랐다. 다른 누구의 생각도 아닌, 스스로가 원하는 답을 찾으라는 말. 규원이 원하는 것은 공연이 잘 되는 것이었다. 공연이 성공하기 위해선 희주가 필요했다.

석현이 말없이 보고 있다가 규원에게 말했다.

"결정해라, 이규원."

마음을 굳힌 규원이 희주의 어깨를 쳤다.

"잘 왔어, 한희주! 잘 부탁한다!"

말을 마친 규원은 이마에 흐르는 땀을 닦으며 강당 밖으로 나갔다. 신이 그 뒤를 잽싸게 쫓아갔다. 모두들 어안이 벙벙한 표정으로 규원의 뒷모습을 쳐다보았다. 희주 역시 규원의 뒷모습을 멍하니 바라보았다.

희주는 규원이 이런 식으로 나오리라곤 생각지 못했다. 당연히 안 된다고 할 줄 알았다. 그러면 "그래? 알았어. 그럼 얼마나 잘하는지 두고 보겠어!"라고 말해줄 작정이었다. 그런데 규원은 희주에게 잘 부탁한다고 했다. '바보 같은 기집애! 제 밥그릇 하나 못 챙기는 기집애!' 희주는 수술대에 오르기 전, 규원부터 손을 봐줘야겠다고 생각했다.

강당 건물 밖으로 달려 나가는 규원의 손을 신이 붙잡았다. 어딘가에서 매미가 규원 대신 신나게 울어주고 있었다. 규원이 애써 웃으며 신을 달래듯 말했다.

"왜 왔어? 넌 연습해야지."

"너 속상하잖아. 희주 없는 동안 열심히 연습했는데."

규원은 힘없이 고개를 저었다.

"괜찮아. 전에도 얘기했듯이 난 주인공이 되는 게 중요한 게 아니라니까. 희주가 나보다 더 잘하니까 100주년 기념 공연을 위해서라면 내가 양보하는 게 당연하지."

"그래도…."

규원이 마치 자신에게 타이르듯이 말을 이어 나갔다.

"나만을 위한 공연이 아니잖아. 기영 오빠는 힘든데도 여기까지 왔고, 사랑 언니는 코 수술도 포기했고, 다들 희생해서 하는 거잖아. 솔직히 얘기해서 나도 무대에 서고 싶어. 하지만 어떻게 나만 생각하고 내 욕심만 차려, 이 상황에. 아마 네 엔딩곡도 희주가 나보다 더 잘 살려줄 거야."

신은 마음이 아팠다. 규원의 착한 마음이 너무도 아름다워서 아팠다.

"기특한 것."

"뭐? 야! 내가 너보다 3개월 누나거든!"

신이 규원을 으스러지게 끌어안았다.

"울고 싶으면 울어."

규원은 아무런 말도 할 수 없었다. 신이 규원을 더 세게 안아주었다.

"내 앞에선 울어도 돼."

규원이 마침내 참았던 울음을 토해냈다. 괜찮다, 괜찮다 하면서도, 안 괜찮은 눈물들이 한꺼번에 쏟아졌다. 신이 규원의 등을 토닥거리며 쓸어주었다.

공연 연습은 잠시 중단되었다. 석현은 희주를 데리고 건물 옥상으로 올라갔다.

"스승으로서 할 말은 아니지만, 솔직히 지금 너 좀 밉다."

희주가 입꼬리를 올리면서 억지로 웃었다.

"괜찮아요. 저도 감독님 미우니까. 그런데 이규원 저래서 무대에 올라갈 수 있겠어요?"

"어디가 어때서? 잘만 하고 있는데!"

"진짜 몰라서 그러시는 거예요? 안무 한 박자씩 느린 거 아시잖아요. 제 말이 틀렸어요?"

석현은 희주의 예리함에 속으로 뜨끔했다.

"고칠 거야."

"제가 가르칠게요."

"네가 왜?"

"공연 전까지 언더스터디 신경 쓰라 그러셨잖아요. 저건 제가 용납 못하죠. 제가 손 좀 봐도 되죠?"

석현은 어이가 없다는 듯 헛웃음을 지었다. 희주의 진심이 헷갈리기 시작했다. 일부러 위악을 떠는 것도 같았고, 뭔가 다른 꼼수가 있는 듯도 싶었다.

달빛이 환한 밤, 희주와 규원은 강당에 남아 안무 연습을 하고 있었다. 희주가 싫다는 규원을 억지로 불러들인 것이다. 희주는 쉴 틈도 주지 않고 규원을 몰아붙였다.

"야야, 또 틀렸잖아! 엇박자라고 내가 몇 번을 얘기해!"

숨이 턱까지 차오른 규원이 동작을 멈추고 희주를 노려보았다.

"너 진짜 너무하는 거 아냐? 이제 와서 이럴 필요 없잖아."

희주가 지휘봉으로 자신의 손바닥을 툭툭 치며 소리쳤다.

"시끄럽고, 다시 해!"

"싫어! 안 해!"

"해!"

"안 해!"

희주가 지휘봉을 들어 규원을 가리켰다.

"너, 나한테 최선을 다했다고 얘기할 수 있어?"

규원은 어깨를 당당히 펴고 대들 듯이 다가갔다.

"어! 할 수 있어!"

희주가 약간 당황하는 표정이 되었다.

"자기 자신한테 부끄럽지 않을 정도로 노력했을 때 말할 수 있는 게 최선이라던데, 난 한 번도 최선이라고 말할 수 있던 적이 없었어. 부럽다. 넌 그렇게 말할 수 있어서."

연습벌레, 독종, 악바리라는 별명을 가진 희주가 최선을 다했다고 생각한 적이 없었다니! 규원의 가슴에 파동이 일었다.

"다시 가자! 내가 오늘 한희주 너한테만큼은 인정받아야겠다."

희주는 규원의 대답에 미소를 지었다.

"좋아!"

규원은 이를 악물고 같은 동작을 반복했다. 계속해서 같은 스텝을 밟고 있는데도, 똑같은 부분에서 똑같은 실수를 반복했다. 희주는 답답하다는 듯 지휘봉을 내려놓고 규원 옆에 섰다. 거울 속에서 희주와 규원의 눈빛이 마주쳤다. 희주가 박자에 맞춰 고개를 끄덕이며 스텝을 밟기 시작했다. 규원은 희주의 발에 맞춰 몸을 움직였다. 된다. 됐다. 앞으로, 뒤로, 옆으로 마지막 턴까지, 단 한 박자도 놓치지 않고 안무를 완성했다.

거울 속에서 희주와 규원이 활짝 웃으며 서로를 바라보았다.

"좋았어! 잘하고 있어, 이규원!"

이때 스튜디오 문이 벌컥 열리며 석현이 들어섰다. 방금 전, 희주 엄마에게서 희주가 수술을 앞두고 집을 뛰쳐나왔다는 얘기를 듣고 달려오는 길이었다. 그 얘기를 듣는 순간, 석현의 마음속에 움트고 있던 희주에 대한 의구심이 확 사라졌다. 저밖에 모르는 이 기적인 아이였던 희주가 공연을 위해 자기 욕심을 내려놓았다는 사실을 알게 된 것이다.

희주는 어깨를 으쓱이면서 석현에게 다가갔다.

"보세요. 제가 시키니까 되잖아요."

석현이 희주의 어깨를 덥석 안았다.

"이 자식아!"

"이 정도 가지고 감동받으신 거예요?"

석현이 희주를 슬픈 눈빛으로 바라봤다.

"왜 말 안 했어. 너 임마, 여기서 무리하면 목소리 영영 안 나올 수도 있다며! 이깟 공연이 뭐라고 수술도 때려치고 왔냐고!"

이건 또 무슨 소린가. 규원이 희주를 향해 눈을 동그랗게 떴다.

"한희주… 이게 무슨 소리야? 목소리가 안 나올 수 있다니?"

희주는 울컥한 속내를 들키지 않으려고 석현에게 짜증을 부렸다.

"이규원 쟤 눈치 없는 거 보세요. 그러니 내가 안 오고 배겨요?"

희주가 말끝에 울음을 터뜨리고 말았다. 규원은 그제야 희주가 그녀를 위해, 그녀의 부족한 부분을 채워주기 위해 지금 이 시간까지 남아 있다는 사실을 깨달았다. 그랬구나. 그랬었구나. 규원의 눈에서도 눈물이 흘러내렸다.

"어우, 이것들 진짜!"

석현이 규원과 희주를 함께 끌어안았다. '너희들은 둘 다 이 공연의 여주인공이다. 무대에 누가 서는지가 중요한 게 아니다. 지금 이 시간, 너희 둘 다 이 공연의 진정한 주인공이 된 거다.'

드디어 공연 날이 밝았다. 학교 강당에 간이무대가 만들어졌다. 처음 계획대로라면 예술의전당 같은 큰 공연장을 빌려 많은 사람들 앞에서 스포트라이트를 받아가며 공연을 했을 것이다. 하지만 아이들은 공연을 할 수 있다는 것만으로도 기뻐하고 즐거워했다.

이른 아침 강당에 모인 아이들은 바쁘게 움직였다. 스스로 무대를 설치해야 했기 때문이다. 아이들은 힘을 모아 조명기계와 음향기계를 설치했다. 악기들을 옮기고 미술 장비들을 나르는 모든 일에 손발이 척척 맞았다.

석현은 아이들에게 '이쪽으로, 아니, 저쪽으로.' 하며 무대 설치를 지휘했고, 윤수도 옆에서 빠진 게 없는지 꼼꼼하게 확인하고 있었다.

그 와중에 총장과 태준이 강당으로 들어섰다. 석현과 윤수는 무대 점검에 열중하느라 그들이 온 것도 모르고 있었다. 총장이 석현 옆으로 다가갔다.

"망치기만 해봐, 가만 안 둘 거야!"

석현이 몸을 돌려 총장을 바라봤다.

"시작도 전에 무슨 초 치는 말씀이세요!"

윤수도 생긋 웃으면서 손가락으로 동그라미를 만들어 보였다.

"그러게. 기운 내라고 금일봉이라도 들고 오셨어야죠!"

석현은 불편한 표정으로 강당을 둘러보고 서 있는 태준을 쳐다보았다.

"아직도 못마땅해?"

태준이 석현을 보고 힘없이 고개를 저었다.

"내가 졌다. 네가 이런 놈이란 거 깜빡하고 덤볐네."

태준이 씁쓸하게 웃으며 양복 안주머니에서 봉투를 꺼냈다.

"끝나면 회식이라도 해라."

석현은 기다렸다는 듯이 넙죽 봉투를 받아 챙겼다.

"내가 이래서 선배를 좋아한다니까."

태준은 허허롭게 웃고 있는 석현을 바라보았다. 부러웠다. 그 어떤 권모술수에도 놀아나지 않는 석현의 깡다구가 부러웠고, 그의 재능이 부러웠다. 주변을 돌아보니 땀을 흘리면서 활짝 웃고 있는 아이들이 보였다. 아이들의 이마에 흐르는 땀방울을 바라보며 태준은 고개를 들 수가 없었다.

공연을 한 시간 앞두고 무대세트 설치가 끝났다. 아이들은 일사불란하게 움직여 제각기 분장실로 흩어졌다. 규원은 강당에 남아 마무리된 무대세트를 올려다보았다. 한 시간 후면 저 무대는 아이들의 노래와 춤으로 뜨겁게 달구어질 터였다. 규원의 머릿속으로 공연을 준비하며 겪었던 일들이 영화 필름처럼 스쳐 지나갔다.

필름은 어젯밤 희주의 쓸쓸한 표정에서 멈췄다. 달빛이 환한 밤, 늦게까지 집에 가지 않고 규원 옆에서 안무를 가르쳐준 희주였다. 거울 앞에 마주 선 규원과 희주는 더 이상 적이 아니었다. 같은 길을 가는 동료였고, 서로의 부족한 부분을 일깨워주는 라이벌이었다. 진정한 라이벌은 적대관계가 아니라, 함께 발전하는 관계인 것이다. 희주를 생각하자, 규원의 눈시울이 붉어졌다. 규원은 손등으로 눈물을 쓱 닦아내고 그대로 강당을 뛰쳐나갔다.

그 시각, 희주는 공연 팸플릿을 보면서 아쉬움을 달래고 있었다. 공연을 보러 가고 싶었지만, 또 부질없는 욕심이 생길까 두려워 움직일 수가 없었다. 그때, 휴대폰 벨이 울렸다. 규원이었다. 혹시 무슨 일이 생긴 걸까? 희주는 벨이 두 번 울리기도 전에 황급히 통화 버튼을 눌렀다.

"왜? 뭐 안 되는 거 있어?"

규원의 음성이 다급하게 들렸다.

"긴말할 시간 없어. 나 지금 택시 타고 너희 집 앞으로 가고 있으니까 당장 나와."

"뭐?"

희주는 무대 뒤에서 스탠바이를 기다려야 할 규원이 이 시간에 자기를 만나러 온다는 사실이 믿기지 않았다. 무슨 일이 생긴 게 분명했다. 그녀는 후다닥 집 밖으로 달려 나갔다.

희주 앞으로 택시 한 대가 미끄러져 들어왔다. 규원이 택시에서 내려 희주에게 다가왔다. 희주는 규원을 보자마자 앙칼지게 쏘아붙였다.

"너 미쳤어? 공연 앞두고 여긴 왜 와!"

"긴말 못 한댔지. 빨랑 타. 시간 없어."

희주는 규원의 힘에 이끌려서 택시 뒷자리에 끌려 들어갔다.

"이게 힘만 세가지고!"

"그래, 나 힘세다! 아저씨 학교로 다시 가주세요."

기사가 규원을 돌아보면서 고개를 끄덕였다.

"근데 진짜 무슨 일이야?"

희주가 규원의 팔을 잡아당겼다.

"아무래도 내가 안무가 달려서 말이야."

"어제 내가 다 가르쳐줬잖아. 그렇게만 하면 돼!"

규원이 고개를 내저었다.

"또다시 해보니까 안 돼! 우리 합체하자."

"뭐?"

규원은 깊은 숨을 한번 쉬고 나서 천천히 희주를 바라보았다.

"넌 노래가 안 되고, 난 안무가 안 되니까 합체하자고. 내가 뒤에서 언더스터디 할게. 무대에 올라가줘."

희주는 말문이 막혀버렸다. 곧 눈물이 쏟아질 듯한 눈망울로 규원을 바라보니 규원의 눈에도 눈물이 그득 고여 있었다. 규원이 힘내라는 듯 희주의 손등에 자신의 손을 올려놓았다. 희주의 눈에서 눈물이 후드득 떨어졌다.

강당은 공연을 보러 온 사람들로 소란스러웠다. 학부모와 학생들, 교수들, 소문을 듣고 온 기자들과 연극계 인사들까지 객석을 꽉 채우고 있었다. 그 중엔 규원의 할아버지와 아빠, 신이의 엄마와 여동생도 있었다. 태준과 총장은 빈자리 하나 없이 꽉 찬 강당을 둘러보며 혀를 내둘렀다. 어차피 이렇게 될 거 공연히 딴지 걸지 말고 팍팍 밀어주면 얼마나 좋았을까 싶어 뒤늦은 후회가 밀려왔다. 뒤늦게 희주의 연락을 받고 도착한 희주 엄마도 부랴부랴 객석으로 들어와 태준 옆에 앉았다. 서로를 바라보는 시선이 썩 곱지는 않았다.

객석의 불이 꺼지고 조명이 무대 위를 환하게 밝혔다. 객석에 앉은 사람들의 시선이 일제히 무대로 향했다.

무대 뒤에서 양옆으로 늘어서 있던 아이들이 석현의 얼굴을 바라보며 침을 꿀꺽 삼켰다. 석현은 아이들 한 명 한 명에게 다가가 긴장하지 말라고 격려해주었다. 그런데 여주인공이 보이지 않았다. 석현은 분장을 담당한 사랑에게 규원의 행방을 물었다. 사랑이 고개를 설레설레 흔들었다. 그때, 또각또각 발소리를 내며 희주가 걸어왔다. 일순간 석현과 아이들의 표정이 싹 굳어버렸다. 하지만 여주인공 자리를 놓고 희주니, 규원이니 다툴 시간이 없었다.

두둥둥둥 북소리가 울려 퍼졌다. 드디어 막이 오른 것이다. 아이들은 희주를 중심으로 길게 서서 손을 맞잡고 무대 위로 올라갔다. 서로 꼭 잡은 손아귀에 힘이 차올랐다.

규원 대신 희주가 등장하자, 객석이 술렁거리기 시작했다. 손녀딸의 공연을 보러 온 동진은 옆에 앉은 아들의 옆구리를 꾹 찌르며 낮게 으르렁거렸다.

"이게 어떻게 된 거야? 우리 규원이가 주인공이라더니 왜 애먼 놈이 나와?"

놀라기는 규원의 아빠도 마찬가지였다.

"좀 지켜봐요, 아버지."

총장과 태준, 조명감독도 눈을 휘둥그레 뜨고 무대 위에서 춤을 추는 희주를 바라보았다. 윤수도 벌어진 입을 다물 줄 몰랐다. 단 한 사람 석현의 눈빛만 의연했다. 무대를 바라보는 석현의 시선엔 한 치의 흔들림도 없었다. 그는 희주와 규원이의 선택을 믿고 있었다.

1막은 남녀 주인공의 만남과 사랑을 다루고 있었다. 초록이 싱그러운 캠퍼스 안, 발랄한 여주인공과 멋있는 남주인공이 첫눈에 반해 사랑을 키워나갔다. 그들은 산뜻한 안무와 가벼운 스텝으로 밀고 당기기를 하며 생동감 넘치는 장면을 연출했다. 다른 아이들은 희주와 기영을 중심으로 원을 만들어 돌면서 역동적인 이미지를 만들어냈다. 스투피드 밴드와 바람꽃 멤버들이 들려주는 배경음악 또한 상큼하고 발랄해 봄을 연상케 했다.

2막에서 드디어 남녀 주인공에게 갈등이 찾아왔다. 꿈과 사랑 사이에서 갈등하는 청춘 남녀의 이야기. 그 흔한 이야기가 객석에 앉은 사람들의 마음을 건드렸다. 성공을 위해 사랑하는 사람을 떠나겠다고 결심하는 여주인공의 몸짓. 그녀를 붙잡지도 놓지도 못하는 남자 주인공의 손짓. 과하지도 덜하지도 않은 희주와 기영의 연기 위로 우울하고 어두운 스투피드 밴드의 연주가 깔렸다.

대사 없는 이미지 연출은 오로지 배우들의 눈빛과 몸짓을 통해서만 이루어지고 있었다. 사랑하는 남자를 떠나 뉴욕행을 결심하는 여주인공, 희주는 슬픈 마음을 절뚝거리는 발짓으로 표현했다. 주인공의 아픔이 객석을 휘감아 돌았다. 그 위로 신의 솔로 기타 연주가 깔렸다. 기타 소리는 마치 한 인간의 울부짖음 같았다.

바로 이어지는 3막에서는 이별 뒤에 혼자 된 남녀 주인공들의 꿈을 향한 질주와 좌절, 헤어진 연인을 향한 그리움이 주된 내용이었다.

남자 주인공은 자신을 떠난 여주인공을 원망하고 미워하며 잊겠다고 다짐했다. 기영은 남자 주인공의 고뇌하는 몸짓을 서두르지 않고 천천히 표현했다. 많은 문제들이 젊음을 건드리고, 상처 입히고, 절망으로 밀어넣었지만, 그는 상의 단추를 우두둑 뜯어 벗어던 짐으로써 지지 않겠다는, 무너지지 않겠다는 젊음의 굳건한 의지를 표현했다.

 자신의 꿈을 위해 사랑도 포기한 채 뉴욕으로 떠난 여주인공의 삶도 만만치 않았다. 말도 통하지 않는 낯선 땅에서 꿈을 향해 질주하기란 쉽지 않았다. 밤마다 연인을 그리워하고, 그 연인을 배신했다는 죄책감에 슬퍼하고, 아침이면 새롭게 찾아오는 문제들에 시달렸다. 희주는 여주인공의 다각적인 고통을 온몸으로 치열하고도 섬세하게 표현했다. 극은 점점 절정으로 치닫고 있었다.

 끼이익, 귀를 찢을 듯한 굉음이 들렸다. 여주인공이 차에 치여 쓰러져버린 것이다. 어두운 조명이 겹겹이 내려와 쓰러진 희주의 어깨를 덮어주었다.

 극의 전개 과정을 다 알고 있는 석현과 윤수, 태준은 불안했다. 3막까지는 대사도 노래도 없었기 때문에 희주의 연기가 가능했지만, 4막에서는 남녀 주인공이 대사를 주고받듯 노래를 주고받아야 하기 때문이었다.

 드디어 4막, 교통사고로 발목을 다친 여주인공은 어쩔 수 없이 꿈을 포기한 채 한국으로 돌아왔다. 그리고 다시 사랑했던 남자를 만났다. 남자는 자신을 떠났던 여자를 아무런 원망 없이 다시 받아들이고, 여자의 상처받은 몸과 마음을 위로하고자 애를 썼다.

 불안한 가운데 남자 주인공인 기영의 노래가 시작되었다.

그래, 웃어봐. 행복이 오게.
그래 웃어봐, 사랑도 내 품에 안기게.
저 하늘별처럼 많은 꿈들도. 그래 일어나, 주저앉지 마.
그래 일어나, 하루에 한 걸음이라도.
느린 걸음도 괜찮을 거야.

이제 희주 차례였다. 기영은 불안한 눈빛으로 희주를 바라보았다. 과연 희주가 노래할 수 있을까. 희주는 두 손을 가슴에 모으고 기영을 향해 한 걸음 한 걸음 다가서며 입술을 벌렸다.

나의 눈에 눈물 고여올 때, 나의 볼에 눈물 흐를 때면,
크게 소리 질러, 슬픔도 놀라 도망칠 거야.
나의 가슴 무너져내릴 때, 나의 가슴이 시리게 아파올 때면,
크게 웃어. 희망이 날 찾을 수 있게.

여주인공의 노래를 듣던 사람들이 술렁이기 시작했다. 희주의 목소리가 아니었기 때문이다. 희주의 입술을 통해 나오는 목소리는 바로 규원의 것이었다.
노래에 맞추어 립싱크를 하던 희주의 눈시울이 붉어졌다. 공연을 위해 달려왔던 수많은 시간들이 파노라마처럼 스쳐 지나갔다. 목이 아프기 전까지 죽기살기로 매달렸던 기억들, 성대결절 때문에 눈물을 머금고 포기해야만 했던 아픔들, 그런 모든 시간들을 뛰

어넘어 그녀는 결국 무대에 선 것이다. 원래 무대에 오르기로 했던 규원은 지금 무대 뒤에서 그녀 대신 노래를 불러주고 있다. 끝까지 희주의 손을 붙들고 놓아주지 않던 규원의 마음이 너무너무 고맙고 아파서, 희주는 끝내 눈물을 흘리고야 말았다. 규원의 노래가 이어졌다.

이젠 괜찮아, 웃을 수 있어.
이젠 괜찮아, 너와 함께할 수 있다면,
힘이 들 땐 쉬어 가면 되니까….

무대 뒤에 몸을 기댄 채 노래를 부르는 규원의 눈에서도 쉴 새 없이 눈물이 쏟아졌다. 그동안 공연을 위해 쏟았던 시간과 열정들이 생각나서였다. 또한 무대에 오르지 못한 아쉬움이 그녀를 울게 했고, 희주의 너무나 훌륭한 연기가 그녀를 울게 했다. 규원은 애써 감정을 추스르며 마지막 소절까지 최선을 다해 노래했다.

기타 연주를 하던 신이 무대 뒤에서 노래 부르는 규원을 바라보았다. 그는 마음을 다해 규원을 응원했다. 무대 위로 희주를 올려 보낸 규원의 마음이 너무나 예쁘고 아름다웠다. 조명을 받는 무대 위의 그 누구보다, 무대 뒤의 규원이 더욱 빛나 보였다. 신은 마음으로 규원을 위로했다. 신의 그런 마음이 멜로디가 되어, 노래를 부르는 규원의 마음속으로 비둘기처럼 날아갔다.

그렇게 대단원의 막이 내렸다. 객석에서 세 번의 커튼콜이 쏟아졌다. 공연은 대성공이었다. 연기팀과 연주팀이 제일 먼저 나왔고, 그 다음에 신이 나왔다. 우레와 같은 박수 소리가 이어졌다. 정현이 벌떡 일어나 오빠에게 엄지손가락을 세워주었다. 마지막으로 남녀 주인공을 맡은 희주와 기영이 무대로 나와 허리 숙여 인사했다. 박수 소리가 강당 안을 쩌렁쩌렁 울렸다. 연출을 맡은 석현과 안무를 맡은 윤수도 차례로 나와 객석을 향해 정중히 고개를 숙였다. 박수 소리는 점점 더 뜨거워지고 있었다.

규원은 차마 앞으로 나가지 못하고 무대 뒤에 서서 훌쩍거리고 있었다. '만약, 희주가 끝까지 안 하겠다면 했으면, 내가 저 무대에 올라갔겠지? 지금의 저 박수를 내가 받고 있겠지? 아니야, 후회하지 말자. 이게 최선이었어. 희주는 정말 무대에서 잘해주었어. 나라면 그렇게 못했을 거야.' 규원은 자신의 선택을 후회하지 않겠다고 스스로를 다독이고 있었다. 하지만 그럴수록 눈물은 펑펑, 끝도 없이 쏟아졌다.

"나 없는 데선 울지 말랬지?"

어느새 다가온 신이 규원의 어깨를 살며시 안아주었다.

"수고했어, 이규원. 넌 내 인생 최고의 주인공이야."

규원은 신의 가슴에 젖은 얼굴을 묻었다. 신이 손에 힘을 주어서 규원을 으스러지게 껴안아주었다. 쿵쿵 울리는 신의 심장 소리를 들으며 규원은 울음을 그쳐갔다.

진짜 꿈을 찾아서

공연이 끝나고 며칠이 지났다.

규원은 바람꽃 연습실에서 가야금을 연주하고 있었다. 하지만 그동안 공연이다 뭐다 해서 연습에 소홀했던 탓인지, 가야금 위에서 노니는 손놀림이 예전만 못한 것 같았다. 마음만 앞서서 자꾸 장단을 뭉개고 있었다. 그럴 때마다 그녀의 마음 한 귀퉁이에서 '이 길이 진짜 내 길인가.' 하는 회의가 밀려왔다. 하지만 고민할 시간조차 없었다. 당장 코앞에 닥친 국악대전이라는 큰 숙제를 해결해야 했다.

규원이 시무룩한 얼굴로 가야금을 뜯고 있는데, 신이 연습실 문을 열고 들어섰다.

"어? 신아!"

신은 일사병에 걸린 환자처럼 축 처져 있는 규원을 보며 걱정스럽게 물었다.

"악기 정리하러 왔다가 혹시나 싶어 와봤는데, 왜 그러고 있어?"

"그냥…. 마음은 급한데, 가야금은 안 되고… 그러네."

"그럴 땐 앉아 있어봐야 소용없어. 우리 바람 쐬러 갈까? 공연 연습하느라 놀지도 못했잖아."

"그럴까?"

규원은 가야금을 내려놓고 자리에서 일어나 신을 따라나섰다.

신과 규원은 꼭 잡은 손을 흔들며 가벼운 발걸음으로 학교 앞 이곳저곳을 돌아다녔다. 아이스크림도 먹고 오락실에 들어가 두더지 게임도 했다. 덕분에 규원은 연습실에 있을 때보다 훨씬 기운을 차릴 수 있었다. 날씨는 더웠지만 가슴은 뻥 뚫린 듯 시원해졌다.

오락실에서 나오자 규원이 수공예품을 파는 액세서리 가게로 신을 이끌었다. 손으로 직접 만든 액세서리들이 하나같이 아기자기하고 고급스러워 보였다. 규원은 최면이라도 걸린 듯 정신없이 물건들을 구경했다. 눈을 동그랗게 뜨고 감탄사를 연발하며 구경하는 규원을 보던 신이 활짝 웃으며 말했다.

"예쁜 거 있으면 골라봐. 내가 사줄게."

"정말? 진짜지~."

규원이 눈빛을 반짝이며 머리핀을 고르는 동안, 신은 휴대폰줄을 구경했다. 괜찮은 거 없나 하고 둘러보던 중에 눈에 띄는 걸 발견했다. 가야금을 멘 곰돌이였다. 신은 곰돌이와 규원의 얼굴을 번

갈아보면서 웃음을 터뜨렸다. 이 많은 휴대폰줄 중에 왜 곰돌이가 그의 눈에 띄었는지 알 만했다. 오동통하고 귀여운 것이 영락없는 규원이 판박이였다. 거기다 가야금까지 메고 있지 않은가 말이다. 신이 피식피식 웃자, 규원이 무슨 일인가 하고 돌아보았다.

"뭐 보고 웃어?"

신이 들고 있던 곰돌이 휴대폰줄을 뒤로 감추며 아무것도 아니라고 하자, 규원이 뭔데 숨기냐면서 다가왔다. 신이 쪽으로 다가오던 규원이 휴대폰줄 진열대 앞에서 걸음을 딱 멈추었다. 맘에 드는 것을 발견했던 것이다. 규원이 기타를 메고 있는 곰돌이를 꺼내 들고 외쳤다.

"우와! 이거 진짜 예쁘다! 나 이거 살래!"

"그럴까?"

신이 그제야 가야금 멘 곰돌이를 내보였다. 규원이 웃음을 터뜨렸다.

"넌 나를 골랐고, 난 너를 골랐네?"

"그러게!"

신이 곰돌이를 규원의 얼굴 옆에 갖다 대며 놀리듯 말했다.

"똑같다, 똑같아."

"뭐가?"

"얼굴이 판박이야. 판박이. 너 전생에 곰이었나봐."

"뭐야!! 야!"

신과 규원이 장난을 치는 사이, 두 사람의 휴대폰이 동시에 울렸다. 신은 준희에게서 온 전화였고, 규원은 보운에게서 온 전화였다. 먼저 전화를 끊은 신이 말했다.
"준흰데, 감독님이 바쁘지 않으면 학교로 모이라고 하셨다는데?"
"응, 나도 그 전화였어. 무슨 일이지?"

밴드 연습실은 오랜만에 모인 바람꽃과 스투피드 멤버들로 북적였다. 규원은 단팥빵을 열심히 먹고 있는 준희에게 희주의 안부를 물었다. 희주는 성대결절 수술을 무사히 끝내고 입원 치료를 받는 중이라고 했다. 규원이 문병을 가야겠다고 하자, 준희가 해맑은 얼굴로 말했다.
"언니가 자기 약한 모습 보이기 싫다고 아무도 오지 말랬어."
규원은 과연 희주답다고 생각했다.
잠시 후, 연습실 문이 열리고 석현과 중년의 남자가 연습실로 들어왔다. 아이들이 일어나 허리를 숙여 인사했다.
"안녕하세요?"
"그래. 방학인데 쉬지도 못하게 불러서 미안하다."
보운이 고개를 갸우뚱하며 석현 옆에 서 있는 남자를 쳐다봤다.
"근데 왜 갑자기 부르신 거예요?"
"너희를 보고 싶다는 분이 계셔서. 여기 이 분은 공연 기획사 문화마당의 김우진 팀장님이시다. 팀장님, 말씀하시죠."
김 팀장이 흐뭇한 미소를 지으면서 아이들을 돌아보았다.
"지난번 공연 잘 봤습니다. 단도직입적으로 얘기해서 우리랑 같이 일해볼 생각 없어요?"

신이 궁금한 듯이 물었다.

"같이 일하다뇨?"

"국악과 락 밴드가 같이 연주하는 앨범을 하나 내고 싶어서요. 이규원 학생이 뮤지컬 노래를 하구요."

보운의 얼굴이 활짝 펴졌다.

"그게 정말이세요?"

김 팀장은 고개를 끄덕였다. 아이들은 누가 먼저랄 것도 없이 함성을 질렀다. 로또복권을 맞은 게 아니냐며 서로의 볼을 꼬집으면서 좋아했다. 석현이 흐뭇한 얼굴로 아이들을 바라보았다.

"자식들~ 되게 좋아하네."

김 팀장이 스케줄 수첩을 꺼내며 아이들에게 물었다.

"일단 앨범 제작사 대표가 연주와 노래를 들어보고 싶어하는데, 언제가 좋을까요?"

보운은 기다렸다는 듯이 대답했다.

"저희는 방학이라 다 괜찮아요! 너희들은?"

다른 아이들도 고개를 끄덕였다.

"그럼 다음 주 화요일, 어때요?"

다음 주 화요일이면 정확히 6일 후였다. 그만하면 연습시간은 충분했다. 아이들은 비장한 얼굴로 고개를 끄덕였다. 신이 대표 격으로 말했다.

"괜찮습니다."

신이 문득 규원을 바라보았다. 규원은 웃으며 고개를 끄덕여주었지만, 마음은 편치 않았다. 국악대전 때문이었다. 국악대전은 다음 주 수요일이었다. 날짜가 겹치는 건 아니었지만, 아무래도 연습을 나눠 하는 건 무리일 것 같았다. 무엇보다 할아버지가 언짢게 생각하실 게 뻔했다. 하지만 즐거워하는 아이들 앞에서 안 된다고 할 수도 없었다.

규원의 속내를 전혀 모르는 석현이 어깨를 두드리며 말했다.

"이번 기회에 네 안에 있는 재능을 마음껏 발휘해봐. 잘 되면 한턱 쏘고 말이야. 너희들도 마찬가지로 열심히 잘해봐. 내가 살아보니까, 인생에 기회들이 그렇게 많질 않아요. 오는 기회 놓치지 말고, 다들 파이팅이다!!"

"네!! 파이팅!!"

밴드 연습실을 나온 석현은 연구실을 향해 걸음을 옮기면서 윤수에게 전화를 걸었다. 공연 때문에 보류했던 브로드웨이행에 대해 윤수의 의사를 물어봐야 할 것 같았다. 석현은 이제 모든 것을 윤수와 상의할 생각이었다. 만약 윤수가 브로드웨이에 갈 수 없다고 하면, 그 역시 과감히 그 길을 포기할 것이었다.

윤수는 졸음이 가득 묻은 목소리로 전화를 받았다.

"잤어?"

"응, 오랜만에 집에 있으니까 막 늘어지네. 자긴 어디?"

"나 지금 학굔데, 이따 저녁에 너희 집에 갈까 해서."

"집이 엉망인데, 장 본 지 오래돼서 먹을 것도 없어."

"걱정 마. 내가 다 준비해 갈게. 넌 그냥 가만히 있어."

"나 진짜 아무것도 안 한다?"

"걱정 말라니까!"

"알았어, 그럼 이따 봐."

윤수는 전화기를 내려놓고 기지개를 켜며 소파에서 일어났다. 난장판인 집 안을 둘러보던 윤수가 팔을 걷어붙이고 청소를 시작했다. 창문을 열어 환기부터 시키고, 테이블 위에 있는 잡동사니와 잡지들을 정리하고, 청소기로 바닥을 쓸고 나니 한 시간이 후딱 지나 있었다. 간단하게 샤워와 화장을 마친 윤수가 옷장 문을 열어 옷을 골랐다. 편안해 보이면서도 멋스러운, 화려하지 않으면서도 우아한 옷을 고르기가 쉽지 않았다. 거울 앞에서 이 옷 저 옷을 대 보다가, 윤수는 자기가 무척 설레고 있다는 걸 알았다. 어린 왕자를 기다리는 여우처럼 행복하고, 안절부절못하고, 즐거워하고 있었다.

밖에서 자동차 소리가 들렸다. 윤수는 얼른 들고 있던 옷으로 갈아입고 밖으로 달려 나갔다. 석현의 차가 오피스텔 앞에 세워져 있었다. 그런데 석현이 보이지 않았다. 윤수는 고개를 갸우뚱거리며 석현을 찾았다.

"석현 씨, 어디 있어?"

어둠 속에서는 아무런 기척도 들리지 않았다. 오늘따라 가로등마저 꺼져 있었다. 순간 무서운 생각이 들었다. 윤수는 긴장한 눈빛으로 차 주변을 둘러보았다.
"석현 씨, 장난하지 말고 빨리 나와. 나 배고프단 말이야."
그때, 등 뒤에서 노랫소리가 들려왔다.

처음 느낀 그대 눈빛은 혼자만의 오해였던가요.

윤수는 감미로운 목소리에 등을 돌렸다. 석현이 촛불을 밝힌 케이크 상자를 들고 서 있었다. 석현의 노래가 계속되었다.

다시 돌아온 그대 위해 내 모든 것 드릴 테요.
우리 이대로 영원히 헤어지지 않으리….
나 오직 그대만을 사랑하기 때문에….

윤수의 눈이 촉촉이 젖어갔다.
노래를 마친 석현이 촛불을 끄라는 신호를 보냈다. 윤수는 미소를 지으며 촛불을 껐다. 그러자 가로등에 탁 하고 불이 들어왔다. 윤수의 눈빛이 파르르 떨렸다. 석현은 케이크를 차 트렁크 위에 올려놓고, 윤수 앞에 무릎을 꿇었다. 석현의 목소리가 사뭇 떨렸다.
"정윤수! 무대 연출하는 인간이 이벤트가 이렇게 허접해서 미안한데…."
석현이 주머니에서 반지 상자를 꺼내 떨리는 손으로 윤수 앞에 내밀었다.

"나와 함께 브로드웨이로 가줄래?"

윤수의 마음 깊은 곳에서 눈물이 일렁였다. 윤수는 고개를 끄덕이며 석현처럼 무릎을 꿇고, 석현과 마주 보았다. 두 사람의 입술이 서로를 향해 다가섰다.

"당신이 가는 곳이면, 어디든 갈게."

석현의 입술이 윤수의 입술에 닿았다. 윤수의 팔이 석현의 목을 꽉 껴안았다.

규원의 집 마루 위로 푸성귀 같은 햇살이 쏟아지고 있었다. 하지만 마루 위에서 가야금을 뜯고 있는 규원의 얼굴은 물 한 방울 머금지 못한 풀포기처럼 시들시들 말라가고 있었다. 할아버지는 들고 있던 장구채로 마룻바닥을 사정없이 내리치며 소리쳤다.

"빨랑 정신 못 차려! 박자가 뭉개지고 있잖아! 국악대전 연습하랬더니 어른 눈 속여가며 양놈 음악이나 하니까, 박자가 그 모양 아니야! 앞으론 학교 나가지 말고, 이렇게 할애비 앞에서 연습해!"

규원은 도살장에 끌려온 소처럼 잔뜩 주눅이 들었다. 그녀는 몇 시간 전까지 학교 밴드 연습실에서 아이들과 함께 노래를 연습하고 있었다. 아이들은 자신들의 앨범이 나올지도 모른다는 생각에 잔뜩 흥분해 있었고, 규원도 마찬가지였다. 그렇게 재미나게 연습을 하고 있는데, 갑자기 할아버지가 저승사자처럼 나타난 것이었다. 할아버지의 눈빛은 분노로 가득 차 있었다. 분명 가야금 연습을 하러 간다던 손녀딸이 밴드 음악에 맞춰 노래를 부르고 있으니, 할아버지 입장에선 크나큰 배신감이 들었을 터였다. 규원은 어쩔 수 없이 마이크를 내려놓고 할아버지 손에 이끌려 집으로 올 수밖에 없었다.

규원의 가야금 가락이 또 흐트러졌다. 할아버지가 눈을 부릅뜨고 성난 목소리로 다그쳤다.

"아니, 국악대전이 얼마나 남았다고 연주 실력이 그 모양이야?"

그때, 대문 열리는 소리가 들렸다. 규원은 마당 쪽으로 고개를 돌렸다. 아빠가 마당으로 들어서고 있었다. 구세주를 만난 느낌이었다.

"아빠!!"

할아버지가 장구채를 휘두르며 소리를 질렀다.

"연주에 집중할 때는 도둑놈이 들어와도 모르는 척해야 된다 그랬지!"

규원은 금방 울상이 되었다.

"죄송해요…."

아빠가 마루로 올라서며 규원을 제지시켰다.

"규원아, 잠깐만."

아빠는 할아버지 앞에 무릎을 꿇고 앉았다. 표정이 전과는 달라져 있었다. 할아버지 앞에선 언제나 병든 닭처럼 힘이 없던 아빠였는데, 오늘따라 무언가 작심한 사람처럼 비장해 보였다.

"아버지, 규원이 일로 제가 드릴 말씀이 있는데요."

규원의 심장이 콩닥콩닥 뛰었다. 며칠 전, 규원은 아빠에게 뮤지컬 앨범을 내게 될지도 모른다는 얘기를 하면서 할아버지와 국악대전 때문에 고민이라는 말도 했었다. 그때 아빠는 규원에게 마음이 가는 쪽으로 결정하라고 말해주었다. 할아버지의 눈치도, 아빠의 눈치도 보지 말고 오직 네가 정말 하고 싶은 일을 하라고. 규원은 아빠의 말에 힘을 얻었고, 결국 할아버지의 눈을 속이고 밴드 연습실에서 노래를 부른 것이었다.

할아버지는 단호한 표정으로 잘라 말했다.

"양놈 음악 시키자는 얘기면 꺼내지도 마! 이규원은 안 한다고 했어!"

아빠가 할아버지를 향해 언성을 높였다.

"왜 아버지 마음대로 규원이 장래를 결정하세요! 이제 그만 얘가 하고 싶은 대로 좀 내버려두세요."

"하고 싶은 일을 하겠다고 나간 네놈 꼴을 좀 봐! 그렇게 해서 성공했어?"

"저랑은 달라요. 규원이는 재능이 있다고요. 아버지도 공연에서 노래 들으셨잖아요."

할아버지가 버럭 고함을 질렀다.

"그딴 소리 하려거든 당장 나가! 얼른 못 나가?"

"규원이도 데리고 나갈 겁니다!"

할아버지는 노여움에 부들부들 몸을 떨며 아빠를 노려보았다.

보다 못한 규원이 울먹이면서 소리쳤다.

"그만들 하세요!"

규원은 아빠와 할아버지가 걱정되었다. 가뜩이나 불편한 부자지간인데, 자기 때문에 둘 사이가 더 벌어질까봐 불안했다. 규원은 아빠의 팔을 붙들고 사정했다.

"아빠… 제발 그만…. 응?"

선기는 딸아이가 너무나 안타까웠다. 딸의 장래도 밀어주지 못하는 못난 아빠라는 자괴감에 규원 앞에서 고개를 들 수가 없었다.

규원은 가야금을 들고 자리에서 일어나며 말했다.

"저, 방에 들어가서 연습할게요."

방으로 들어온 규원은 힘없이 침대에 주저앉았다. 침대 머리맡엔 이미 끝나버린 공연 콘티가 펼쳐져 있었다. 그녀가 콘티를 주섬주섬 챙기고 있는데, 아빠가 들어왔다. 아빠는 안타까운 시선으로 규원을 바라보았다.

"괜찮아?"

규원은 애써 웃으며 고개를 끄덕였다.

"근데 어떻게 알고 왔어?"

"엊그제 너한테 전화 받고 나서 생각해보니까, 할아버지가 마음에 걸리더라고…. 그래서 혹시나 하고 와본 거지. 아빠도 이번엔 쉽게 안 물러날 거야. 할아버지 눈치 보지 말고, 너 하고 싶은 거 해."

규원은 속상한 눈빛으로 아빠를 쳐다봤다.

"아빠. 내가 이러라고 아빠한테 얘기한 줄 알아? 아빠 맘은 알지만, 할아버지한테 그러지 마. 아빠 이러면, 나 너무 속상해."

규원이 단호한 표정으로 말을 이었다.

"내가 결정할게. 내 미래잖아. 내가 고민하고, 내가 선택할게. 할아버지랑 아빠 싸우는 거, 나 너무 힘들어."

"그래… 미안하다."

아빠는 아픈 얼굴로 규원의 손을 꼭 잡아주고, 밖으로 나갔다. 아빠의 축 처진 뒷모습에 규원은 마음이 아팠다. 할아버지도 걱정이 되었다. 괜히 자기가 집안에 분란을 일으킨 것 같아서 마음이 무거웠다.

규원은 들고 있던 콘티를 서랍에 넣고 책상 앞에 앉았다. 아이들에게 어떻게 말해야 할지 고민스러웠다.

다음 날, 규원은 무거운 발걸음으로 학교에 갔다. 밴드 연습실에 모여 있던 아이들이 그녀를 보고 반색했다. 어제 할아버지에게 끌려갔으니 다시는 못 오는 거 아닌가 싶어 걱정하고 있었기 때문이다. 신이 걱정스런 눈빛으로 규원을 바라보며 괜찮냐고 물었다. 규원은 아랫입술을 깨물며 그의 시선을 피했다.

"미안해…. 나 너희랑 같이 못 할 거 같아."

규원의 한마디에 아이들의 얼굴이 일그러졌다. 규원은 차마 아이들의 얼굴을 쳐다볼 수 없어 고개를 푹 수그렸다. 옆에 서 있던 보운이 어깨에 손을 올리며 물었다.

"우리가 할아버지한테 가서 졸라볼까?"

"할아버지 꺾을 사람 없어. 그리고 나 땜에 화내시다 쓰러지실까 겁도 나고. 정말 미안해."

보운이 한숨을 푹 내쉬었다.

"너 없으면 노래는 누가 하냐?"

"나보다 더 잘하는 뮤지컬 배우들 많은데 뭐. 아마추어인 나보다 나을 거야. 바람꽃, 스투피드, 내 몫까지 파이팅이다!"

규원이 의자에서 일어나며 말을 이었다.

"그럼 나 갈게. 할아버지한테 겨우 허락받고 온 거거든."

연습실을 나온 규원은 뛰듯이 복도를 걸어 나갔다. 신이 그녀의 뒤를 쫓아왔다.

"이규원! 잠깐만."

신이 다가와 어깨를 안아주었다.

"정말 괜찮은 거지?"

"응…."

"나는 언제나 네 편이야. 네가 어떤 결정을 내리든. 알지?"

신의 말에 규원의 가슴에서 뜨거운 불이 울컥 솟아올랐다. 신이 규원의 머리를 쓰다듬으며 말을 이었다.

"나는 네가 너만 생각했으면 좋겠어. 더 이상 어디에도 끌려 다니지 말고 말이야."

"응…."

신이 규원의 눈을 똑바로 쳐다보았다.

"생각 바뀌면 언제라도 다시 와. 알았지?"

"응. 나 이제 갈게. 들어가봐."

"아냐. 데려다 줄게."

"그러지 마. 네가 빠지면 연습 안 되잖아. 애들한테도 미안하고. 나 그런 거 싫어."

신이 규원을 한참 동안 쳐다보다가 고개를 끄덕였다.

"알았어, 그럼 조심히 가. 이따 전화할게."

"응."

"아, 잠깐만. 우리 연주 테스트하는 날이 수요일로 바뀌었어. 다른 날로 바꿔보려고 했는데 안 된대. 너 그날, 국악대전 있는 날이지?"

"차라리 잘됐다. 이제 빼도박도못하게 됐네."

규원은 크게 실망한 듯 한숨을 내쉬었다. 신은 그런 규원이 너무나도 안타까웠다. 그녀 앞에는 언제나 뛰어넘을 수 없는 장애물이 있는 것 같았다. 하지만 그 장애물은 다른 사람을 다치게 하고 싶지 않다는 그녀의 착한 심성에서 비롯된 것이었다. 때문에 아무도 그 장애물을 옮겨줄 수 없었다. 또한 장애물 앞에서 주저하는 그녀를 탓할 수도 없었다.

집으로 돌아온 규원은 책상 서랍에 넣어두었던 공연 콘티를 꺼내보았다. 땀 흘리며 연습했던 기억들이 빠르게 스쳐 지나갔다. 처음 오디션을 봤을 때 느꼈던 흥분, 스폰서가 온 날 무대에서 조명을 받으며 느꼈던 희열, 공연 당일 무대 뒤에서 숨죽여 노래했던 기억까지. 몇 달 동안 자신이 몰두했던 시간들을 되돌아보니, 아쉬움에 목이 메어왔다.

미래의 이규원은 어떤 모습으로 변해 있을까. 할아버지는 한복을 곱게 차려입고 가야금을 연주하고 있는 국악인으로서의 그녀를 바랄 것이었다. 어쩌면 이미 할아버지가 닦아놓은 그 길을 걸어가는 게 더 편할지도 몰랐다. 무대에 대한 미련, 노래에 대한 갈망만 버리면 그만이었다. 하지만 이상하게도 쉽게 버려지지가 않았다.

규원이 갈팡질팡하는 중에도 시간은 덧없이 흘러가고 있었다.

국악대전이 개최되는 장소는 예술의전당이었다. 건물 벽마다 국악대전 포스트가 도배되어 있었다. 참가자들이 속속 도착하기 시작했다. 참가자들보다 따라온 가족들이 더 긴장하고 있는 것 같았다. 행사 도우미들의 발걸음도 빨라지고 있었다.

대기실에선 참가자들의 신경전이 한창이었다. 늦게 들어온 참가자들은 악기를 들고 빈자리를 찾아다녔다.

미리 도착한 규원은 대기실 한쪽에 자리를 잡고 앉아 있었다. 그녀는 머리에 연분홍빛 쪽을 짓고, 연분홍 개량한복에 하늘 빛깔 배자를 입고 있었다. 하늘의 선녀처럼 어여쁘고 참한 모습이었다. 하지만 겉모습과는 달리 그녀의 마음은 용광로처럼 들끓고 있었다. 신이는 무얼 하고 있을까, 아이들은 지금 실수 없이 잘하고 있을까, 제작자 앞에서 떨고 있는 건 아닐까, 노래는 누가 부르고 있을까. 아무리 마음을 진정시키려 해도 잘 되지 않았다.

"뭐 하느라 넋을 놓고 있어!!"

규원이 깜짝 놀라 고개를 돌렸다. 할아버지와 아빠가 나란히 서서 그녀를 내려다보고 있었다. 할아버지가 다시 버럭 소리를 질렀다.

"다음이 네 차롄데 뭐 하고 있는 거야!"

규원이 허둥지둥 변명을 했다.

"머릿속으로 악보 정리 좀 하느라…."

아빠가 규원의 편을 들고 나섰다.

"잘하고 있는데 왜 혼을 내세요. 규원아, 너 안 떨려?"

"떨리지 왜 안 떨려."

아빠가 규원의 어깨를 토닥이며 격려했다.

"앞에 하는 애들 들어보니까 네가 제일 잘하는 거 같아."

규원이 입을 삐죽거렸다.

"나도 귀가 있어서 다 들었거든요. 아무리 딸 편이래도 그건 좀 오버네요."

규원은 다리가 저린 듯 몸을 비틀거리면서 일어섰다. 할아버지가 못마땅한 얼굴로 물었다.

"어디 갈려구?"

"화장실요."

"연주 시작하기 전에 화장실 가는 버릇 고치랬더니…. 설마 어디 도망치려는 건 아니지?"

규원이 손가락으로 쪽진 머리를 가리켰다.

"이 꼴을 하고 어떻게 도망쳐요! 그리고 짐도 다 저기 있는데!"

대기실 밖으로 나온 규원은 치마를 질질 끌면서 복도를 걸어갔다. 시무룩한 표정으로 걸어가고 있는 그녀 앞에 누가 불쑥 나타났다. 신이었다. 규원의 눈이 휘둥그레졌다.

"이신! 네가 여기 왜 왔어? 테스트 가야잖아!"

신이 규원의 손을 잡았다.

"같이 안 갈래?"

"뭐?"

신이 간절한 눈빛으로 규원을 쳐다봤다.

"너한테 마지막 기회를 주고 싶어서…. 말했지만, 어떤 선택을 하든 난 네 편이야."

신은 말없이 규원의 결정을 기다렸다. 규원은 치맛자락을 움켜쥐었다. 손가락이 가늘게 떨려왔다. '아, 어쩌지…?'

동진은 대기실 의자에 앉아 화장실에 간 규원을 초조하게 기다리고 있었다. 다음 순서가 바로 규원이 차롄데 화장실에 간 지 10분이 지나도록 나타나지 않자 슬슬 걱정되기 시작했다.

그 시각, 규원은 신의 손에 이끌려서 행사장을 빠져나가고 있었다. 그녀는 불안한 마음에 자꾸만 뒤를 돌아보았다. 건물 벽에서 떨어진 포스터 한 장이 바람을 타고 그녀 쪽으로 날아왔다.

선기는 아버지의 얼굴이 붉으락푸르락하는 걸 보면서 노심초사하고 있었다. 나가서 찾아볼까, 하는데 휴대폰이 울렸다. 액정을 들여다보니 모르는 번호였다.

"네. 여보세요?"

"아빠, 나 규원이. 오늘 저번에 얘기했던 앨범 테스트가 있거든."

규원은 신이의 휴대폰을 빌려 아빠에게 전화를 한 것이었다. 선기는 그제야 모든 상황을 알아차렸다.

"어, 알았어. 저… 아버지, 규원이가 좀 바꿔달라는데요."

동진이 눈에 쌍심지를 켜고 휴대폰을 건네받았다.

"화장실 간 녀석이 왜 안 오고 전화를 해? 휴지 떨어졌어?"

"할아버지, 정말 죄송해요. 저… 못 갈 거 같아요."

동진이 자리에서 벌떡 일어나면서 고함을 질렀다.

"너 이놈의 자식!"

규원이 울먹였다.

"어떤 벌이든 달게 받을게요. 할아버지도 제가 행복한 게 좋으시잖아요."

동진은 휴대폰을 던지듯이 선기에게 건네주고 휙, 밖으로 나가버렸다. 선기가 얼른 휴대폰을 받았다.

"규원아, 여긴 걱정 말고, 잘하고 와!"

아빠의 말에 힘을 얻은 규원은 전화를 끊고 기쁜 마음으로 신이 쪽으로 달려갔다.

그 순간, 긴 치맛단에 발이 걸려 몸이 앞으로 쏠리고 말았다. 으아악, 넘어지는 규원을 향해 신이 몸을 날렸다. 신은 규원을 보호하기 위해 한 손으로는 그녀의 허리를 잡고, 다른 한 손으로는 땅바닥을 짚었다. 하지만 끝내 중심을 잡지 못한 규원이 신의 몸 위로 쓰러졌다. 그 바람에 땅바닥을 짚었던 신의 손이 겹질리고 말았다. 다행히 규원은 다치지 않았지만, 신은 머리끝이 쭈뼛 서는 고통을 느꼈다.

신이 고통스런 신음 소리를 냈다.

"아아…."

규원이 몸을 일으켜 신을 바라보았다.

"괜찮아?"

신은 다친 손을 뒤로 감추며 고개를 끄덕였다.

"어… 괜찮아. 늦겠다, 가자!"

아이들은 제작사 연주실에서 신을 기다리고 있었다. 연주실은 꽤 큰 편이었다. 음향기기와 녹음 시설도 최신식이었다. 아이들은 들뜬 기분을 감추지 못하고 연주실 이곳저곳을 두리번거렸다.

그때 문이 열리고 신이 규원과 함께 허겁지겁 들어왔다. 머리에 쪽까지 짓고 한복을 곱게 차려입은 규원을 보자 아이들은 탄성을 질렀다.

"까악!! 규원아, 왔구나! 잘했어~ 잘했어~."

보운이 규원의 손을 잡고 빙빙 돌면서 좋아했다. 규원이 쑥스러운 마음에 얼굴을 붉히자, 다른 아이들이 괜찮다고 엄지손가락을 치켜세워주었다.

신은 옆에 세워둔 기타를 어깨에 메고 심호흡을 했다. 그것을 신호로 다른 아이들도 자신들의 악기 앞에 서서 마음을 가다듬었다. 규원도 마음을 가라앉히고 호흡 조절을 하며 마이크 앞에 섰다. 곧이어 제작사 대표와 공연 팀장이 들어와 아이들 앞에 나란히 앉았다.

공연 팀장이 아이들을 향해 연주 시작 신호를 보냈다. 리드기타인 신이 먼저 연주를 시작했다. 그런데 코드를 잡아야 하는 왼손에 강한 통증이 몰려왔다. 숨이 멎을 것 같은 고통에 신이 기타를 놓치고 말았다. 준비하고 있던 아이들의 눈이 휘둥그레졌다. 규원이 놀란 눈으로 신을 쳐다보았다. 팀장이 빙그레 웃으면서 신에게 말했다.

"괜찮으니까 긴장하지 말고, 다시 시작해."

신은 심호흡을 했다. 다친 손을 한 번 더 오므렸다가 털면서 감각을 확인했다. 그러다 걱정스러운 눈빛으로 그를 바라보는 규원과 눈이 마주쳤다. 신은 아무렇지도 않다는 듯 싱긋 웃어주고는 기타를 치기 시작했다. 베이스와 드럼, 국악의 선율이 뒤를 이었다.

규원은 신을 바라보던 눈길을 거두고 노래에 집중했다. 그녀는 눈을 지그시 감고 멜로디에 몸을 맡겼다. 노래는 흐르는 물 위에

떠가는 작은 배처럼 유연하고 자연스러웠다.

　제작사 대표와 팀장은 눈을 감은 채 고개를 끄덕이며 노래를 경청했다. 반면에 신의 기타 연주에 대해서는 시큰둥한 반응이었다. 아픈 손 때문에 연주가 매끄럽지 않았던 것이다.

　연주와 노래가 끝나자, 제작사 대표와 팀장이 일어나 박수를 쳤다. 대표가 입을 열었다.

　"수고했어요. 이제 자리를 옮겨서 얘기 좀 할까요?"

　아이들이 기대에 찬 눈빛으로 고개를 끄덕이며 연주실을 나왔다.

　모두들 사무실의 둥근 탁자에 모여 앉았다. 평가를 받아야 할 시간이라 긴장감이 감돌았다. 이윽고 제작사 대표가 아이들을 둘러보며 입을 열었다.

　"단도직입적으로 얘기할게요. 연주는 좋았는데… 뭐랄까, 아직 학생들이라 그런지 신선한 맛은 있지만 노련미가 떨어지는 거 같아요. 실수도 좀 있었고."

　순간, 신의 표정이 어두워졌다. 대표의 말이 이어졌다.

　"이번에 우리 회사가 해외에서까지 투자 받아서 야심차게 준비하는 프로젝트라…. 미안하게 됐어요."

　즐거운 소식을 기다렸던 아이들은 금세 풀이 죽었다. 손에 꼭 쥐고 있던 풍선을 놓쳐버린 아이처럼 맥이 풀린 표정들이었다. 아이들은 아무 말도 하지 않은 채 고개를 숙여버렸다. 신은 멤버들에게 미안해서 죽을 것만 같았다. 일이 틀어진 게 모두 자기 책임인 것만 같았다. 하지만 애써 담담한 표정을 지으며 대표를 향해 싹싹하게 대답했다.

"알겠습니다. 저희도 좋은 경험이었습니다."

대표는 미안한 표정을 풀면서 신이를 바라봤다.

"그렇게 얘기해주니까 고맙네. 그리고 이규원 학생은 우리랑 계약하지."

다들 놀란 얼굴로 규원을 바라보았다. 규원 역시 자신의 귀를 의심하며 대표를 쳐다봤다.

"예? 저요?"

대표는 만족스러운 표정으로 규원을 바라봤다.

"노래는 그냥 이규원 학생으로 가려고. 보이스가 매력 있어서 시장에서도 통할 거 같아. 앞으로 외국도 가야 되고 엄청 바빠질 테니까 각오해야 돼!"

규원은 어안이 벙벙해져서 아무 말도 못 하고 앉아 있었다. 준희가 탄성을 질렀다.

"언니 좋겠다."

보운이도 부러운 표정으로 규원을 쳐다봤다.

"규원아, 축하해~."

규원은 아직까지도 뭐가 뭔지 모르겠다는 표정으로 신을 쳐다보았다. 신은 손목을 주무르면서 규원을 향해 환하게 웃어주었다. 규원이라도 잘돼서 정말 다행이라고 생각했다. '규원아, 이제 날아봐. 네 앞을 가로막던 벽을 넘어서는 거야. 노래를 통해 너의 영혼

이 날개를 달고, 자유롭게 비상하는 모습을 보여줘.'

집으로 돌아온 규원이 침을 꿀꺽 삼키고 대문을 열었다. 마치 전쟁터에 뛰어드는 기분이었다. 마루에 서 계시던 할아버지가 규원을 노려보며 호통을 쳤다.
"어딜 들어와! 꼴도 보기 싫으니까 당장 나가!"
규원은 마루에 올라서지도 못하고 두 손을 모아 싹싹 빌었다.
"할아버지 죄송해요."
할아버지가 들고 있던 부채를 던지며 소리쳤다.
"나가. 못 나가?!"
이때, 방에 있던 아빠가 달려 나왔다.
"아버지! 그만 하세요!!"
규원이 아빠의 손을 잡아끌며 조용히 하라는 눈짓을 보냈다. 아빠에게 맡기면 일만 커질 뿐이었다. 할아버지를 설득할 수 있는 사람은 그녀뿐이었다. 규원은 숨을 크게 들이쉬고 입을 열었다.
"할아버지. 아까 전화로도 말씀드렸지만, 저 노래하고 싶어요. 물론 할아버지 말씀대로 가야금을 계속하면 국악단에 들어가든, 아이들을 가르치든, 큰 어려움 없이 살아갈 수 있겠죠. 그런데…"
할아버지가 눈을 치켜떴다.
"그런데?"

규원이 침을 꼴깍 삼키고 말을 이었다.
"제가 행복할 거 같지가 않아요. 짧은 시간이었지만, 뮤지컬을 하는 동안 여기가, 가슴이 뜨거워지는 걸 느꼈어요."
말을 하다 보니 감정이 격해서 눈물이 왈칵 쏟아졌다.
"할아버지도 그러셨잖아요. 할아버지 젊으셨을 때, 판소리를 처음 만난 날, 가슴이 뜨거워지셨다고요. 장구 소리만 들어도 흥이 돋고, 부채만 들어도 소리가 저절로 나왔다고 그러셨잖아요. 저도 그래요, 할아버지."
옆에 서 있던 아빠가 눈물을 흘리며 규원 옆에 무릎을 꿇고 앉았다.
"저요, 공연 기획사에서 앨범 제작하자는 제의가 들어왔어요. 할아버지, 저 하고 싶어요. 허락해주세요."
아빠가 그녀를 도와 입을 열었다.
"아버지, 허락해주세요. 이 녀석, 혼자서 기획사까지 다녀온 모양인데 기특하잖아요."
할아버지가 팩 돌아서며 우렁찬 목소리로 말했다.
"대단한 일 했어! 넌 명창 이동진의 손녀야! 하려면 제대로 해서 최고가 되는 게 당연한 거지! 못하기만 해봐!"
규원은 벅차오르는 감정을 도저히 감출 수 없었다.
"할아버지! 걱정 마세요! 저 진짜 열심히 할 거예요!"
아빠가 안도의 한숨을 쉬며 규원의 어깨를 껴안아주었다.
"내 딸, 장하다."

규원도 눈가에 눈물을 매단 채 고개를 끄덕였다.

신은 정형외과 진료실에서 의사와 마주 앉아 있었다. 손가락에 힘이 들어가지 않을 정도로 통증이 심해져서였다.

의사가 신의 손목을 들여다보며 물었다.

"손목에 강한 압박을 받거나 다친 적 있어요?"

"네, 몇 시간 전에요…. 손을 바닥에 집고 넘어졌는데, 그때 손목을 겹질린 것 같아요."

의사가 고개를 갸웃거렸다.

"그래요? 부기가 없는 게 좀 기분 나쁘네요. 검사부터 한번 해봅시다."

신의 표정이 어두워졌다. 간호사가 들어와 신을 엑스레이 검사실로 안내했다. 신은 손목시계를 빼서 주머니에 넣고 기계 위에 손을 올려놓았다. 손등과 손바닥, 손목까지 총 세 번에 걸쳐 엑스레이 사진을 찍은 후, 간호사는 신에게 밖에 나가 기다리라고 했다. 모든 것이 일사천리로 진행되었다. 곧이어 진료실에서 신을 불렀다.

진료실에 들어간 신은 의사 앞에 앉았다. 의사는 책상 옆에 있는 라이트박스에 엑스레이 사진을 올려놓았다. 검은 필름에 앙상한 뼈만이 하얗게 그 형태를 나타내고 있었다. 사진을 들여다보던 의사가 무겁게 입을 열었다.

"손목에 강한 충격을 받아서 여기 이 손목 인대 아래를 지나가는 정중신경이 눌린 상태예요."

"그럼 깁스나 물리치료를 해야 되나요?"

의사가 고개를 저었다.

"이런 경우는 수술을 받아야 해요."

심장이 철렁 내려앉았다.

"수, 수술요?"

의사가 차트를 넘겨보며 고개를 끄덕였다. 신은 의사의 석연치 않은 표정을 보며 조심스럽게 입을 열었다.

"수술하고 난 다음에도 기타 칠 수 있을까요?"

"음악 해요?"

"예."

"수술 후에 몇 개월은 감각이 없고 움직이기도 불편할 거예요. 후유증이 극히 드물긴 하지만, 감각이 돌아오지 않는 사람도 있고요. 환자의 재활 의지가 제일 중요하겠죠."

의사의 다른 말은 귀에 들어오지 않았다. 감각이 돌아오지 않을 수 있다는 말만 귓가에 남아 윙윙거렸다. 하늘이 무너진다는 말은 이럴 때 쓰는 것 같았다. 왜 하필 손목이란 말인가. 감각이 돌아오지 않으면 기타리스트로서의 생명은 끝나는 거나 다름없었다. 하얗게 질린 신의 표정을 살피던 의사가 바로 수술 날짜를 잡겠냐고 물었다. 신은 자리에서 일어나며 말했다.

"생각 좀 해보고 오겠습니다."

병원을 나와 집으로 돌아오는 길은 어둡고 참담했다. 세상이 등을 지고 돌아선 것 같았다. 늘 걷던 길이고 익숙한 풍경이었으나, 한 발을 내딛기가 두려웠다. 한 발 한 발 앞으로 내딛을 때마다 발밑에서 꿈이 부서지는 것 같았다. 손가락 마디마디에 박인 굳은살은 하루 이틀에 만들어진 게 아니었다. 자그마치 10년이었다.

10년 전 겨울, 열한 살 꼬마였던 신은 당시 음악 잡지 취재기자였던 엄마를 따라 낙원동 악기상가에 간 적이 있었다. 그때, 신의 눈과 귀를 사로잡았던 것이 바로 기타였다. 엄마는 기타에 홀려 꼼짝도 하지 않는 신에게 기타를 선물했고, 그때부터 신은 밤낮을 가리지 않고 기타에 매달렸다. 손톱 밑 연한 살들이 벗겨지고 물집이 생기고, 피고름이 터져도 멈추지 않았다. 기타리스트였던 아빠의 피를 이어받았기 때문에 그랬는지도 몰랐다. 그렇게 시간이 흘러 손이 기타에 길들여질 무렵, 신은 세계적인 기타리스트가 되자고 다짐했었다. 그런데 지금, 10년을 키워온 꿈이 한순간에 물거품처럼 사라질지도 모를 위기에 놓여 있는 것이다.

집으로 돌아온 신은 침대에 털썩 주저앉았다. 저녁을 먹으라는 엄마의 말도 들리지 않았다. 숙제를 도와달라고 징징거리는 정현이의 얼굴도 보이지 않았다.

신은 자신의 손을 내려다보았다. 의사 말대로 부기도 없고, 긁힌 자국 하나 없었다. 그런데 손가락 하나 제대로 움직일 수가 없었다. 주먹이라도 쥘라 치면 머리카락이 쭈뼛 서는 고통이 엄습해왔다. 자신의 손을 내려다보던 신은, 문득 305호 병실에서 함께 기타를 치던 아빠의 손이 생각났다. 금단 현상으로 인해 덜덜 떨던 아빠의 손. 하지만 마법처럼 기타줄 위에서는 춤을 추던 아빠의 손이 떠오르자, 울컥 울음이 복받쳤다.

신이 책꽂이에 꽂혀 있는 아빠의 레코드판을 꺼내 들었다. 레코드판에는 먼지가 잔뜩 쌓여 있었다. 아빠가 돌아가시고 한동안은 반복해서 들었으나, 어느 순간 아빠 흉내를 자꾸 내는 것 같아 일부러 듣지 않고 있었다. 신은 자신이 멋진 기타리스트가 되면, 아빠의 곡을 다시 리메이크해보고 싶었다. 하지만 과연 그럴 수 있을까? 만약 수술 후에 감각이 돌아오지 않으면 어쩌지?

신은 손등으로 흐르는 눈물을 닦고, 레코드판을 턴테이블에 올려놓았다. 새벽에 내리는 빗방울처럼 여리지만 분명한 선율로 방 안을 휘감는 아빠의 기타 연주를 들으며, 신은 눈을 감았다.

'아빠… 나 손목 괜찮아지겠지…? 나 기타리스트가 될 수 있겠…지? 여기서 끝나는 건 아니겠지…? 나 괜찮은 거 맞지…?'

엇갈리는 길

이른 아침, 규원은 제작사 대표의 전화를 받고 그의 사무실을 찾았다. 대표는 규원에게 영국에 가보는 게 어떻겠냐고 물었다. 그녀의 의사를 묻는다기보다는 이미 결정된 사항을 통보하는 것과 같았다. 생각지도 못한 제안에 놀란 규원이 눈을 동그랗게 뜨고 물었다.

"영국이요?"

"응, 이번 앨범 라이센스 대부분이 영국 쪽이거든. 그쪽에 가서 뮤지컬도 좀 보고 학원 등록해서 보컬 트레이닝도 받고, 재즈댄스랑 발레도 좀 배우라고."

"얼마나 있어야 되는데요?"

"6개월 과정이야."

"그럼 학교는요?"

"휴학해야지. 국악과라고 했지? 이쪽 일 할 거면 계속 다닐 필요도 없잖아? 앞으로 많이 바빠질 텐데 아예 자퇴하지 그래?"

너무나 쉽게 그녀의 진로를 결정하려는 대표의 태도에 규원은 기분이 살짝 상했다.

"아뇨! 학교는 졸업할 거예요. 나중에… 제가 그렇게 될 수 있을지는 모르겠지만, 우리 국악을 바탕으로 한 뮤지컬도 만들어보고 싶어요."

대표가 흡족한 듯 미소를 지었다.

"당연히 그렇게 돼야지! 꿈도 당찬 게 아주 맘에 드네. 근데 1년 정도는 어쩔 수 없이 휴학해야 될 거야."

순간 규원의 머릿속에 신의 얼굴이 스치고 지나갔다. 앞으로 1년은 신을 만나기도 어렵겠구나 하는 생각이 들자, 마음에 빗금이 그려졌다. 규원이 기어 들어가는 목소리로 물었다.

"언제 가야 되는데요?"

"다음 달에."

"그렇게 빨리요?"

대표는 잠시 말을 멈추었다. 반색할 줄 알았던 규원이 예상과는 다른 반응을 보이자 당황한 것이었다. 대표는 강압적이던 태도를 바꿔 설득하듯 말했다.

"그쪽 커리큘럼이 9월 중순부터 시작이거든. 여권은 있어?"

"아직 외국에 한 번도 안 나가봐서… 없어요."

대표는 테이블을 짚으며 자리에서 일어났다.

"그럼 더 서둘러야겠네. 일단 증명사진 찍고 여권부터 만들어."

"예."

규원은 자리에서 일어나 대표에게 인사하고 사무실을 나왔다. 꿈을 꾸는 것처럼 기분이 얼떨떨했다. 미래에 대한 두려움과 설렘, 두고 떠나야 할 많은 것들에 대한 아쉬움이 한꺼번에 밀려왔다.

핸드백 속에서 휴대폰 벨소리가 들려왔다. 신일지도 모른다는 생각에 황급히 휴대폰을 꺼내 액정화면을 확인했다. 김석현 감독이었다. 석현은 브로드웨이로 떠나기 전에 얼굴이나 보자고 했다. 그녀는 알겠다고 대답하며 전화를 끊었다.

석현을 만나러 학교 언덕길을 올라가는데, 전에 없던 그리움이 몰려왔다. 이상한 일이었다. 아직 떠나지도 않았는데, 이미 떠나버린 사람처럼 학교 곳곳에 숨어 있던 추억들이 한꺼번에 떠올라 숨이 찼다.

빨간 다리 도서관 밑을 지나자, 중앙광장 계단에 나란히 앉아 있는 석현과 윤수가 보였다. 그들은 학교를 내려다보며 두런두런 얘기를 나누고 있었다. 윤수 옆에는 작은 박스가 놓여 있었다. 브로드웨이로 떠나기 전 짐정리를 하러 온 것 같았다. 규원이 다가가자 윤수가 손을 번쩍 들어 인사했다.

"어서 와. 올라오느라 수고했어. 많이 덥지?"

"아니에요. 오랜만에 학교도 오고, 좋았어요."

"계약하게 됐다는 얘기 들었어. 정말 축하해."

"저도 얘기 들었어요. 진짜진짜 축하드려요. 두 분은 언제 가시는 거예요?"

석현이 규원에게 캔 음료를 내밀며 대답했다.

"다음 주에."

규원은 음료를 받아 들고, 윤수 옆에 앉았다.

"바쁘시겠다. 가시면… 얼마나 있다 오세요?"

석현이 무심한 어조로 말했다.

"일단 공연 기간은 6개월인데, 준비하고 뒷마무리하고 그러면 1년은 걸리지 않을까 싶다. 거기서 자리 잡으면 아예 눌러앉을지도 모르고."

규원이 윤수의 표정을 살피며 물었다.

"그럼 교수님은요? 학교는 아예 그만두시는 거예요?"

"아니, 안식년 앞당겨 쓰는 거야."

"그러시구나. 저도 영국에 가게 될 것 같아요."

석현이 놀란 듯 되물었다.

"영국?"

"네. 아까 제작사 대표님 만나고 왔는데, 영국에 가서 트레이닝을 좀 받으라고 하시네요."

석현이 혀를 끌끌 차며 농담처럼 말했다.

"신이 녀석, 내 짝 나는 거 아냐?"

윤수가 나무라듯 석현의 손등을 가볍게 때리고는 규원에게 물었다.

"그래서 결정은 했고?"

"아직은 잘 모르겠어요."

"기회일 수 있어…. 쉽지 않은…."

윤수가 규원의 등을 토닥이며 말했다.

"규원이도 이제 바빠지겠네."

석현이 양팔을 쭉 뻗어 기지개를 켜며 말했다.

"이렇게 되면 나중에 우리끼리 작품 하나 나오겠는데? 나는 연출, 너는 배우, 우리 윤수는 안무, 이신은 음악감독 겸 연주."

생각만 해도 즐거운 미래였다. 규원은 고개를 한껏 뒤로 젖혀 하늘을 바라보았다. 여름의 끝에 선 하늘은 전보다 높고 푸르렀다. 그녀 앞에 그려질 미래도 저 하늘만큼 높고 푸르렀으면 좋겠다는 생각이 들었다. 아니, 꼭 그렇게 될 것만 같았다. 규원이 하얀 구름을 무대 삼아 상상의 나래를 펼치고 있는데 석현이 끼어들었다.

"말 나온 김에 이신 불러서 같이 저녁 먹을까?"

"오늘 카타르시스에서 공연 있어요. 나온 김에 거기 갔다가 같이 들어가려고요."

윤수가 자리에서 일어섰다.

"그럼 우리도 오랜만에 가볼까?"

석현도 따라 일어서면서 규원에게 농을 던졌다.

"그럼 오늘은 미래의 뮤지컬 가수 규원이가 쏘는 거지?"

윤수와 규원은 서로 마주 보면서 석현에게 야유를 보냈다.

"아우~."

그 시각, 신은 카타르시스 무대에 앉아 기타를 튜닝하고 있었다. 강한 통증이 코드를 잡는 손목을 압박해왔다. 이러한 통증에는 진통제도 소용이 없었다. 수술하지 않으면 점점 상태가 나빠질 거라는 의사의 말이 떠올랐다. 하지만 쉽사리 수술을 결정할 수도 없었다. 수술 후에 있을 후유증도 겁이 났고, 스투피드 밴드도 걱정이 되었다. 만약 수술을 하게 된다면, 재활치료 기간을 포함해서 적어도 1년 가까이 밴드 생활을 할 수 없을 터였다. 신은 기타를 내려놓고, 고개를 돌려 다른 멤버들을 쳐다보았다. 준희는 드럼 앞에 앉아 악보를 체크하고 있었고, 명관은 마른수건으로 베이스 기타를 닦고 있었다. 그동안 신은 보컬 겸 기타리스트로서 밴드의 주축이었다. 그가 빠진 스투피드 밴드란 있을 수 없었다. 신이 자리를 비우면 스투피드 밴드가 해체돼버리는 건 아닐까 하는 걱정에 마음이 무거웠다.

준희가 악보를 내려놓고 신이에게 다가와 어깨를 툭 건드렸다.
"형아 뭐 해? 연주할 시간 다 됐는데."
신이 난처한 표정을 지었다.
"오늘은 나 없이 너희끼리 할래?"
준희가 뜨악한 표정으로 말했다.
"리드기타가 빠지면 어떡해, 어디 아파?"
신이 손목을 내려다보았다.

"아니, 그냥 좀….”
"어, 감독 형아랑 규원 언니다."
 준희의 말에 신은 재빨리 고개를 돌렸다. 석현과 윤수, 규원이 가게 안으로 들어오고 있었다. 준희가 그들을 향해 해맑게 웃으며 손을 흔들었다. 석현과 윤수가 피식 웃으며 테이블을 잡고 앉았다. 규원이 신을 바라보며 싱긋 웃었다. 신이 그들에게 미소를 지어 보이고는 다시 자신의 손을 내려다보았다. 만약 그가 오늘 무대에 올라가지 않으면 규원이 걱정할 터였다. 특히 규원은 자기 때문에 그가 다쳤다고 자책할 게 분명했다. 그런 모습은 보고 싶지 않았.
 준희가 드럼 앞에 앉으며 신에게 말했다.
"그럼 우리끼리 알아서 할게, 형아는 쉬어."
 신이 고개를 흔들며 기타를 집어 들었다.
"아냐, 하자!"
"안 한다더니, 규원 언니 보니까 생각이 바뀌었나보지? 좋아!"
 준희가 드럼 스틱을 위로 올렸다. 신은 손목을 압박해오는 통증을 애써 무시하며, 제발 오늘 연주만은 순조롭기를 기도했다. 준희가 신호탄을 쏘듯 들고 있던 스틱을 힘차게 내리쳤다. 신의 기타 연주가 시작되었다. A마이너와 E코드까지는 무사히 넘겼다. 기타 연주가 아니라 외줄타기를 하는 느낌이었다. 코드를 바꿀 때마다 참을 수 없는 고통이 엄습해왔다. 누군가 바늘로 손목과 손가락 마디마디를 찌르고 있는 것 같았다. 고통으로 표정이 일그러지는 건 당연했다.

규원은 평소와 달리 찡그린 얼굴로 연주하는 신에게 이상한 느낌을 받았다. 그 순간, 신이 비명을 지르며 손목을 감싸 쥐고 쓰러졌다. 동시에 규원이 자리를 박차고 일어나 무대로 뛰어갔다.

"이신!!"

가게 안은 순식간에 아수라장이 되었다. 연주는 중단되고, 손님들은 웅성거리기 시작했다. 구 마담이 손님들을 진정시키느라 이리저리 뛰어다녔다.

신은 고통을 참기 위해 이를 악물었다. 이마에서 식은땀이 흘렀다. 규원은 벌써부터 눈물이 글썽해졌다.

"신아!"

석현과 윤수도 걱정스레 신의 얼굴을 살폈다.

"너 왜 그래?"

"어디 아프니?"

신이 천천히 심호흡을 하며 고개를 들었다.

"별거 아니에요. 요즘 위가 좀 아파서요."

규원이 그의 팔을 잡아끌었다.

"일어나, 병원 가자."

"이제 괜찮아. 공연하다 말고 어딜 가."

"너 쓰러졌잖아!"

"진짜 괜찮다니까!"

석현이 안심이 안 된다는 듯 물었다.

"계속할 수 있겠어?"

신은 고개를 끄덕이며 기타를 집어 들었다.

"예. 자리로 돌아가 앉아 계세요. 공연 마치고 내려갈게요."

규원이 창백해진 얼굴로 머뭇거리고 있자, 신이 빙그레 웃어주며 속삭였다.

"걱정하지 말고 가 있어. 내 노래 들어야지. 응? 교수님 규원이 좀….."

"응, 그래. 규원아 가자."

윤수가 규원의 어깨를 쓸어주면서 테이블로 걸음을 옮겼다.

준희와 명관은 걱정스런 눈길로 신을 바라보다가 어쩔 수 없다는 듯 자신들의 악기를 다시 집어 들었다. 마이크를 잡은 신이 목소리를 가다듬고 손님들에게 정중히 사과했다.

"놀라게 해드린 점 진심으로 사과드립니다. 스투피드 공연 다시 시작하겠습니다."

말이 끝남과 동시에 준희가 드럼을 쳤다. 신은 아까보다 더 열정적으로 기타를 치기 시작했다. 손목이 부서져 가루가 되는 한이 있어도 연주를 그만둘 수는 없었다. 그의 그런 열정은 듣는 이에게 고스란히 전해져, 곡이 하나씩 끝날 때마다 환호성이 터졌다.

석현과 윤수도 그제야 표정을 풀고 공연을 즐기기 시작했다. 윤수가 맥주를 마시며 말했다.

"난 또 무슨 일 난 줄 알았어. 다행이다."

석현이 맞장구를 쳤다.

"그러게. 이규원, 얼굴 풀어. 신이 괜찮다."

하지만 규원은 마음이 놓이지 않았다. 그녀의 귀에는 신의 기타 소리가 아픔을 참는 신음 소리로 들렸다. 웬만큼 아프지 않고는 천하의 이신이 무대에서 쓰러질 리가 없었다. 게다가 위가 아프다면서 신은 정작 손목을 붙잡고 쓰러졌었다. 불현듯 규원의 머릿속에 국악대전 날의 일이 떠올랐다. 설마, 그때 다친 손이 아직까지 아픈 걸까. 공연이 끝날 때까지 규원의 마음은 바짝바짝 타들어갔다.

 드디어 공연이 끝났다. 신은 기타를 내려놓고 무대에서 내려와 규원이 앉아 있는 자리로 왔다가, 잠깐 화장실에 다녀온다며 밖으로 나갔다. 규원은 그 순간에도 신이 한쪽 손으로 손목을 잡고 있는 걸 놓치지 않았다.
 시간이 꽤 지났는데도 신은 돌아오지 않았다. 같이 나가서 저녁이라도 먹으려던 석현이 손목시계를 들여다보았다.
 "신이가 늦네."
 안절부절못하던 규원이 끝내 자리에서 벌떡 일어났다. 윤수가 놀란 표정으로 규원을 쳐다봤다.
 "왜 그래?"
 "아무래도 그거 같아요."
 밑도끝도없는 소리에 윤수가 눈을 크게 뜨고 물었다.
 "갑자기 무슨 소리야?"
 "지난번 국악대전에서 도망간 날이요. 그날 제가 한복을 밟아서 넘어지는 걸 신이가 받쳐줬거든요. 그때 손을 삐끗해서 파스도 붙이고 그랬는데, 그게 많이 아픈가봐요."

석현이 한숨을 쉬며 입을 열었다.

"그런 일이 있었어?"

그때, 신이 멀쩡한 얼굴로 다가왔다.

"오래 기다리셨죠?"

규원이 다짜고짜 따져 물었다.

"너 지난번에 손 다친 거 땜에 그런 거지? 그거 안 아플 때까지 참았다 오느라 늦은 거지?"

신의 눈빛이 아주 잠깐 흔들렸다. 하지만 이내 침착한 어조로 말했다.

"갑자기 웬 손 타령이야? 화장실 앞에서 친구 만나 얘기하느라 늦었구만."

윤수가 정말 걱정된다는 얼굴로 신을 쳐다보았다.

"진짜 괜찮은 거야?"

"그렇다니까요!"

규원이 손을 내밀었다.

"너 손 줘봐!"

신이 규원의 손 위에 자신의 손을 올려놓았다.

"자, 봐! 부은 데 하나 없고 멀쩡하지!"

규원이 신의 손목을 이리저리 꼼꼼하게 살펴보았다. 신이 말대로였다. 신이 손목을 빼면서 규원에게 농담을 걸었다.

"손잡고 싶으면 그렇다고 말을 해!"

석현은 신이의 과장된 태도가 마음에 걸렸다. 그것은 자신의 고통을 남에게 들키고 싶지 않을 때 하는 행동이기 때문이었다.

"아까 위 아프단 건 괜찮아진 거야?"

신이 고개를 끄덕이면서 주변을 둘러봤다.

"예. 더 계실 거예요? 그럼 저희 먼저 일어나고요."

"아냐. 같이 일어나자."

신이 규원의 어깨를 툭툭 쳤다.

"가자!"

규원이 무거운 발걸음으로 신을 따라 일어났다.

선선한 저녁 바람이 불어왔다. 신과 규원은 손을 꼭 잡고 가로등이 환한 골목길을 걸어갔다. 한적한 골목길에 발자국 소리뿐, 말은 없었다. 규원은 문득 신과의 사이에 섬 하나가 놓여 있는 것처럼 느껴졌다. 그녀는 그 섬을 뛰어넘고 싶었다.

"정말 괜찮은 거지?"

신이 걸음을 멈추고, 말간 눈빛으로 규원의 얼굴을 내려다보았다.

"응. 괜찮아. 정말."

"믿어도 되는 거지?"

신이 고개를 끄덕였다.

"진짜 괜찮으니까. 걱정 마."

신이 규원의 어깨에 한 팔을 두르고 다시 걷기 시작했다. 규원은 망설이다가 신의 허리에 자신의 팔을 둘렀다.

"신아."

"응?"

"나 영국에 갈지도 몰라."

신이 놀란 듯 주춤했다. 규원이 그의 어깨에 머리를 기대며 말을 이었다.

"아직 결정한 건 아니고."

"좋은 기횐데 잡아야지. 언제 가는데?"

"다음 달에…."

신의 심장이 철렁 내려앉았다. 생각보다 너무 빨랐다. 다음 달이라고 해봐야, 며칠 남지도 않은 것이다. 하지만 아쉬움 따위로 그녀의 마음을 무겁게 할 수는 없었다.

"그렇구나…. 잘됐다. 축하해…."

규원이 힘없이 고개를 저었다.

"모르겠어. 나 영국 가면 우리 못 만나잖아. 난 너 못 보는 건 싫어."

규원의 마음도 그와 같다는 사실이 신을 웃게 만들었다.

"인터넷에 휴대폰 영상통화도 다 되는 세상인데 뭐가 걱정이야. 이규원 너, 나 너무 좋아하는 거 같다?"

규원은 밉지 않은 눈길로 신을 흘겨보며 응석을 부렸다.

"치이~, 나랑 떨어져 있는 거 안 서운해?"

"별로."

"정말?"

'어떻게 서운하지 않을 수 있겠니. 떠난다는 말 한마디에 벌써부터 보고 싶어지는걸. 이렇게 보고 있어도 보고 싶은걸.' 그는 모든 것을 규원에게 털어놓고 싶은 충동이 일었다. 자신의 아픔을, 고통을, 두려움을 얘기하고 싶었다. 그러나 그럴 수는 없었다.

"보고 싶을 거야. 근데, 네가 자랑스러울 것 같아. 잘 결정해서, 잘 하고 와."

이튿날 신은 다시 병원을 찾았다. 수술을 결정했냐고 묻는 의사에게 신이 고개를 끄덕였다. 그러자 의사가 책상 달력을 넘기며 물었다.

"다음 주 월요일 괜찮아요? 빨라도 그때는 돼야 할 거 같은데."

"다음 달에 하면 좋겠는데요."

의사가 난감한 표정을 지었다.

"무슨 이유라도 있어요? 그때까지 계속 통증도 심하고 손도 저릴 텐데."

신은 초조한 심정으로 의사를 바라봤다.

"어떻게 약으로 버틸 수는 없나요?"

의사의 대답은 단호했다.

"빠르면 빠를수록 수술 경과도 좋고 후유증도 덜할 겁니다. 어서 마음을 정하세요."

신이 한숨을 쉬며 대답했다.

"괜찮습니다. 다음 달로 수술 날짜 잡아주세요."

병원을 나온 신은 풍경처럼 스쳐 지나가는 사람들 속에 한참을 서 있었다. 외로웠다. 마치 겨울 벌판에 홀로 서 있는 것 같았다. 오래도록 이 벌판엔 꽃도, 새도 날아들지 않을 것 같았다.

휴대폰이 울렸다. 신은 휘청거리는 마음을 간신히 다잡으며 전화를 받았다. 석현이었다. 학교 근처에 있다며, 좀 만나자고 했다. 무슨 일일까?

석현은 학교 근처 커피숍에서 신을 기다리고 있었다. 아무래도 카타르시스에서의 일이 마음에 걸려 그냥 지나칠 수가 없었다. 몇 달 전까지만 해도 까칠하고 건방진 녀석이라고 생각했던 신이었지만, 지금은 미래를 함께하고 싶은 제자로 석현의 마음속 한자리를 차지하고 있었다.

신이 카페 문을 열고 느린 걸음으로 들어섰다. 석현이 손을 흔들며 아는 체를 했다.

"왔어?"

신이 석현의 맞은편으로 와서 앉으며 담담하게 입을 열었다.

"출국 준비하느라 바쁘실 텐데 무슨 일이세요?"

"바쁘지. 엄청 바쁜데 가기 전에 뭐 하나 확인해야지, 계속 찜찜해서 안 되겠더라고."

신이 심드렁하게 물었다.

"그게 뭔데요?"

석현이 옆자리를 툭툭 치며 말했다.

"일단, 이쪽으로 와서 앉아봐."

신은 내키지 않는 얼굴로 일어나 석현의 옆자리에 앉았다. 그러자, 석현이 신의 왼손을 잡아 꽉 쥐었다. 신이 몸을 비틀며 비명을 내질렀다.

"아아!"

석현이 신의 손을 놔주며 안타깝다는 듯 소리쳤다.

"왜 나쁜 예감은 틀리질 않냐. 어떻게 된 거야, 말해!"

신이 체념한 듯이 고개를 숙이면서 말했다.

"손목 인대 아래로 지나가는 신경이 눌렸대요."

"그래서?"

"수술… 해야 된다고…."

석현의 입에서 저절로 한탄이 새어나왔다.

"하아~! 기타는 계속할 수 있대?"

신이 담담하게 말했다.

"처음엔 힘들 거래요. 드문 일이지만 감각이 돌아오지 않는 사람도 있고…."

끝까지 담담하려고 했지만 결국 눈물이 울컥했다. 석현이 신의 등을 쓸어주며 침착하게 물었다.

"언제 하기로 했어?"

"다음 달에요."

"왜 그렇게 늦게…. 아, 맞다, 규원이…. 규원이 그때 가지?"

신이 고개를 끄덕였다.

"몰라야 돼요. 알면 분명히 안 간다고 할 거예요."

석현이 씁쓸하게 물었다.

"수술할 때까지 참을 만은 한 거야?"

"주사도 맞았고, 약도 먹었어요. 비밀, 지켜주실 거죠?"

석현은 신의 마음이 너무나 안타까웠다. 사람은 아플수록 누군가에게 기대고 싶기 마련이다. 사랑하는 사람이라면 두말할 필요도 없었다. 그런데도 말을 하지 않으려는 건 끔찍하게 사랑하기 때문일 터였다. 윤수가 그랬던 것처럼. 석현은 한숨을 쉬며 고개를 끄덕였다.

"알았어. 그런데 너무 걱정 마! 원래 의사들은 제일 나쁜 케이스를 얘기해서 겁주고 그래. 다 잘될 거야."

신이 고개를 주억거리며 손등으로 눈물을 닦았다. 자신을 진심으로 걱정해주는 석현이 고마웠다.

"감사합니다…."

"감사는 무슨. 됐고. 기운 내라."

신이 손목시계를 들여다보았다.

"저 이제 가봐야 해요. 규원이 보기로 했어요."

"그래. 가고. 또 보자. 꼭!"

"감독님도 교수님하고 잘 다녀오세요."

신은 석현에게 인사를 하고 커피숍을 나왔다.

규원은 집 근처에 있는 아이스크림 가게에서 신을 기다리고 있었다. 사랑하는 사람을 기다리는 시간은 언제나 설레고 즐거웠다. 맑은 하늘과 거리를 지나는 사람들, 도로 위의 자동차들까지 모든 것이 의미 있게 다가왔다. 사랑은 어쩌면 사랑하는 사람을 기다리면서 점점 풍성해지는지도 몰랐다. 그래서 더 많이 기다리는 사람이, 더 많이 사랑하게 되는 것 아닐까.

가게 문이 열리고 신이 활짝 웃으며 들어왔다. 규원은 신에게 손을 흔들어 보였다. 신이 규원의 맞은편에 앉으며 물었다.

"밥은 먹었어?"

"응. 할아버지랑 같이 먹고 나왔지."

"할아버지한테는 말씀드렸어? 영국 가기로 한 거."

"응. 당연히 안 된다고 하실 줄 알고, 마음 단단히 먹고 말씀드렸는데, 생각보다 싱겁게 허락하셨어."

신의 마음 한구석에서 찬바람이 일었다. 그녀를 떠나보낼 준비를 해야 했다. 6개월이라는 시간 동안 규원을 보지 못한다는 생각에 손목만큼이나 마음이 저려왔다. 신이 애써 웃으며 말했다.

"다행이다. 이제 준비만 하면 되겠네?"

규원이 들뜬 목소리로 말했다.

"그렇지 않아도 오늘 여권 만들려고 증명사진 찍었어. 볼래?"

규원은 가방에서 사진 봉투를 꺼내 신에게 내밀었다. 신이 봉투에서 사진 한 장을 꺼내 손에 들고 바라보았다. 사진 속의 규원이는 실제보다 훨씬 성숙해 보였다. 표정이 경직돼서 그런 듯했다.

좀 웃고 찍었으면 좋았으련만 카메라 앞에서 긴장했던 모양이다. 규원은 숙제 검사를 맡는 아이처럼 사진을 보고 있는 신의 반응을 살피며 물었다.

"좀 이상하게 나온 거 같지?"

신이 씨익 웃으며 사진을 주머니 속에 쓱 넣고 말했다.

"집에 가서 천천히 뜯어보고 얘기해줄게."

규원이 피식 웃으며 말했다.

"잘 간직해. 나 돌아올 때까지. 알았지?"

신이 고개를 끄덕이며 씁쓸하게 웃었다.

"이제야 조금 실감 나네, 이규원 떠나는 거."

규원이 입술을 삐죽 내밀며 물었다.

"이제 좀 섭섭하셔?"

신은 세상의 끝을 보는 것 같다고 말해주고 싶었다.

"응⋯."

종업원이 팥빙수가 나왔다며 큰 소리로 외쳤다.

"우리 거 나왔나보다. 내가 가져올게."

신이 자리에서 일어나려는 규원을 앉히며 일어섰다.

"앉아 있어. 내가 가져올게."

신은 씩씩하게 걸어가 팥빙수가 놓인 쟁반을 들었다. 그 순간이었다. 갑자기 손목에 힘이 풀리면서 들고 있던 쟁반이 와장창 소리를 내며 바닥으로 떨어졌다. 팥빙수 그릇이 산산이 부서져버렸다. 신은 손목을 부여잡고 그 자리에 주저앉았다. 가게 안에 있던 사람들의 시선이 일제히 신을 향했다.

"이신!"

규원이 부리나케 달려와 신의 어깨를 붙잡았다. 신은 심호흡을 하고 아픈 손목을 뒤로 감추며 규원을 바라보았다.

"물이 묻어 있었나, 손이 미끄러졌네."

규원이 울먹거렸다.

"그때 나 때문에 손 다친 거 맞지?"

"아니야. 손이 미끄러졌다니까."

규원이 신의 팔목을 잡아끌었다.

"안 되겠어. 나랑 병원 가자."

신이 규원의 손을 뿌리쳤다.

"내가 알아서 해. 걱정 마. 미안하다. 오늘은 나 먼저 들어갈게."

신은 그대로 일어나 가게 문을 열고 밖으로 나가버렸다. 규원은 망연자실한 채 신이 나간 문 쪽을 바라보았다. 마음이 산산이 부서지는 것 같았다.

규원은 집으로 돌아와서도 마음이 안정되지 않아 휴대폰을 들었다 놨다 하며 안절부절못하고 있었다. 신은 전화를 받지 않았고, 괜찮냐는 문자에 답도 주지 않았다. 걱정이 돼서 미칠 것만 같았다. 무대 위에서 쓰러지고, 팥빙수 쟁반을 떨어뜨리고, 손목을 부여잡고 신음하던 신의 모습들이 머릿속에서 떠나지 않았다. 언제나 흑기사처럼 그녀를 지켜주고 도와주던 신이었다. 국악대전 날도 마찬가지였다. 만약 신이 그녀를 데리러 오지 않았다면, 아니 그녀가 넘어지도록 놔두었다면 그가 손목을 다칠 일도 없었을 터였다. 손목을 다치지 않았다면, 제작사 대표 앞에서 테스트 연주를 할 때 실수하지 않았을 것이고, 어쩌면 앨범 제작의 기회를 얻었을지도 몰랐다. 그럼에도 신은 그녀에게 원망하는 말 한마디 하지 않았다. 그저 그녀가 알까봐 전전긍긍하며 아픔을 참았으리라 생각하니 가슴이 저려왔다.

휴대폰 문자 알림음이 들려왔다. 신이의 문자였다.

〈문자를 이제 봤네. 나 괜찮아. 걱정하지 마.〉

규원은 바로 답문자를 찍어 보냈다.

〈우리 공원 산책할까? 진짜 괜찮은지 내가 봐야겠어.〉

〈미안. 나 오늘은 컨디션이 별로야. 내일 만나자.^^〉

〈신아. 나 영국 가지 말까?〉

신에게선 한참이나 답장이 없었다. 규원은 떨리는 마음으로 문자를 기다렸다. 한참 만에 문자 알림음이 울렸다.

〈내일 얘기하자. 나 좀 잘래.〉

〈응… 잘 자….〉

신은 착잡한 마음으로 규원이 보낸 문자를 아주 오랫동안 바라보았다. 말줄임표에서 그녀의 번민이 느껴졌다. 참담했다. 그는 그녀의 앞길을 막는 장애물이 되고 싶지 않았다. 걱정 없이 그녀를 보내주고 싶었다. 아니, 그녀를 붙잡고 싶었다. 그녀가 날개를 달고 훨훨 날아다니는 모습을 보고 싶었다. 아니, 그녀와 함께 날아다니고 싶었다. 아아, 어떻게 해야 하는가.

　신은 휴대폰을 내려놓고 침대에 털썩 주저앉아 켜켜이 쌓여가는 불안한 어둠을 응시했다.

　다음 날 아침, 신은 규원을 만나기 위해 집을 나섰다. 대문을 열고 골목길로 나가자, 하늘빛 원피스를 입은 규원이 환하게 웃으며 그를 반겼다. 하루 사이에 볼이 쏙 들어간 게 밤늦도록 잠도 못 자고 고민한 것 같았다. 신은 그녀의 안쓰러운 얼굴을 쓰다듬어주고 싶었지만, 부러 냉정하게 그녀를 지나쳐 걸어갔다. 규원은 신의 차가운 태도가 몹시 당황스러웠다. 그녀는 애써 웃으며 신에게 달려가 그의 손을 잡았다. 그의 웃는 모습을 보고 싶었다.

　"우리 오늘 어디 갈까?"

　신이 무뚝뚝하게 말을 받았다.

　"너 오늘 여권 만들러 간다고 했잖아. 같이 가줄게. 가자."

　규원이 아무렇지도 않게 웃으며 말했다.

　"나 영국 안 가기로 했어."

　신의 얼굴이 오래된 식빵처럼 딱딱하게 굳었다.

　"앨범 내는 건?"

　"그거야 다음에 내면 되지. 내 재능이 어디 가겠어?"

　신은 걸음을 멈추고, 잡고 있던 규원의 손을 뿌리치며 차가운 얼굴로 그녀를 쳐다봤다.

"왜 그랬어?"

"너 아프잖아. 나 때문에 다친 거구. 근데 내가 어떻게 가. 근데 너 병원엔 가봤어? 뭐래?"

신의 얼굴이 참담하게 일그러졌다. 그는 마른세수를 하며 한숨을 토해내듯 소리쳤다.

"몇 번을 말해. 나 손 괜찮다니까!"

규원이 뒤로 주춤 물러섰다.

"왜 화를 내!"

신이 어둡고 쓸쓸한 눈빛으로 규원을 바라보았다.

"우리, 이제 그만 하자…."

심장이 철렁 내려앉으면서 온몸에 힘이 쫙 빠져버렸다. 규원은 떨리는 손을 들어 신의 팔을 붙잡았다.

"지금 뭐라 그랬어?"

신이 그녀의 손을 뿌리치며 덤덤하게 말했다.

"헤어지자고…."

"갑자기 왜 그래?"

"눈에서 멀어지면 마음에서도 멀어진다고…. 솔직히 너 기다릴 자신 없어."

규원의 목소리가 날카롭게 허공을 베었다.

"나 영국에 안 가기로 했다니까!"

신이 고개를 돌려 그녀의 시선을 피했다.

"네가 영국에 안 가도, 상관없어. 난 이미 마음 정했어."

"그게 말이 돼? 진심이야?"

"진심이야."

규원이 신의 얼굴을 감싸 자기 쪽으로 잡아당겼다.

"아냐, 거짓말이야. 너 지금 나 놀리느라 거짓말하는 거야. 맞지?"

신은 자신의 얼굴을 감싸고 있는 규원의 손을 밀어내고, 주머니에서 휴대폰을 꺼내 곰돌이 휴대폰줄을 풀어 그녀의 손에 들려주었다.

"미안하다…."

규원의 큰 눈에서 눈물이 후드득 떨어졌다. 신은 그 모습을 차마 볼 수가 없어 차갑게 돌아서서 골목길을 성큼성큼 걸어갔다. 규원은 울면서 따라 달려가 그의 옷깃을 잡았다.

"신아… 신아…."

신은 규원의 손길을 거칠게 뿌리치고 골목길을 달려 내려갔다. 규원은 저미는 가슴을 부여잡고 그 자리에 힘없이 주저앉았다.

"신아…. 엉엉엉… 신아…."

예고 없이 찾아온 이별을 감당하는 것은 퍽 힘든 일이었다. 규원은 믿을 수가 없었다. 신을 더 이상 만날 수 없다는 사실이 받아들여지지 않았다. 신을 더 이상 만날 수 없는데도 아침이 오고 저녁이 온다는 게 견딜 수 없었다. 대문을 나서면 그의 집이 보이고, 휴대폰 1번 단축키를 누르면 바로 그의 전화로 연결되는데, 정작 그녀가 할 수 있는 일은 없었다. 전화는 꺼져 있고, 대문은 굳게 닫혀 있었다.

신은 아무 데도 없었다. 카타르시스에도, 학교 밴드 연습실에도 없었다. 마치 신기루처럼 사라져버린 것이었다.

그렇게 아픈 시간이 흘러, 어느덧 규원의 출국 날짜가 성큼 다가왔다.

규원은 침대 위에 캐리어를 펼쳐놓고 옷을 챙겨 넣었다. 방 안은 흐트러진 옷가지들로 어수선했다. 영국 가서 읽어야 할 책들과 세면도구도 챙겼다.

짐을 다 꾸린 캐리어를 방바닥에 내려놓고 책상 앞에 앉았다. 책상 위에는 여권과 비행기 티켓이 가지런히 놓여 있었다. 설렘 따위는 없었다. 그저 슬픔이 휘몰아치는 이 소용돌이에서 벗어나고픈 마음뿐이었다.

규원은 여권과 티켓을 작은 가방에 집어넣고 일어났다가, 다시금 침대에 털썩 주저앉았다. 스프링 반동으로 침대 머리맡에 있던 곰돌이 휴대폰줄 한 쌍이 밑으로 떨어졌다. 규원은 침대 밑으로 손을 뻗어 곰돌이 인형 한 쌍을 주워 들었다. 기타를 연주하는 곰돌이 인형과 가야금을 연주하는 곰돌이 인형. 신이 그녀에게 곰돌이 인형을 닮았다며 놀리던 일이 떠올랐다. 그때는 함께 웃고 장난치는 시간들이 영원할 줄 알았는데…. 이렇게 헤어질 줄 알았다면, 그렇게 깊이 사랑하지 않았을 것이다. 그렇게 아름다운 추억을 많이 만들지 않았을 것이다. 이런 커플 인형 따위, 사지도 않았을 것이다. 규원은 두 인형을 가슴에 품었다. 눈물이 왈칵 쏟아졌다. 몸 안에 있는 수분들이 눈으로 다 빠져나가는 듯했다.

규원은 인형을 들고 자리에서 일어나 밖으로 뛰쳐나갔다. 낮은 담 너머로 환하게 불이 밝혀진 신의 집이 보였다. 그녀는 신의 집 대문을 쾅쾅 두드리기 시작했다.

"신아… 이신…."

아무리 두들겨도 대문은 열리지 않았다. 하지만 규원은 멈추지 않았다.

"신아… 문 좀 열어봐. 나 할 말 있어… 신아…."

대문은 요지부동인 신의 마음처럼 굳게 닫혀 끝내 열리지 않았다.

대문을 두드리는 소리에 신은 손으로 귀를 틀어막았다. 가슴은 곧 밖으로 튀어나갈 듯 세차게 뛰었다. 대문을 두드리는 규원의 마음이 너무 아파서, 그의 이름을 부르는 규원의 목소리가 너무 애가 타서 미칠 것만 같았다. 당장이라도 대문을 박차고 나가서 규원의 작은 어깨를 안아주고 싶었다. 하지만 참아야 했다. 이대로 규원을 보내야 했다. 그게 신이 규원을 사랑하는 방식이었다. 그렇게 신이 자신의 감정을 억누르며 간신히 버티고 있는데, 방문을 벌컥 열고 정현이 들어왔다.

"오빠! 시끄러워 죽겠어. 밖에 좀 나가봐."

신은 눈물 젖은 얼굴을 정현에게 보이고 싶지 않아 고개를 돌린 채 버럭 소리를 질렀다.

"나가!"

오빠의 말에 정현은 마음이 상했다. 다정다감했던 오빠가 요즘 너무나 이상했다.

"오빠 요즘 진짜 이상해! 방 안에만 틀어박혀 있고 말도 안 하고. 도대체 왜 그래?"

"나가라고!"

"알았어. 나가면 되잖아! 별꼴이야."

정현은 토라져서 문을 쾅 닫고 나가버렸다.

대문을 두드리는 소리가 들리다가 멈추고, 또다시 들리다가 멈추기를 반복했다. 이제 드문드문 이어지는 소리에서 규원이 지쳐가고 있음이 느껴졌다. 신은 아빠의 레코드판을 들여다보면서 꺽꺽 울음을 토해냈다. '아빠, 내가 맞는 거죠? 이렇게 보내는 게 맞는 거죠?'

다시 사랑하면 안 되나요

1년 만에 한국으로 돌아온 석현과 윤수는 팔짱을 끼고 인천공항 출국장을 빠져나왔다. 공항 통유리창으로 들어오는 햇살이 갓 따낸 햇사과처럼 달고 싱싱하게 느껴졌다.

석현과 윤수는 곧장 택시를 타고 카타르시스로 향했다. 아이들이 환영회를 해준다며 모여 있다는 수명의 연락을 받았던 것이다.

카타르시스는 오랜만에 공연팀 식구들로 북적거렸다. 신이와 규원을 제외한 모든 아이들이 모여 석현과 윤수를 기다리고 있었다. 아이들은 1년 사이 부쩍 성숙해진 것 같았다. 삶에서 부딪치는 제각각의 이유들로, 마음이 한 뼘쯤 더 자란 느낌이었다.

석현과 윤수를 발견한 보운이 자리에서 벌떡 일어나 달려왔다.

"감독님, 보고 싶었어요. 교수님, 축하드려요. 안무가로 브로드웨이에서 성공하셨다는 얘기 들었어요."

윤수는 보운에게 눈인사로 답한 뒤, 앞에 서 있는 희주를 바라봤다.

"고마워. 희주는 다 나은 거야?"

희주는 자기를 걱정해주는 윤수의 맘이 따뜻하게 느껴졌다. 성대결절 때문에 일어났던 많은 일들이 희주에게 새로운 삶을 열어주었다. 친구의 존재가 얼마나 소중한지 알게 되었고, 진정한 라이벌이 무엇인지 알게 되었고, 기회를 독점하기 위해 권력을 이용하는 게 얼마나 잘못된 일인지 알게 되었다. 분하고 억울하다고 생각했던 일들이 실은 자신의 욕심에서 비롯된 것이란 걸 깨닫게 된 것이다. 그 모든 변화에 딱 1년이라는 시간이 필요했다.

희주가 환하게 웃으며 대답했다.

"네! 이제 괜찮아요."

석현은 아이들을 둘러보면서 괜히 투덜거렸다.

"공항에 플래카드 들고 모이지는 못할망정 환영의 꽃다발이라도 준비했어야 되는 거 아니냐? 나 진짜 좀 섭섭할라 그런다."

기영이 어깨를 으쓱하며 석현을 바라봤다.

"감독님, 제가 극단 들어간 기념으로 맥주 한 병 쏘겠습니다!"

사랑이 석현에게 메뉴판을 공손히 내밀었다.

"그럼 안주는 감독님이 쏘셔야죠?"

석현이 기가 막힌다는 표정으로 웃었다.

"이것들이 정말…. 하하! 내가 한국에 괜히 왔지, 괜히 왔어."

기영이가 석현을 쳐다봤다.

"뮤지컬 준비하러 오신 거예요?"

"그럼 뭐 너희들 보고 싶어 왔겠냐?"

희주가 얼른 끼어들었다.

"설마 여주인공으로 이규원 정해놓으신 거 아니죠? 저 그럼 섭섭해요."

"1년 만에 내 캐릭터 까먹었어? 내가 그럴 사람이냐?"

희주는 솔깃해진 표정으로 말했다.

"오디션은 언제예요? 이규원도 한대요?"

보운이 한껏 들뜬 목소리로 말했다.

"규원이 요즘 진짜 잘나가요. 얼굴 보기도 완전 힘들어요."

윤수는 미소를 지었다.

"규원이도 귀국했지?"

"네. 저번주에 왔어요. 6개월만 있는다더니 꽤 오래 있었어요."

"자식이 컸다고 내 작품 안 한다고 하는 거 아냐?"

윤수는 투덜거리는 석현의 옆구리를 툭 쳤다.

"규원이가 어디 그럴 애야? 이메일에도 자기 작품 꼭 하고 싶다고 했었잖아."

"그랬었지. 한번 만나봐야겠네."

보운이가 석현에게 다가섰다.

"저희는 뭐 도와드릴 거 없어요? 뮤지컬 또 하고 싶은데."

"음악 나오는 거 보고 얘기해줄게."

"작곡은 누가 하는데요?"

"이신한테 맡겨보려고."

"그럼 규원이랑 신이랑 같이 할 수도 있겠네요?"

재잘거리던 아이들이 갑자기 조용해졌다. 모두들 고개를 숙인 채, 발끝만 쳐다보고 있었다. 불편한 침묵을 깨뜨리고 누군가 훌쩍거리는 소리가 들렸다. 규원의 단짝친구인 보운이었다.

"규원이랑 신이랑 너무 불쌍해…. 다시 만나면 좋겠어."

예사롭지 않은 아이들의 표정에 석현은 고개를 갸웃거렸다. 그러고 보니 신이도 보이지 않았다. 규원이야 스케줄 때문에 못 왔다고 생각했지만 신이의 부재는 어쩐지 석연치 않았다.

다음 날, 석현은 규원을 만나기 위해 극단 연습실을 찾았다. 전면이 통유리창으로 되어 있는 연습실은 꽤 넓어 보였다. 규원은 혼자서 안무 연습에 몰두하고 있었다. 1년 만에 보는 규원은 엇박자로 춤추던 예전의 규원이 아니었다. 손을 뻗고 몸을 턴하고 다리를 찢는 모습이 요정처럼 아름다웠다. 거울을 통해 보이는 진지한 눈빛은 호수처럼 깊은 듯했고, 힘차게 점프하는 모습은 마치 백조의 날갯짓 같았다.

석현은 탄성을 내지르며 박수를 쳤다. 놀랍게 성장한 규원을 보니, 그녀의 재능을 발견한 사람이 바로 자신이라는 게 무척 자랑스럽게 생각되었다.

박수 소리에 놀란 규원이 동작을 멈추고 뒤를 돌아보았다.

"감독님!"

규원은 한달음에 달려와 방방 뛰며 좋아했다. 석현이 혀를 내두르면서 그녀를 쳐다봤다.

"야~ 이게 1년 전에 다리 찢기도 안 되던 이규원 맞아? 완전 다른 사람인데?"

석현이 그녀의 머리칼을 헝클어뜨리려고 하자, 규원이 잽싸게 피하며 말했다.

"이젠 안 당하거든요."

석현의 눈동자가 동그래졌다.

"야, 요놈 봐라. 이젠 스타 됐으니까 건드리지 말아라, 이거야?"

석현은 재빠르게 다가가 규원의 머리카락을 헝클어뜨리는 데 성공했다. 규원은 입술을 삐죽거리면서 석현을 노려봤다.

"어우~ 감독님은 어떻게 하나도 안 변했어요?"

석현은 두 손을 탈탈 털면서 너스레를 떨었다.

"나는 이미 완전체나 마찬가지라 변할 게 없어! 규원아, 다리 아프다. 앉아서 얘기하자!"

석현이 자리에 털썩 주저앉자 규원도 석현 옆에 앉았다.

"잘 지냈지?"

"네!"

석현은 떠보듯 물었다.

"신이랑도 잘 지내고?"

규원의 심장이 쿵 내려앉았다. 신이라는 이름은 이제 그녀의 아킬레스건이 되어버린 것이다. 그녀는 어두운 안색을 감추지 못한 채 입을 열었다.

"저희, 헤어졌어요."

석현은 규원을 안쓰러운 눈길로 쳐다보았다.

"언제?"

규원의 시선이 먼 곳으로 향했다. 기억을 더듬지 않아도 어제 일처럼 명료했다. 1년을 하루처럼 신이를 추억했기 때문이다. 신이 그리워지면 그를 미워하기 위해 애썼고, 그를 잊으려고 춤과 노래에 매달렸다. 악바리란 소리를 들을 때까지 그녀는 몸을 움직였고, 한시도 자신을 방치하지 않았다. 덕분에 지금의 이규원이 됐는지도 몰랐다.

"감독님 미국 가시고 난 다음에 바로요. 신이가 저 땜에 손목을 다쳤는데 그것도 모르고 영국 간다고 좋아하는 제가 미웠나봐요. 처음엔 이해가 안 됐는데, 떨어져 혼자 있다 보니 알 것도 같더라고요."

석현은 안타까움에 말문이 막히고 말았다. 규원의 오해를 풀어줘야 할지, 말아야 할지 혼란스러웠다. 그러다 아직은 때가 아니라는 생각이 들었다. 우선 신이를 만나봐야 했다. 석현은 아무런 내색도 하지 않고 담담히 말했다.

"이메일 보낼 때 얘기 좀 하지. 아무 말 없기에 난 잘 지내는 줄 알았지."

"좋은 일도 아닌데요, 뭐. 근데 어쩐 일이세요?"

석현은 가방에서 서류봉투를 꺼내 규원에게 건넸다.

"읽어보고 생각 있으면 얘기해. 이번 겨울방학을 목표로 준비하는 작품이야."

규원이 서류봉투를 받아 들며 환하게 웃었다.

"진짜요?"

"하고 싶다고 다 시켜주는 거 아냐. 너도 오디션 거쳐야 돼!"

규원은 입술을 삐죽거렸다.

"알아요! 안무는 정윤수 교수님이 하세요?"

석현의 표정이 밝아졌다.

"그럼. 미국에 있는 동안 실력 엄청 늘었어. 좀 있으면 나보다 더 잘나가게 생겼다."

"음악은요?"

규원이 대본을 넘겨보며 물었다. 석현은 규원의 눈치를 보면서 말했다.

"음…. 이신한테 시킬 생각으로 왔는데…."

규원은 잠시 생각하다가 고개를 끄덕였다.

"시키세요, 전 괜찮아요!"

"진짜 괜찮아?"

"그럼요!"

"자식, 많이 컸네."

석현은 규원을 바라보았다. 그녀의 어른스러운 반응이 기특하기도 했지만, 그 속이 오죽할까 싶어 마음이 짠했다. 그는 가볍게 한숨을 쉬고 자리에서 일어났다. 내친김에 신이도 만나야겠다는 생각이 들었다.

신은 낙원상가에서 악기를 구경하고 있었다. 새로 나온 악기들을 꼼꼼히 살펴보다가 기타줄 두어 개를 사서 상가를 나섰다. 신은 나온 김에 새로 나온 앨범도 보고 가자 싶어 골목 귀퉁이에 있는 레코드가게로 들어섰다. 동경하던 기타리스트들의 앨범을 살펴보다 신규 앨범 코너로 고개를 돌리는데, 한 앨범에 시선이 꽂혔다.

이규원. 잊을 수 없는, 꿈에서도 부르던 이름, 이규원의 앨범이었다. 심장이 마구 방망이질을 해댔다. 드디어 그녀가 지상에서 창공으로 날갯짓을 해낸 것이다. 규원은 앨범 표지에서 환하게 웃고 있었다. 신이도 따라 웃었다. 웃는데 맘 한쪽이 시리고 아파왔다. 규원의 존재는 별처럼 빛나면서 별의 거리만큼 멀게만 느껴졌다.

신은 기억하고 있었다. 그의 이름을 부르며 대문을 두드리던 그 소리, 그의 심장을 쿵쿵 두들기던 그 소리, 규원이 영국으로 가고 난 뒤에도 한참 동안 마음을 울리던 그 소리를 기억하고 있었다.

지난 1년, 기타도 규원이도 떠나간 현실은 참혹하고 쓸쓸했다. 마치 끝이 보이지 않는 사막을 걷고 있는 듯했다. 하지만 규원의 앨범을 들여다보며, 신은 지나간 시간을 다독이기 시작했다. 떠나보내길 참 잘했구나. 이렇게 멋지고 근사해졌는걸.

신은 규원의 앨범을 사 들고 레코드가게를 나왔다. 가슴이 뛰었다. 빨리 가서 규원의 목소리를 듣고 싶었다. 설레는 마음으로 거리를 걷고 있는데, 노점 가판대에 꽂힌 신문이 눈에 띄었다. 규원의 이름이 헤드라인 기사로 큼지막하게 찍혀 있었다. 신은 떨리는 손으로 신문을 들고 읽어 내려갔다.

〈영국에서 일약 스타덤에 오른 가수 겸 배우 이규원 양이 지난 3일 귀국했다. 그녀의 뮤지컬 앨범은 출시되자마자 뉴에이지 부문 1위에 올랐으며, 그녀가 주연을 맡았던 뮤지컬 공연도 내내 매진 사례를 기록했다. 한국에서 공식적인 첫 무대를 갖기 위해 귀국한 이규원 양이 과연 어떤 작품을 선택할지 귀추가 주목된다.〉

기사 뒤엔 영국 신문에서 그녀를 평가한 부분이 진하고 굵은 글씨체로 인쇄되어 있었다.

〈그녀는 아시아에서 온 천사다. 그녀의 한국행이 큰 성공을 이루리라 믿는다. 우리는 그녀가 다시 영국으로 돌아와 활동할 것을 믿고 있으며, 그녀의 행보에 주목할 것이다. 이규원 양의 음악 여정에 건투를 빈다.〉

신은 신문을 접어 가방에 넣고 무거운 발길을 옮겼다. 그때 주머니에 있던 휴대폰이 울렸다.

"여보세요."

목소리의 주인은 석현이었다.

"그동안 잘 있었냐? 나 김석현인데, 궁금해 죽겠으니까 얼굴 좀 보자!"

"네."

"지금 어디냐?"

"인사동 근처인데요."

"나도 그 근처야. 내가 너 있는 대로 갈 테니까, 꼼짝 말고 기다려!"

석현은 전화를 끊자마자 인사동 쪽으로 걸음을 옮겼다.

신은 인사동 입구에 있는 작은 공원 의자에 앉아 석현을 기다렸다. 얼마 지나지 않아, 석현이 빠른 걸음으로 다가왔다. 신은 자리에서 벌떡 일어나 허리를 숙여 인사했다.

"안녕하셨어요?"

석현은 먹먹한 눈빛으로 신을 바라보았다. 신은 1년 전보다 훨씬 말라 있었고, 표정까지 어두워 보였다. 그동안 마음고생을 얼마나 많이 했는지 훤히 보였다.

"수술은 잘된 거야?"

신이 덤덤한 표정으로 간결하게 대답했다.

"네."

"카타르시스에서는 공연 안 한다며?"

신이 손목을 어루만졌다.

"아직까지는 예전 같지 않아서 계속 연습 중이에요. 너무 걱정 안 하셔도 돼요."

석현은 안도의 한숨을 내쉬었다.

"난 또 잘못된 줄 알고 엄청 쫄았네. 근데 규원이가 너 손 다친 거 알고 있던데, 수술한 것도 알아?"

신의 낯빛이 어두워졌다.

"그건 몰라요."

"뭔지 알겠네. 규원이가 너 손 다친 거 알고 영국 안 가겠다고 하니까 떼놓으려고 그랬구나? 내 말 맞지?"

신이 고개를 돌려 석현의 시선을 피했다.

"이제 와서 그게 뭐가 중요해요. 다 지난 일인데."

석현은 답답한 마음에 신이를 나무랐다.

"영감 같은 소리 하고 있네. 어떻게, 내가 좀 도와줘?"

신은 승승장구하고 있는 규원의 행보에 걸림돌이 되기 싫었다.

"아뇨, 이젠 저도 정리 다 됐어요. 이규원한텐 끝까지 얘기하지 마세요."

석현은 답답한 마음에 깊은 한숨을 뱉어냈다.

"그래. 나도 머리 아프게 남의 애정문제에 껴들 생각 없어!"

석현은 가방에서 서류봉투를 꺼내 신에게 건넸다.

"가져가서 한번 봐."

"이게 뭔데요?"

"내가 준비하는 작품인데, 그동안 써놓은 곡 좀 있냐? 어울리면 같이 좀 해봤으면 좋겠는데."

신이 살짝 웃으며 대본을 꺼내 들었다.

"만들어놓은 거 몇 곡 있어요."

석현이 툭 던지듯 말했다.

"이규원도 같이 하게 될 거야."

그 말에 신은 대본을 넘기던 손길을 멈추었다. 석현은 어두워진 신의 얼굴을 차마 볼 수 없어 고개를 돌려버렸다.

그날 밤, 신은 방 안 구석에 앉아 규원의 앨범을 돌렸다. 멜로디도 가사도 들리지 않았다. 오로지 규원의 목소리만이 들려왔다. 그녀의 목소리는 그의 마음을 헤집고, 애써 묻어두었던 기억들을 들쑤셨다.

지난 1년 동안 신은 하루하루를 절박하게 살아왔다. 수술을 끝내고 재활치료를 받는 것은 죽을 만큼 힘이 들었지만, 오직 하나의 목표로 그 시간들을 버텨냈다. 그것은 바로 멋진 기타리스트가 되어 규원 앞에 당당히 서겠다는 목표였다. 절망의 나락으로 떨어질 때마다 규원의 얼굴을 떠올렸고, 살아갈 용기를 얻었다. 비록 헤어졌지만 다시 만날 수 있으리라는 기대로 살아왔다. 그렇게 규원은 신의 마음속에 무지개가 되어 살아 있었다.

하지만 지금 이 순간, 신은 규원 앞에 설 수 없다는 사실을 깨달았다. 기타를 잡는 손목은 힘없이 떨렸고, 그 떨리는 손으로는 규원을 잡을 수 없었다.

신은 서랍을 열어 악보를 꺼냈다. 규원이 생각날 때마다 썼던 곡들이다. 이제 규원을 떠나보냈듯, 이 곡들을 떠나보낼 차례였다. 만약 규원이 이 노래들을 불러준다면 그걸로 족하다고 애써 마음을 다독였다.

이튿날 신은 한적한 카페에서 석현을 다시 만났다. 구수한 원두커피 향이 실내를 가득 채우고 있었다.

신이 커피잔을 내려놓고 석현에게 말했다.

"대본 재밌던데요."

석현이 그럴 줄 알았다는 표정으로 환하게 웃었다.

"내가 재미없는 걸 쓸 리가 있겠냐!"

신이 피식 웃고는 서류봉투를 앞으로 내밀었다.

"그동안 만들었던 곡이에요. 악보랑 기타로 녹음한 CD도 넣었어요."

석현의 눈이 휘둥그레지면서 신이 앞으로 몸을 바짝 당겼다.

"지금 봐도 돼? 궁금한데."

"집에 가서 들으면서 보세요."

석현이 할 수 없다는 듯이 서류봉투를 품에 안았다.

"맘에 들지 어떨지는 모르겠지만, 일단 같이 하는 걸로 알면 되는 거지?"

"맘에 드시는 곡 있으면 쓰셔도 되는데요, 참여는 안 할래요."

"왜? 이규원 때문에?"

신은 대답 없이 고개를 돌렸다. 석현이 테이블 위로 손을 뻗어 신의 손을 잡았다.

"이규원은 괜찮다 그랬어. 그러지 말고 같이 하자."

"죄송해요. CD 들으면 아시겠지만 기타 아직 완벽하지 않아요. 어떤 식으로든 눈치 채는 거 싫어요."

"진짜 안 할 거야?"

신이 고개를 끄덕였다. 석현은 테이블을 손으로 짚으면서 일어났다.

"그래, 알았다! 잘 들어보고 연락할게!"

신이 미소를 지으며 씩씩하게 대답했다.

"네!"

석현은 카페를 나와 곧장 규원이 있는 극단 연습실로 갔다.

규원은 목에 긴 타월을 두르고 앉아 대본을 보고 있었다. 연습실 문이 열리고 석현이 들어와 그녀 곁에 앉았다.

"봤어?"

"너무 재밌어요! 여주인공 꼭 하고 싶어요!"

석현이 만족스럽게 웃으며 말했다.

"쉽게 생각하지 마. 한희주도 오디션 본댔어."

"그럼 뭐 겁낼까봐요? 저 옛날 이규원 아니에요. 다 덤비라 그러세요. 상대해줄 테니까!"

"오디션부터 무지 재밌겠는데? 빨리 하고 싶어 근질근질하다!"

"저도요! 저… 그런데… 이신한테도 얘기하셨어요?"

"했지."

규원의 심장이 쿵쿵 울리기 시작했다.

"한대요?"

"열심히 꼬셨는데 안 하겠대."

규원은 온몸에 힘이 다 빠져나가는 것 같았다.

"왜요? 혹시 저 때문이에요?"

"아냐."

"아니긴 뭐가 아니에요! 제가 한다니까 안 한다는 거 맞죠? 어휴… 진짜… 휴우…."

석현은 입 밖으로 튀어나오려는 진실을 꿀꺽 삼키고 농담처럼 말했다.

"네가 이해해라. 원래 남자들이 삐치면 더 오래가는 거야. 나도 윤수랑 싸우면 항상 걔가 먼저 화해하자 그런다니까!"

규원은 석현의 농담이 귀에 들어오지 않았다. 그녀의 머릿속에는 신이 생각뿐이었다. 일은 일이고 감정은 감정인데, 쿨하게 받아들이지 않는 신이 얄미웠다. 석현의 작품을 통해 신과 자연스럽게 만날 수 있을지도 모른다는 생각에 내심 기대를 하고 있었는데, 그 기대가 한순간에 무너져버린 것이었다.

규원은 연습실을 나와 곧장 신의 집으로 달려갔다. 하지만 막상 대문 앞에 서자 문을 두드릴 용기가 나지 않았다.

규원은 한참을 망설이다가 휴대폰을 꺼내 신에게 전화를 걸었다. 전화를 받을 수 없다는 안내 멘트가 들려왔다. 휴대폰을 들고 있던 규원의 손이 부르르 떨렸다. 신이 그녀를 피하고 있는 게 분명했다. 규원은 휴대폰을 주머니에 집어넣고 대문을 쾅쾅 두드리기 시작했다.

얼마나 두드렸을까. 안에서 슬리퍼 끄는 소리가 들려왔다. 규원의 심장이 쿵쿵 두방망이질하기 시작했다. 대문이 삐그덕 소리를 내며 열리고, 신이 모습을 드러냈다.

그렇게 그리웠던 사람, 보고 싶던 얼굴…. 규원은 그 자리에서 얼어붙어 아무 말도 못 하고 신의 얼굴만 뚫어지게 바라보았다. 얼마나 지났을까. 신이 얼음장처럼 차갑게 입을 열었다.

"무슨 일이야?"

그제야 정신이 돌아온 규원이 따지듯 물었다.

"감독님 작품 안 한다고 했다며?"

신이 퉁명스럽게 대답했다.

"어."

"이유가 뭐야?"

"그냥 하기 싫어서."

"그렇게 건성으로 대답하지 말고 좀 솔직해지자. 나 때문이니?"

규원은 속이 새까맣게 타들어가고 있는데 신은 대답조차 하지 않았다.

"나 때문이니? 그렇구나…. 근데 이건 일이잖아. 될 수 있으면 너랑 안 마주치게 노력할게. 그냥 해."

신이 차가운 시선으로 규원을 노려보았다.

"네가 뭔데?"

규원은 말문이 막히고 말았다. 신의 냉정한 말이, 무표정한 얼굴이 너무나 낯설고 무섭게 느껴졌다.

'그래, 이제 난 너에게 아무런 존재도 아니구나. 그 어떤 의미도 아니구나. 가슴에 새겨진 추억조차 되지 못했구나.'

규원은 깊게 심호흡을 하고, 한숨을 뱉어내듯 말했다.

"그냥… 같이 해줬으면 좋겠어."

"싫어. 안 할 거니까 다시는 찾아오지 마!"

신은 그대로 대문을 쾅 닫고 안으로 들어가버렸다. 굳게 닫힌 대문을 바라보는 규원의 눈에 눈물이 차올랐다.

석현은 소파에 앉아 신의 음악을 들으며 악보를 보고 있었다. 신의 음악은 기대 이상으로 좋았다. 한마디 한마디에 눈물이 묻어 있고, 음표들은 그리움에 떨고 있었다. 한마디로, 뜨겁게 사랑해본 사람만이 만들 수 있는 곡이었다.

윤수가 커피를 들고 석현에게 다가왔다.

"뭐 들어?"

석현은 오디오 전원을 끄고 깊은 한숨을 내쉬었다.

"신이한테 오늘 받은 거."

"좋아?"

석현이 제 가슴을 문질렀다.

"절절하다…. 이것들을 어쩌면 좋냐, 윤수야."
"그러게…."
석현은 소파에서 벌떡 일어났다.
"안 되겠다. 나 애들 좀 다시 만나봐야겠어."

신은 학교 밴드 연습실에 있다고 했다. 석현은 차를 몰고 곧장 학교로 갔다. 오랜만에 학교에 오니 지나간 기억들이 새록새록 돋아나기 시작했다.
석현이 연습실 문을 열고 들어가자 신이 기타를 내려놓고 일어났다. 석현은 신을 쳐다보면서 활짝 웃었다.
"곡 좋더라. 내가 쓸게!"
신도 흐뭇한 표정을 지었다.
"감사합니다. 괜히 드린 거 아닌가, 욕만 먹을까봐 걱정하고 있었거든요."
석현이 장난치듯이 가볍게 물어봤다.
"이규원, 생각하고 쓴 거지?"
신의 얼굴에 그늘이 졌다. 석현이 두 팔을 휘저었다.
"말 안 해도 다 알아! 진짜 뮤지컬 같이 안 할래?"
신이 어두운 표정으로 고개를 저었다.
"예, 안 할래요."
"어휴, 둘 다 똑같다, 똑같아. 서로 말은 안 하고 푹푹 속으로만…. 사랑이 뭐 흉이냐, 삭히고 앉아 있게! 이규원, 아직도 너 많이 생각해! 같이 하자!"

"죄송해요."

석현은 아쉽고 안타까운 마음에 한숨을 쉬고 일어나 밴드 연습실을 나왔다. 그는 신과 규원 사이에 오작교라도 있어야겠다는 생각이 들었다.

규원은 극단 연습실에서 스트레칭을 하고 있었다. 영국에 있을 때 그녀를 가르쳤던 금발 머리의 안무 강사는 규원에게 늘 스트레칭의 중요성을 강조했었다. 스트레칭을 소홀히 하면 새로 생겨난 근육들이 종아리나 허벅지에 붙게 되어 흉한 체형으로 변한다는 것이었다. 이후로 규원은 춤을 추는 것만큼 스트레칭에도 심혈을 기울였다. 그래서 그런지 스트레칭을 하는 그녀의 동작 하나하나가 선이 되어 하나의 이미지를 만들어냈다.

스트레칭을 마친 규원이 땀을 닦고 물을 마시는데 연습실로 석현이 들어왔다.

"바쁘냐?"

"아니요. 근데 감독님! 제자 연습실에 맨날 빈손으로 오시네요. 수고한다고 커피라도 좀 사 오시면 손목에 금 가나요?"

석현이 웃으며 서류봉투를 내밀었다.

"옛다! 오늘은 빈손 아니다!"

서류봉투에는 신이의 악보와 CD가 들어 있었다. 하지만 규원은 봉투를 열어보지도 않고 석현을 힐끗 쳐다봤다.

"대본은 지난번에 받았잖아요."

"이번 작품에 쓸 메인 곡인데, 집에 가서 들어봐."

규원이 눈빛이 기대로 반짝였다.

"누가 작곡한 건데요?"

"있어, 바보 같은 녀석."

석현은 규원의 어깨를 툭 치면서 등을 돌렸다.

"일 있어서 간다."

"예. 조심히 가세요."

석현이 나간 후, 규원은 별 생각 없이 서류봉투 안에 있는 CD를 꺼내 오디오에 넣었다. 재생 버튼을 누르자 가슴을 울리는 슬픈 선율이 텅 빈 연습실 안을 가득 울렸다.

이토록 보고픈데,

이토록 답답한데,

이토록 눈물이 나는데도

나를 사랑하면 안 되나요.

규원은 그 자리에 털썩 주저앉았다. 석현이 말한 바보 같은 녀석이란 바로 신이었던 것이다. 신의 목소리가 규원의 가슴속에서 메아리처럼 퍼졌다.

나를 안아주면 안 되나요.

내게 단 하루라도, 나를 단 한 번이라도
사랑해줄 수 없나요….

규원은 서류봉투에서 악보를 꺼내 들었다. 악보를 든 손이 바르르 떨려왔다. 신의 목소리를 들으며 악보를 넘겨보았다. 신이 특유의 음악 기호들이 눈에 띄었다.

'맞아, 신이는 이런 부분에 꼭 이 악상기호를 넣었었지.'

규원은 신의 체취가 느껴지는 악보를 볼에 대고 눈을 감았다. 감은 눈에서 눈물이 흘러내렸다.

'이럴 거면서 나를 떠나보냈니? 그렇게 나를 아프게 내친 거니? 굳게 닫힌 대문 뒤로 감춘 너의 마음이 얼마나 뜨겁고 아팠는지 이제야 알겠어. 그때 그렇게 돌아서지 말걸. 좀더 두드려볼걸. 난 이제 어쩜 좋으니. 바보 같은 신아.'

규원은 눈물을 닦고 석현에게 전화를 걸었다. 몇 번의 신호음 끝에 석현의 목소리가 들려왔다.

"어. 무슨 일이야?"

"이신이죠? 이거 작곡한 사람."

석현은 규원의 울음 섞인 목소리를 듣고 한숨을 쉬었다.

"맞아."

"이런 거 만들어놓고 왜 안 한다 그랬대요?"

"이신이 너한테 절대 얘기하지 말라 그랬는데 그냥 해야겠다. 너희 이대로 냅뒀다가는 둘 다 상사병 걸려 죽을 거 같아. 이신, 손목

수술했어."

규원은 너무 놀라서 휴대폰을 떨어뜨릴 뻔했다.

"뭐라고요?"

"네가 아픈 거 눈치 채고 영국 안 간다고 하니까 모질게 대한 거고, 지금이라도 네가 알게 될까봐 멀리하는 거야."

꾹꾹 눌렀던 울음이 다시 터져나왔다.

"저… 하나도 몰랐어요."

"그래."

"손은… 괜찮대요? 기타는요?"

석현은 담담한 척 말을 이어 나갔다.

"아직 다 나은 건 아닌데 계속 연습 중이래."

"지금, 어디 있는지 혹시 아세요?"

"아까 학교 밴드 연습실에 있는 거 봤어."

"감사합니다. 감독님. 저 끊을게요."

"그래. 힘내라, 이규원."

밴드 연습실 의자에 앉아 기타를 치고 있는 신의 이마에 땀방울이 맺히고 있었다. 아무리 반복해서 연습해도 이 코드가 말썽이었다. 예전엔 쉽게 연주했던 부분인데 손을 다친 뒤로 이 모양이었다. 신은 호흡을 가다듬고 다시 코드를 잡았다. 손가락이 또 헛돌고 말았다.

연습실 문에 난 작은 창으로 그런 신의 모습을 바라보고 있던 규원은 눈물을 흘리며 주먹으로 자신의 가슴을 때렸다. 그 소리에 놀란 신이 연습실 문을 벌컥 열었다.

"누구…."

신은 끝내 말을 맺지 못하고, 가슴을 치며 울고 있는 규원을 황망히 바라보았다.

'알아버렸구나. 규원이가 알아버렸어.'

"아…."

규원은 눈물을 철철 흘리며 신의 손을 바라보았다. 가슴이 미어지는 것 같았다.

'괜찮다며… 괜찮다고 했었잖아. 난 그런 줄만 알았어. 미안해. 정말 미안해. 신아.'

가슴속 말들은 소리가 되어 나오지 못하고 눈물로 쏟아졌다. 그녀는 눈물을 닦는 대신 자신의 가슴을 때렸다.

신은 더 이상 그 모습을 지켜보고 있을 수가 없었다. 그녀의 손을 낚아채며 고함을 질렀다.

"뭐 하는 짓이야!"

"아…."

"이규원!"

"얼마나… 아팠어. 혼자서… 얼마나 힘들었어…."

그 말에 신은 그만 힘이 풀리고 말았다. 그의 눈에서도 눈물이 주르륵 흘러내렸다. 규원이 신의 어깨를 감싸 안았다.

신아, 난 기다리는 것만 사랑인 줄 알았어. 하지만 이제 알겠어. 네가 나를 떠나보내면서 나를 사랑했다는 걸 말이야. 그 모든 아픔들이 내 꿈에 날개를 달아주기 위한 거였단 걸 말이야.

규원의 눈물이 신의 가슴에 스며들었다. 신은 규원의 허리를 감싸 안았고, 규원은 젖은 눈을 스르르 감았다. 신의 입술이 파르르, 이슬비처럼 규원의 입술을 적셨다.

길고 길었던 사막의 여정은 이제 끝이 보이는 듯했다. 하나가 된 두 사람은 오래도록 서로의 체온을 느끼고 있었다.

신과 규원은 말개진 얼굴로 1년 전 어느 날처럼 손을 꼭 잡고 추억이 깃든 교정을 거닐었다. 기타와 거문고로 맞서 연주 배틀을 벌였던 중앙광장을 지나, 담쟁이넝쿨이 무성한 도서관 발코니에 올라갔다. 그들은 발코니 난간에 몸을 기대고 서서 서로를 바라보았다. 자꾸만 입술이 벌어지면서 피식피식, 웃음이 새어 나왔다.

〈끝〉

스페셜 포토북

이신

규원

날 다시
좋아해줘